Manuela

feelings
* emotional eBooks

Über die Autorin:
Christel Siemen, geboren 1966, besuchte Schulen in Borken (Nordrhein-Westfalen) und absolvierte eine Ausbildung zur Bankkauffrau. Ihre Kindheit wurde geprägt vom Aufwachsen auf einer ländlich gelegenen Rinderbesamungsstation. Bis zu ihrem dreiundvierzigsten Lebensjahr arbeitete sie in Banken und Immobilienbüros. Sie ist verheiratet und hat zwei heranwachsende Kinder.
Aus gesundheitlichen Gründen ist sie gezwungen, ihr Leben neu aufzustellen. Sie lässt ihrer Phantasie freien Lauf und fängt an, sich Geschichten auszudenken. So entstehen ihre ersten Werke, und schnell erkennt sie, dass Neuseeland das Traumsetting für ihre Werke ist. So wurde aus der Autodidaktin eine Autorin und Internet-Marketerin. Das selbst erarbeitete Wissen, ohne großes Startkapital mit E-Books Geld verdienen zu können, gibt sie gerne auf ihrem Blog http://blog.read-my-ebook.de mit kostenlosen Tipps weiter. Die größte Leidenschaft der Autorin ist aber weiterhin das Schreiben von romantischen und gefühlvollen Liebesromanen.

Christel Siemen

Tangata Whenua: Inferno der Herzen

Roman

feelings
* emotional eBooks

Bitte besuchen Sie uns im Internet:
www.facebook.de/feelings.ebooks

FSC
www.fsc.org
MIX
Papier aus verantwortungsvollen Quellen
FSC® C083411

Redaktion: Stefanie Röder
Covergestaltung: ZERO Werbeagentur, München
Coverabbildung: © FinePic®, München
Druck und Bindung: CPI books GmbH, Leck
ISBN 978-3-426-21573-9

»Wenn Sie aufgehört haben sich zu verändern,
dann haben Sie aufgehört zu leben.«

Benjamin Franklin

1. Kapitel

Er stand rußgeschwärzt auf der morschen Veranda des herrschaftlichen Farmhauses. Der verkohlte Boden knackte unter seinen bloßen Füßen. Von der Decke des ehemals feudalen Verandavorbaus tropfte es unaufhörlich. Die Tropfen klatschten auf seine feuchten Haare. Er rührte sich nicht von der Stelle. Seine Augen stierten regungslos geradeaus. Im Mondschein glänzte seine Haut bronzefarben. Die Nacht roch nach Tod, drückend und stickig. Es war Hochsommer in Wellington am südlichen Zipfel der Nordinsel Neuseelands. Die Luft verströmte den Geruch von verkohltem Holz und vermischte sich mit der feuchten Luft zu einem modrigen Gestank – irgendwo verendete eine Kuh. Jämmerlich hallten ihre Klagerufe durch die stille Nacht. Im Gegensatz dazu strahlte der Mond hell am Himmel und kämpfte mit den ersten Sonnenstrahlen, die von Osten den neuen Tag begrüßten. Hätte der Mann auf der Veranda seinen Kopf gehoben, wäre sein Blick auf die nahe Bucht gefallen. Über dem Wasser bot sich gerade ein grandioses Schauspiel der aufgehenden Sonne. Der immer praller werdende Lichtball schillerte in orange- und tiefroten Glitzertiraden und schien geradewegs aus den Tiefen des Meeres aufzusteigen. Es wurde zunehmend heller, und die Nacht nahm Abschied, um für den neuen Tag Platz zu machen. Sonst hatte eine junge Frau jeden Morgen bei Sonnenaufgang das

Schlafzimmerfenster geöffnet und sich wohlig im Morgenlicht die Arme gereckt, um den neuen Tag genussvoll mit einigen tiefen Atemzügen zu begrüßen. Doch heute Morgen öffnete hier niemand das Fenster.

Vor zwei Stunden war der Leichenwagen mit seiner Frau und der kleinen, gerade mal zwei Jahre alten Tochter Stella davongefahren. Niemals würde er sie wiedersehen, ihre fröhlichen Stimmen vernehmen oder ihnen übers Haar streichen können, was er so gern getan hatte. Das alles nur, weil er sein Pferd gesattelt hatte, um nach einem anstrengenden Tag abzuschalten und dem ganzen Stress zu entfliehen. Sie hatten sich beim Abendbrot mal wieder gestritten. Schon seit Jahren verstanden sie sich nicht mehr so gut wie am Anfang ihrer Beziehung. Wäre Stella nicht gewesen, wer weiß, ob sie noch zusammengeblieben wären. Dieses Mal ging es um eine Kleinigkeit, um die Mary ihren Mann bat. »Würdest du bitte endlich die Nachttischlampe von Stella reparieren? Ständig gibt es einen Kurzschluss, wenn ich sie einschalte. Wie oft habe ich dich schon darum gebeten!«, nörgelte sie, weil sich Marc seit einiger Zeit im Haus um rein gar nichts mehr kümmerte.

»Musst du mir immer mit solchen unwichtigen Dingen kommen? Du weißt genau, dass ich dafür überhaupt keine Zeit habe, seit zwei meiner Männer krank geworden sind. Nimm gefälligst eine andere Lampe!«, hatte er gereizt geantwortet. Er war so was von überarbeitet, dass ihn die Bitte seiner Frau nervte. »Immer nur die Farm, um uns kümmerst du dich gar nicht mehr!«, beschwerte sich Mary bitterlich. Ein Wort gab das andere, und der Streit drohte zu eskalieren. Wütend schnappte sich Marc seinen Hut und lief laut schnaubend zur Tür hinaus. »Ach, lasst mich doch alle in Ruhe! Ich brauche frische Luft.« Weg war er. Er sattelte sein Pferd und ritt davon, um sich abzureagieren. Sollten sie doch alle mal einen Abend ohne ihn auskommen. Er hatte die Schnauze voll.

Nach dem Abendbrot brachte seine Frau Mary stets das Kind zu Bett. Stella konnte abends schlecht einschlafen. Deshalb legte sich seine Frau immer neben das Mädchen und blieb so lange im Schlafzimmer, bis die Kleine fest schlief.

Marc sah schon von weitem das Farmhaus in lodernden Flammen stehen, als er von seinem Ausritt zurückkam. »Los, Archie!« Er gab seinem Pferd die Sporen und ritt, was das Zeug hielt, auf das Farmgelände zu. Das Haus und der direkt angrenzende Melkstall brannten lichterloh. Er nestelte schnell sein Handy aus der Jeans und tippte blind die Nummer der ortsansässigen Feuerwehr. »Marc Bradley hier, Bradley-Farm, es brennt! Kommen Sie schnell!« Als er vor dem Haupthaus gehetzt aus dem Sattel sprang, waren die angestellten Landarbeiter bereits dabei, mit Feuerlöschern der Situation Herr zu werden. Das sonst so treue Pferd scheute und rannte aus Angst vor dem Feuer davon. Marc schrie auf.

»Wo sind Mary und Stella?«

Die Männer zuckten die Schultern und arbeiteten hektisch weiter. »Verdammt noch mal! Irgendjemand muss sie doch gesehen haben!«

»Wir sind selbst gerade erst von der Südweide zurückgekommen, als wir den Brand bemerkt haben«, sagte Jeff, einer der Männer. »Mary wollte Stella ins Bett bringen! Sie müssen noch im Haus sein!«

Marc zögerte keine Sekunde und rannte auf die Haustür zu.

»Ah ...!« Ein höllischer Schmerz durchzuckte seine rechte Hand. Die metallene Türklinke war viel zu heiß. Mit aller Kraft trat er mit dem Fuß auf die stabile Holztür ein. Mehrmals holte er mit voller Wucht aus, bis das Holz splitternd nachgab und die Tür aufsprang. Beißender Qualm kam ihm entgegen. Er konnte kaum etwas sehen. Hier drinnen war es stockdunkel. Schützend hielt er sich seinen Arm vor die tränenden Augen und tastete sich durch den dunklen Flur Richtung Treppe. Laut zerbarsten die Fenster unter der starken Hitze. Die Glasscherben splitterten in alle Richtungen. Überall im Haus loderten mittlerweile die Flammen meterhoch. Plötzlich krachte ein Balken donnernd direkt vor ihm auf den Boden. Er kam nicht weiter. Jeff, der hastig hinter ihm hergeeilt war, hielt eine nasse Jacke schützend über seinem Kopf. »Mensch, Marc, raus hier, da kommst du nicht durch!«, keuchte er mit vorgehaltener Hand.

»Ich muss zu meiner Frau!« Hustend wollte er weitergehen. Doch Jeff, ein Zweimetermann von gewaltiger Statur, packte sich den etwas leichteren Marc und zog ihn mit aller ihm zur Verfügung stehenden Kraft aus dem Flammenmeer. Der verzweifelte Mann wehrte sich mit Händen und Füßen. Zwei weitere Männer kamen am Eingang Jeff zu Hilfe; sonst wäre es fraglich gewesen, ob die beiden dieser Hölle hätten entrinnen können. Tief keuchend und laut hustend verharrten sie einige Sekunden vor dem Gebäude. Es tat höllisch weh, die frische Luft in die Lungen einzuatmen.

Genau in diesem Moment traf mit lautem Sirenengeheul die Feuerwehr ein.

»Schnell, eine Leiter, dort oben an das Fenster! Meine Frau

und meine Tochter müssen sich noch im Schlafzimmer befinden!«, krächzte Marc und befreite sich energisch aus Jeffs Klammergriff. Ungeduldig versuchte er, dem Feuerwehrmann den Schlauch aus den Händen zu reißen. Der Schweiß rann ihm aus allen Poren. Von seinem Arm tropfte Blut, und der Kopf drohte ihm zu bersten. Doch davon bemerkte er nichts. Sein einziger Gedanke galt seiner Familie, die er retten wollte. In Windeseile wurde der Leiterwagen an das Fenster gefahren. Die Einsatzkräfte rollten bereits die Schläuche aus. »Wasser, marsch!« Schwarze Rauchwolken drangen aus den Fenstern. Die wahnsinnige Hitze ließ die Menschen zurückweichen. Ein Feuerwehrmann in Schutzkleidung kletterte kühn über den Balkon, nachdem von zwei Seiten die Stichflammen von der Wasserzufuhr der Feuerwehr zurückgedrängt worden waren. Während mehrere Neugierige und Farmmitarbeiter den Atem anhielten, verschwand der wagemutige Feuerwehrmann im Inneren des Obergeschosses. Marc verlor beinahe die Nerven. Ungeduldig lief er unten an der Leiter hin und her. Immer wieder wollte er selbst hinaufklettern. Doch die Männer bewahrten ihn davor, sich nochmals in das Flammeninferno zu begeben. Ihm kam es wie eine Ewigkeit vor, bis der Feuerwehrmann endlich wieder am Fenster auftauchte. Gott sei Dank! Auf seinen Armen trug er einen Kinderkörper. Rasch wurde ihm dieser auf der Leiter von seinem Kollegen abgenommen. Dann verschwand er wieder im Dunkeln. Augenblicke später folgte er mit der leblosen Gestalt einer Frau. Marc nahm dem Mann rasch das kleine Bündel ab und legte es vorsichtig ins nasse Gras. »Schnell! Sie atmet noch!« Behutsam beugte er sich zu seiner kleinen Tochter hinab und versuchte mit Mund-zu-Mund-Beatmung das Leben des Kleinkindes zu retten.

»Stella, komm meine Süße, halte durch!« Sekunden, Minuten, keiner konnte sagen, wie viel Zeit verstrichen war, plötzlich war der Notarzt zur Stelle und übernahm Marcs verzweifeltes Bemühen um das junge Menschenleben.

»Bitte treten Sie zur Seite, ich löse Sie ab!« Der Arzt versorgte Stella mit einer Sauerstoffmaske und begann mit der Herz-Lungen-Massage. Immer wieder fühlte er den Puls. Nach bangen Minuten drehte er sich um und schüttelte stumm den Kopf.

»Es tut mir leid. Sie hat es leider nicht geschafft.« Schnell richtete er sich auf und beugte sich nun zu dem Frauenkörper, den man neben dem Kind ins Gras gelegt hatte. Er hielt seinen Finger an den Hals, um den Puls zu fühlen, und versuchte mit seinem Stethoskop etwaige Lebenszeichen festzustellen.

»Nein! Nein!« Marc schrie auf. »Das kann nicht sein! Bitte Doc, tun Sie doch etwas!« Er warf sich schluchzend auf die leblose Gestalt seiner Frau. »Mary, wach auf!«

Dann lief er wieder zu seiner Tochter, nahm den leblosen kleinen Körper in seine Arme und wiegte ihn hin und her. »Stella, du brauchst jetzt nicht zu schlafen, mach die Augen auf!« Voller Verzweiflung sank er in die Knie. Ein schrecklicher Laut entrann seiner Brust. Er schrie wie ein wildes Tier. »Das kann nicht sein, das darf nicht sein!« Jeff zog ihn hoch. Weinend klammerte sich Marc an den großen Mann. Vor lauter Verzweiflung bemerkte er gar nicht, wie tief sich seine Finger in die Oberarme seines Mitarbeiters gruben. Jeff musste die Zähne zusammenbeißen. Doch er ließ ihn gewähren. »Diese verfluchte Lampe, schuld ist bestimmt die Lampe, die ich nicht repariert habe. Hätte ich nur nach dem blöden Ding gesehen, dann würden die beiden noch leben. Aber ich musste ja ausreiten. Ich habe sie im Stich gelassen! Ich bin schuld! Ich bin schuld! Ich bringe nur Unglück!« Er schrie und tobte. Keiner konnte ihn beruhigen. Die Menschen dort waren selbst völlig fassungslos. Der Doktor fackelte nicht lange, zog eine Beruhigungsspritze auf und versenkte sie in Marcs Arm. Mit Müh und Not schaffte Jeff es, ihn auf eine nahe Bank zu ziehen.

Der Arzt blieb bei dem Farmer, während Jeff eilig zum Kuhstall hinüberhastete. Er wusste, in der Wartebox standen noch fünf Kühe, die er am Abend nicht auf die Weide gelassen hatte. Am Stall bot sich ihm jedoch ein verheerendes, trostloses Bild aus Flammen und Qualm. Das frei stehende Gebäude war bis auf die Grundmauern zusammengefallen. Obwohl die Feuerwehr auch hier die Flammen von mehreren Seiten in Schach hielt, war nichts mehr zu retten. Vergeblich. Es war alles verloren!

2. Kapitel

Erschrocken fuhr Chiara zusammen.

»Die Passagiere des Fluges eins-drei-zwei-zwei Frankfurt nach Auckland begeben sich bitte zum Gate fünf.«

Sie war mit ihren Gedanken ganz woanders gewesen. Schnell rappelte sie sich auf. Der dicke Mann neben ihr schlug ihr beim Aufstehen seine Laptoptasche in die Kniekehlen. »Autsch!« Die Zähne fest zusammenbeißend, rieb sie sich die schmerzende Stelle und schaute ihn grimmig an. Das würde einen dicken blauen Fleck geben. Eine nervöse Mutti neben ihr zerrte genervt ihre kleine Tochter hinter sich her. Diese beschwerte sich lautstark und quengelte. Es war ein ohrenbetäubender Lärm um sie herum. Chiara war das nicht mehr gewohnt. Die junge Frau konnte es noch nicht glauben, da war sie nun – am Frankfurter Flughafen, inmitten einer Menge aufgeregter Fluggäste. Aufmerksam studierte sie die Anzeigetafel und strich sich das lange blonde Haar aus der Stirn. Noch drei, noch zwei Flüge, gleich würden die Passagiere erneut aufgerufen werden. Verschiedene Sprachfetzen aus aller Herren Länder schwirrten durch die Luft. Die Menschen hasteten durch die Flughalle, als gäbe es am anderen Ende etwas umsonst. Überall waren Hektik und Stress zu verspüren.

Ob die anderen auch so aufgeregt sind wie ich? Auf geht's, Chiara.

Sie schnappte sich ihr Handgepäck, hängte sich ihre Jacke über und ordnete sich in den Strom der Fluggäste ein, die das gleiche Ziel hatten wie sie: Neuseeland. Es dauerte noch etwas, bis sie ins Flugzeug steigen konnte. Doch dann endlich ließ Chiara sich in die weichen Polster fallen. Innerlich seufzte sie auf. Sie war an einem entscheidenden Wendepunkt in ihrem Leben angekommen. Mit dem heutigen Tag würde sich alles verändern. Wie, das wusste sie noch nicht. Es begann eine Reise in eine für sie noch unbekannte Welt. Das Alte blieb vollständig zurück, oder besser gesagt, da war nichts mehr, was zurückblieb. Die Zelte hatte sie hinter sich komplett abgebrochen. Ganz in Gedanken spielte sie mit den weißen, losen Fäden der Kopfstütze ihres Vordermannes. Erleichtert, sich endlich ausruhen zu können, lehnte sich Chiara bequem zurück und blies ihre Ponyfransen aus dem Gesicht, die ihr wie immer vorwitzig in die Stirn fielen. Ihr Handgepäck hatte sie bereits im Fach über sich sorgfältig verstaut. Eine Stewardess ging nun von Sitzreihe zu Sitzreihe und überprüfte, ob sich alle Gäste ordnungsgemäß angeschnallt hatten. Über Chiara schnarrte der Bordlautsprecher mit der Stimme des Flugkapitäns:

»Guten Tag, verehrte Fluggäste, ich begrüße Sie recht herzlich auf unserem Flug eins-drei-zwei-zwei. Unsere heutige Reise führt Sie über Hongkong auf die Nordinsel von Neuseeland, nach Auckland.«

Mindestens dreißig Stunden der Vorfreude und Entspannung lagen vor ihr. Chiara schloss verträumt die Augen und ließ ihre Gedanken beim Abheben der Maschine mit davontragen. Sie sah weder aus dem Fenster, noch interessierte sie in diesem Moment ihr Magen, der beim steilen Anstieg des Flugzeuges Purzelbäume schlug. Ihre Gedanken wollten einfach nur davondriften, hinaus in eine andere Welt. Weg aus ihrem bisherigen Leben in eine neue Zukunft! Ein leiser Singsang wiederholte sich ständig meditativ in ihren Gedanken. »Flieg, flieg«, immer nur: »Flieg, flieg …«

Darüber musste sie wohl eingeschlafen sein. Stunden später berührte eine Hand sachte ihre Schulter. »Entschuldigung. Möchten Sie vielleicht noch etwas essen oder trinken, bevor der Nachtflug beginnt?«, fragte sie eine freundliche Stewardess.

Chiara schaute auf ihre Armbanduhr. Es war nach einundzwanzig Uhr. Tatsächlich, sie hatte lange geschlafen. Etwas verwirrt schaute sie die Stewardess an. »Ja, sehr gerne.« Freundlich wurde sie bewirtet und über den weiteren Verlauf des Fluges informiert. Sie erhielt Auskunft darüber, wann sie in Hongkong Zwischenstopp einlegen würden und wie das Radio zu bedienen war. Im Bordkino lief gerade ein Film an. Nachdem sie bereits wunderbar geschlafen hatte, ließ sie sich gerne davon die Zeit vertreiben. Es wurde der alte Klassiker

»Ein Hund namens Beethoven« gezeigt. Die lustige Komödie lenkte Chiara ab. Erst als es um sie herum ruhig wurde, die meisten Passagiere hatten zum größten Teil ihre Augen geschlossen und die Sitze etwas gesenkt, ließ sie die Erlebnisse der vergangenen Monate wie im Zeitraffer an sich vorbeiziehen.

Es war ungefähr ein Jahr her, dass ihre Mutter ihren schlechten Gesundheitszustand offenbart hatte. Aus der vor Gesundheit strotzenden Frau wurde nun innerhalb von wenigen Wochen ein Pflegefall. Erst wurde seitens der Ärzte noch mit einer Chemo versucht, den Lymphdrüsenkrebs zu bezwingen, doch die kräftezehrende Therapie hatte nichts mehr genutzt. Der heimtückische Krebs wucherte bereits an mehreren Stellen im Körper ihrer Mutter. Chiara zog sofort wieder zu ihrer Mutter und gab ihre erste Anstellung als Lehrerin auf, um sich ganz um sie kümmern zu können. Tag und Nacht verbrachte sie an ihrem Bett und hielt ihre Hand. Sie wollte die verbleibende, kostbare Zeit bei ihr sein. Der Arzt dachte daran, sie ins Krankenhaus zu verlegen. Doch die Mutter bat darum, die letzten Tage in ihrer eigenen Wohnung verbringen zu dürfen. Manchmal hatte sie die müden Augen etwas geöffnet und gelächelt. Still umschloss sie mit ihrer kraftlosen Hand die Finger ihrer Tochter. Das waren ihre Zeichen, zu verstehen zu geben, dass sie Chiaras Nähe spürte und dankbar genoss. Vor zwei Wochen hatte sie ihre Augen dann für immer geschlossen. Zuletzt war sie friedlich eingeschlafen. In aller Stille setzte Chiara sie bei. Weinend stand sie alleine am Grab und trauerte um ihre Mama. Es war ein trister, regnerischer Novembermorgen gewesen. Verwandte gab es in Deutschland nicht und Freunde hatte das Mutter-Tochter-Gespann in der Zeit, in der sie in

Frankfurt gewohnt hatten, nicht gewinnen können. Einsam und allein kehrte Chiara nach der Beerdigung in die Wohnung ihrer Mutter zurück. Traurig löste sie den Hausstand auf. Mechanisch verrichtete sie die Dinge, die zu erledigen waren. Viel war nicht zu tun; die Möbel konnte sie in einem Kellerraum unterstellen, und die wenigen Kleidungsstücke bekam eine Wohlfahrtseinrichtung. Da sie in ihrem Leben oft umgezogen waren, passten auch die persönlichen Habseligkeiten mühelos in einen Koffer.

Als alles Notwendige erledigt war, kehrte Chiara einige Tage später in das Internat zurück, an dem sie gerade einmal sechs Wochen als Englischlehrerin gearbeitet hatte. Mit dem Direktor war sie seinerzeit so verblieben, dass sie, sobald ihre familiären Angelegenheiten geklärt waren, wiederkommen konnte. Beide waren von einigen Wochen ausgegangen. Eine vorübergehende Vertretung war eingestellt worden. Es hatte ja keiner damit gerechnet, dass sie so lange fortbleiben würde. Doch was war passiert? Dem Schulamt war nichts anderes übriggeblieben, als die Stelle an einen anderen Lehrer weiterzugeben, weil sich Chiara noch in der Probezeit befand und entsprechend schnell gekündigt werden konnte.

»Es tut mir sehr leid, Frau Christensen, aber mir waren die Hände gebunden. Ich habe Sie schriftlich informiert und weiß auch um Ihre persönlichen Belange, wieso Sie nicht reagiert haben.«

Dabei senkte er beschämt den Kopf, um seiner Mitarbeiterin nicht in die Augen sehen zu müssen.

Etwas mitleidig sah er hinter ihr her, während Chiara stumm sein Büro verließ. Was sollte sie dazu auch sagen? Insgeheim hatte sie gehofft, dass der Internatsleiter mehr Möglichkeiten gehabt hätte, ihr die Stelle wiederzugeben. Da stand sie nun.

Um sie herum ein Berg gepackter Koffer, kein Heim, keine Arbeit, und sie war mutterseelenallein! Ihr Zimmer im Internat, so wurde sie höflich gebeten, sollte sie innerhalb einer Woche räumen. Die nächsten vierundzwanzig Stunden musste sie wohl heulend in ihrem Bett verbracht haben. So einsam hatte sie sich noch nie im Leben gefühlt. Wie sollte es weitergehen? Sie hatte keinen blassen Schimmer. Alles Wichtige war, ohne dass sie es hätte aufhalten können, unter ihr weggebrochen. Wenn sich nicht die natürlichen Grundbedürfnisse des Menschen wie Hunger und Durst bei ihr bemerkbar gemacht hätten, wer weiß, ob sie jemals wieder aufgestanden wäre. Mühsam quälte sie sich hoch. Beim Aufstehen stolperte sie über einen der Koffer, die im Raum standen. Darin waren alle Habseligkeiten von Chiara verstaut, es war der »Erinnerungskoffer« ihrer Mutter. Chiara hatte, bevor sie den Hausstand der Verstorbenen aufgelöst hatte, einige Erinnerungsstücke der Mutter zurückbehalten und in einem separaten Koffer verstaut. Die Schlösser sprangen auf, und ein Stapel Papiere, die nur lose zusammengebunden waren, flog heraus. Träge raffte sie diese wieder zusammen. Da stach ihr unverhofft ein Brief mit bunten Briefmarken in die Augen. Chiara drehte den Umschlag neugierig zwischen ihren Händen. Er war von Tante Maggie aus Neuseeland. Das Schreiben darin war bereits älter als ein Jahr. Es richtete sich an ihren Vater, den Bruder ihrer Tante. Wieso auch nicht! Sie öffnete das Kuvert und las nachdenklich den Inhalt der steilen Schriftzüge. Der Brief erzählte von dem turbulenten Leben auf der Farm, auf der ihre Tante seit über zwanzig Jahren lebte. Der Schlusssatz lautete: »Ich würde euch so gerne wiedersehen. Leider kann ich hier nicht weg. Wie wäre es: Wollt ihr mich nicht endlich mal besuchen? Ich lade euch hiermit herzlich ein.«

Chiaras Magen knurrte unaufhörlich. Allmählich kehrten ihre Lebensgeister wieder zurück. Sie duschte ausgiebig, wusch sich die Haare und zog sich an. Während sie sich schminkte, blickten ihr zwei traurige Augen aus dem Spiegel entgegen. Tiefe Augenringe lagen wie zwei schwarze Schatten unter ihren dichten schwarzen Wimpern. Einen Preis konnte sie damit ganz sicher nicht gewinnen. Sorgfältig vertuschte sie mit etwas Schminke die fahle Blässe und zeichnete mit einem roséfarbenen Lippenstift ihre vollen Lippen nach. Die zarte Stupsnase und die leichten Sommersprossen auf ihrem Gesicht übertünchte sie mit einem bronzefarbenen Puder. Ganz in der Nähe gab es ein Café, das ein herrliches Frühstück anbot. Dort wollte sie hingehen.

Als sie den warmen Mantel auszog, knisterte es in ihrer Tasche. Tante Maggies Brief. Sie hatte ihn ganz in Gedanken dort hineingesteckt. Nachdenklich spielten ihre Finger mit dem Papier. Sie nahm wahr, wie im hinteren Teil des Cafés ein Telefon klingelte. Trotz der murmelnden Geräusche im Raum war es nicht zu überhören. Die Kellnerin nahm das Gespräch entgegen. Einige englische Sprachfetzen drangen zu ihr herüber, die sie erst nur im Unterbewusstsein hörte.

»Okay …, we have to do … yes, I will come tomorrow. Bye.« Chiara aß gerade ihr Rührei und nahm dazu einen Schluck stärkenden Kaffee, als ihr plötzlich beinahe die Gabel aus der Hand fiel!

»Ich habe es!«, rief sie laut. Einige Gäste im Café drehten sich neugierig zu ihr um. Doch das interessierte Chiara herzlich wenig. Sie wussten ja nicht, dass sich genau in diesem Moment eine Zentnerlast von ihren angespannten Schultern löste.

Die vergangenen Wochen hatte sie wie durch einen undurchdringlichen Nebel wahrgenommen. Alles hatte sich schwer und belastend angefühlt. Das war es! Sie würde noch einmal ganz neu anfangen! Hier gab es keine Perspektive für sie. Es war mitten im Schuljahr, eine Arbeitsstelle würde sie so ohne weiteres nicht finden. Familie und Freunde gab es nicht. Aber vielleicht in Neuseeland bei Tante Maggie? *Ach was,* schalt Chiara sich im gleichen Augenblick wieder selbst. *Das ist eine Schnapsidee. Das geht ja gar nicht. Wir kennen uns kaum, obwohl wir verwandt sind.* Sie verwarf den Gedanken sofort wieder. Doch im Laufe des Tages kam Chiara gedanklich immer wieder auf diesen Einfall zurück. Sie rang mit sich. Mehrmals hielt sie den Telefonhörer unentschlossen in der Hand. Es war nicht schwer gewesen, die Telefonnummer herauszufinden. Im Zeitalter des Internets war das kein Problem mehr. Sie hatte sogar einige Fotos von der Farm ihrer Tante gefunden, die sie neugierig studiert hatte. Letztendlich nahm sie am Abend all ihren Mut zusammen und wählte die lange Nummer. Als Maggie vernahm, wer sie so überraschend vom anderen Ende der Welt anrief, überschlug sie sich fast vor Freude. Nachdem sie sich höflich ein wenig ausgetauscht hatten und Chiara trotz der Entfernung spürte, wie freundlich und aufgeschlossen ihre Tante war, überwand sich Chiara und stellte die entscheidende Frage: »Weshalb ich anrufe, ich möchte dich fragen, ob ich für einige Wochen zu dir kommen kann.«

»Aber Mädel, so lange du willst. Ich warte schon so lange auf eine Nachricht von euch. Ihr könnt alle drei kommen.«

»Tante Maggie, ich muss dir vorher aber noch etwas Wichtiges sagen.« Chiara schluckte. Sie konnte erst gar nicht sprechen.

»Ja, was denn?«

»Mama … Mama ist vor einigen Tagen gestorben.« Schweigen in der Leitung. »O nein, mein Kind! Das kann doch nicht wahr sein! Was ist passiert?«

Chiara konnte trotz der Trennung durch die Telefonleitung spüren, wie erschrocken und traurig Maggie über diese Nachricht war. Sie hatte von der unheilvollen Krankheit ihrer Schwägerin nichts gewusst. »Und was ist mit Hans, wie geht es deinem Vater? Er hat sich ewig nicht mehr bei mir gemeldet. Sonst war es wenigstens noch deine Mutter, die mir auf meine Briefe geantwortet hat.«

»Von Papa habe ich mich getrennt. Seit Jahren habe ich schon keinen Kontakt mehr zu ihm. Er hat uns wegen einer anderen Frau verlassen. Ich weiß noch nicht einmal, wo er sich heute aufhält. Das hat Mama und mir so weh getan, dass wir nach Deutschland zurückgekehrt sind.« Bitterkeit stieg in ihr hoch, während sie mühsam ergänzte: »Er hat sich in den vergangenen Jahren nicht die Mühe gemacht, sich bei mir zu melden.«

Eine lange Stille folgt auf diese Eröffnung. Chiara meinte durch die Telefonleitung zu hören, wie die Tante versuchte, ein Seufzen zu unterdrücken, bevor sie antwortete.

»Weißt du was? Du kümmerst dich jetzt erst einmal um einen Flug, und sobald du kommen kannst, rufst du mich noch einmal an. Ich werde dich dann vom Flughafen in Hamilton abholen. Wenn du bei mir bist, wirst du mir alles in Ruhe erzählen. Einverstanden?« Ihre Stimme klang sehr gütig und verständnisvoll. Chiara mochte sofort ihren warmen Klang. So war vorerst ihr weiteres Schicksal entschieden.

3. Kapitel

Ein leichtes Kribbeln vibrierte durch Chiaras Körper. Alles, was jetzt vor ihr lag, war ungewiss. Es war, als hätte sie einen Cocktail aus Angst, Vorfreude und Traurigkeit zu sich genommen: Mal schlotterten ihr die Knie vor dem Unbekannten, dann wieder keimte Zuversicht auf. Im nächsten Moment plagten sie dagegen Existenzsorgen. Ihr Geld reichte gerade mal für den Flug nach Neuseeland, hin und zurück. Schnell wischte sie diesen Gedanken wieder fort und sagte zu sich selbst, natürlich so, dass es niemand hören konnte: »Chiara, du machst jetzt erst einmal Urlaub, und dann siehst du weiter. Eigentlich bist du ja von Natur aus ein optimistischer und fröhlicher Mensch. Kommt Zeit, kommt Rat.«

Aber irgendwie hatten die vergangenen Wochen aus ihr einen stillen und nachdenklichen Menschen gemacht. Es war an der Zeit, dass sie wieder unter Menschen kam, dass sie mit jemandem reden konnte. Zu viele stumme Zwiegespräche tun niemandem auf Dauer gut.

Die Motoren des Flugzeuges brummten leise vor sich hin und lullten Chiara und ihre Gedanken in sanfte Schwingungen. In wenigen Stunden würde sie ihre Tante persönlich kennenlernen. Sie dachte darüber nach, was sie von ihr wusste. Eigentlich kannte sie Tante Maggie nur aus den Erzählungen ihrer Eltern: In jungen Jahren hatte diese eine ländliche Hauswirtschaftslehre absolviert und danach Landwirtschaft studiert. Für ihr Studium benötigte sie ein einjähriges Praktikum. So hatte es sich schnell ergeben, dass die reiselustige Frau von einer Agentur auf die Nordinsel von Neuseeland zu Claas van Wyk geschickt worden war. Claas' Eltern waren Mitte der fünfziger Jahre von den Niederlanden nach Neuseeland ausgewandert. Anfang der neunziger Jahre bewirtschaftete Claas bereits auf der Höhe von Hamilton an der Ostküste eine eigene Farm. Er suchte Praktikanten und engagierte gerne Deutsche. Dann nahm wohl das Schicksal seinen Lauf. Es »funkte« heftig zwischen dem Chef und der hübschen Bauerstochter. Doch nach acht Monaten lief Maggies Arbeitsvisum ab. Sie musste den Inselstaat wieder verlassen, flog zurück in die Heimat und studierte weiter. Nach neun Monaten bekam sie für ein Jahr ein neues Reisevisum von der Botschaft. 1993 nahm der Holländer dann seine große Liebe auf dem Flughafen von Hamilton in Auckland in die Arme. Zu jener Zeit waren die Einreisebestimmungen schwierig. Maggie musste nachweisen, dass sie genug Geld zum Leben mitbrachte. Nach einem Jahr beantragte sie ein Studentenvisum, um im Land bleiben zu können. Erst nach einem zweijährigen Zusammenleben mit Claas und einer harten Prüfung erhielt Maggie eine unbefristete Aufenthaltsgenehmigung von der Immigrationsbehörde und begann unter anderem ein Masterstudium. 1996 hatte sie dann ihre große Liebe geheiratet. Zusammen mit Chiaras Onkel baute sie mit großer Leidenschaft ein Farmimperium auf. Kinder bekamen die beiden nicht. Im Jahr 2006 erreichte Chiaras Eltern die schreckliche Nachricht aus der Ferne, dass der Onkel bei einem schweren Arbeitsunfall ums Leben gekommen war. Das Ehepaar van Wyk hatte gerade seine dritte Farm erworben. Ihre Eltern, die zu der Zeit noch zusammen waren, flogen zur Beerdigung und erzählten nachher von den tragischen Umständen. Sie selbst befand sich damals in wichtigen Abschlussprüfungen und flog nicht mit. Insgesamt war der Kontakt zur Schwester ihres Vaters in den letzten zwanzig Jahren äußerst sporadisch gewesen, denn ihr Vater arbeitete als Diplomat im Ausland. Bis zur Trennung ihrer Eltern hatte die Familie im Ausland an den unterschiedlichsten Einsatzstellen des Vaters gelebt. Die Großeltern waren in Deutschland früh verstorben, und der Hof, auf dem Hans, ihr Vater und seine Schwester Margret aufgewachsen waren, war längst verkauft. Ihre Mutter wuchs als Heimkind ohne Wurzeln auf. Sie hatte schon früh in Chiaras Vater die ganz große Liebe gefunden und war ihm überallhin gefolgt. Für sie gab es nur ein Leben an seiner Seite und mit ihrer Tochter. An dem war auch lange nichts auszusetzen gewesen. Sie lebten glücklich in ihrer kleinen Familie und genossen es, die verschiedensten Orte der Erde kennenzulernen. Chiara besuchte ausländische Schulen und machte später in einem Internat in Bayern ihr deutsches Abitur.

Dann aber brach ihr behütetes Elternhaus von einem Tag auf den nächsten wie ein Kartenhaus zusammen. Ihre Mutter eröffnete ihr aus heiterem Himmel, dass sich der Vater in eine junge Amerikanerin verliebt hätte und mit ihr ein neues Leben beginnen wolle. Weiter erzählte sie ihrer Tochter irgendetwas davon, dass ihr Vater wohl einer Art Midlife-Crisis verfallen sei. Es gab kein Halten. Die Ehe ihrer Eltern brach auseinander. Vor lauter Enttäuschung packte sie in einer Nacht-und-Nebel-Aktion die Koffer, als sich der Vater auf einer Geschäftsreise befand, und bestand darauf, dass ihre Tochter sie begleitete. Anfangs versuchte sie sich noch mit Händen und Füßen gegen den schnellen Auszug zu wehren. Chiara drängte darauf, mit ihrem Vater sprechen zu dürfen. Doch gegen den eisernen Entschluss ihrer durchsetzungsstarken Mutter kam sie nicht an. So hatte sie sie noch nie erlebt. Mit dem Spruch: »Du kannst mich jetzt nicht auch noch im Stich lassen«, zwang sie ihre Tochter mitzukommen. Sie konnte nicht verhindern, dass diese in eine tiefe seelische Krise stürzte. Immer wieder bekam sie zu hören, daran sei nur der Vater schuld. Da Chiara zu der Zeit mit dem Studium begann, wurde Frankfurt ihr neues Zuhause. Wenn sie sich nach ihrem Vater erkundigte, bekam sie nur die Antwort, er sei in ein ihr unbekanntes Land versetzt worden und habe ihr keine Adresse hinterlassen. Ständig hieß es nur: »Glaub mir, Kleines, er will mit uns nichts mehr zu tun haben. Ein Abschied hätte dir nur noch mehr weh getan.« Natürlich vermisste sie ihn fürchterlich. Ihr tat es sehr weh, dass er sich nicht von seiner »Püppi« verabschiedete hatte. Immer waren sie ein Herz und eine Seele gewesen. Jetzt aber kam kein Anruf, keine Karte zum Geburtstag oder zu Weihnachten. Aus der anfänglichen Enttäuschung wurde Wut, irgendwann Hass. Sie hatte nie verstanden, wieso er ihrer Mutter und ihr das angetan hatte. Es hatte lange gedauert, bis ihre Mutter wieder alleine zurechtkam. Die, die es nie gelernt hatte, auf eigenen Füßen zu stehen, musste erst in ein eigenes und selbständiges Leben zurückgeführt werden. Das war mehr als schwierig gewesen. Durch einen Zufall und die große Überredungskunst ihrer Tochter fand sie eine Aufgabe als Betreuerin in einem Heim für Integrationskinder. Diese Arbeit lenkte sie ab und verschaffte ihr etwas Abwechslung. Sie selbst hatte die Trennung von ihrem heiß geliebten Papa nie ganz verkraftet. Wie auch? Er, der ihr immer ein liebevoller, treusorgender Vater gewesen war, ließ seine Tochter von einem Tag auf den anderen für immer im Stich. Wenn sie daran dachte, kroch heute noch die kalte Wut in ihr hoch.

Doch dann brach mit einem Paukenschlag der heimtückische Krebs bei ihrer Mutter aus und stellte ihr Leben nochmals auf den Kopf und Chiara erneut vor eine schwere Bewährungsprobe.

4. Kapitel

Sie war so aufgeregt. Nervös drehte sie die ganze Zeit ihre langen Haare. Immer wieder zwirbelte sie die Strähnen um ihren Zeigefinger. In Hongkong hatte das Flugzeug zum Tanken zwei Stunden Aufenthalt. Dann ging es weiter, quer über Australien, Chiaras neuer Zukunft entgegen. Es war vier Uhr in der Nacht, als Chiara endlich ihr Ziel, den Flughafen von Hamilton, erreichte. Todmüde stand sie am Gepäckband und wartete auf ihre Koffer. Dann endlich hatte sie alle Gepäckstücke zusammen und bewegte sich mühsam mit ihrem überladenen Gepäckwagen zum Ausgang. Hier wollte sie sich mit ihrer Tante treffen. Ihre Ankunftszeit hatte Chiara per SMS mitgeteilt und eine Nachricht zurückerhalten, dass sie in der Ankunftshalle abgeholt werden würde. Überall hielt sie Ausschau nach einer Dame mittleren Alters. So ganz genau wusste sie nämlich nicht, wie sie aussah. Sie kannte ihr Gesicht nur von alten Familienfotos. Doch keine der Personen, die an ihr vorbeiliefen, deutete auf Tante Maggie hin. Etwas ratlos ließ sie sich auf ihren großen Koffer fallen. Und nun? Mit dem Taxi war es zu weit. Da wurde sie plötzlich von einer tiefen Stimme von hinten angesprochen.

»Mrs. Christensen?« Erschrocken drehte sie sich um. Dort stand ein Mann, er mochte Mitte dreißig sein, mit zerzausten, lockigen Haaren, lässig in Jeans und Holzfällerhemd gekleidet.

»Ja?«, erwiderte sie und merkte, wie sie vor Verlegenheit rot wurde. Türkisblaue Augen, tief wie zwei Bergseen, blickten sie neugierig an. Wow! Was für ein Ausdruck! So etwas hatte sie noch nie gesehen. Total verwirrt betrachtete sie ihn näher. Ihr Blick glitt über sein Gesicht. Feine Bartstoppeln »zierten«

sein Gesicht. Eine Rasur wäre nötig gewesen. Ob er einen Kamm besaß, das war dahingestellt. Aber irgendwie war das egal. Von ihm ging eine Anziehung aus, der Chiara sich nicht entziehen konnte.

»Ihre Tante schickt mich. Sie ist leider verhindert. Kommen Sie!« Seine Stimme war etwas rau, und seine Anweisungen klangen abgehackt. Völlig perplex schaute Chiara hinter ihm her. Ohne sich umzudrehen, lief er mit weit ausholenden Schritten voraus.

Das ist ja eine nette Begrüßung! Was blieb ihr anderes übrig? Hastig raffte sie ihre Siebensachen zusammen und stolperte mit ihrem schweren Gepäckwagen so gut sie konnte, schwer atmend, hinter ihm her.

»He Sie! Hallo, warten Sie! Ich komme nicht mit!« Doch ihr Vordermann setzte seinen Weg unbeirrt fort. Der Abstand zwischen ihnen wurde immer größer. Da konnte sie rufen und schimpfen, wie sie wollte. Sie merkte, wie ihre Wangen vor Anstrengung glühten. Allmählich wurde sie wütend. *Dieser ungehobelte Klotz!* Erfreulicherweise blieb er endlich vor einem Pick-up mit offener Lagefläche stehen. Doch zu ihrem Unglück rutschte genau in diesem Moment einer ihrer Koffer von ihrem Gepäckturm hinunter und sprang auf. Dabei verteilten sich alle Utensilien mitten auf dem Parkplatz. Ein Auto blieb laut hupend direkt vor ihr stehen. Schließlich befand sie sich noch auf dem Parkstreifen für an- und abfahrende Fluggäste.

»So ein Mist!« Wohl oder übel kniete sie sich hin und stopfte so schnell sie konnte ihre Sachen hastig in den Koffer zurück. Da stand der unbekannte Schöne plötzlich wieder hinter ihr, wedelte mit einem spitzenbesetzten BH vor ihrer Nase herum und warf ihn mit einer Eleganz, die Chiara ihm nicht zugetraut hätte, zu den anderen Klamotten. Ein Anflug eines Grinsens zog sich über sein Gesicht. Der Vorgang hatte mit Sicherheit nicht mehr als zehn Sekunden gedauert. Da war der Moment einer Gefühlsregung des unbekannten Mannes auch schon wieder vorbei.

»Eh, Sie!« Chiara schimpfte wütend über diese freche Provokation. Doch ungerührt über Chiaras Schimpftirade hievte dieser mit Schwung den schweren Koffer auf die Ladefläche, als hielte er eine leichte Tasche in der Hand. Chiara blieb vor Staunen der Mund offen stehen. Mühsam hatte sie mit dem Gepäckwagen ihr Ziel ebenfalls erreicht. *Das kann ja heiter werden! Will der mich auf den Arm nehmen?*

»Können Sie keine Rücksicht nehmen? Ich bin nicht so schnell wie Sie!« Ohne Kommentar landeten die anderen Gepäckstücke bei dem ersten Koffer auf dem Wagen. »Einsteigen!«

Schnell kletterte Chiara auf den Beifahrersitz. Sie wollte sich gerade anschnallen, da hatte er bereits den Motor angelassen und preschte los. Mit einem heftigen Ruck wurde sie in das Sitzkissen zurückgeschleudert. *Da stehen mir ja glorreiche Zeiten bevor, wenn ich in den nächsten Wochen noch öfter mit diesem ungehobelten Klotz zu tun bekomme.*

Zügig ging die Fahrt in die dunkle Nacht hinaus. Von der faszinierenden Stadt Hamilton, über die sie im Reiseführer bereits viel gelesen hatte, bekam sie in dieser Nacht leider nicht viel zu sehen.

Das Raubein von Mann neben ihr schwieg weiterhin beharrlich. Ob er sauer war, sie mitten in der Nacht abholen zu müssen? Obwohl, er sah nicht so, als würde ihm das etwas ausmachen. *Na gut, wenn du das so willst, mein Lieber, dann schweigen wir eben beide*. Dennoch konnte sie nicht umhin, ihn verstohlen von der Seite zu mustern. Ein äußerst interessanter Mann, das musste sie schon zugeben. Eine etwas zu raue Schale, das war klar. Was sich wohl darunter verbarg? Es war lange her, dass sie mit einem Mann allein gewesen war, und jetzt auch noch mit einem so attraktiven Naturburschen. Im Studium gab es mal einen festen Freund. Doch wie sich herausgestellt hatte, passten sie nicht richtig zueinander, ihre Interessen waren einfach zu unterschiedlich. Und später dann war keine Zeit oder Gelegenheit mehr gewesen, sich mit dem anderen Geschlecht zu beschäftigen. Sie stellte gerade fest, dass ihr der Gedanke an ein verliebtes Gefühl ganz abhandengekommen war. Bis jetzt auf jeden Fall. Etwas kribbelte die ganze Zeit in ihrem Bauch. Wie konnte das sein, bei einem so unfreundlichen Gefährten? »Ach was, Chiara«, verbat sie sich jeden weiteren Gedanken an diese Vorstellung.

Eine halbe Fahrstunde später ging im Osten gerade die Sonne auf, und sie konnte die unbekannte Landschaft für sich entdecken. Es war November. Hier hatte der Frühling gerade erst begonnen. Überall an den Wegesrändern fingen die Blumen an zu blühen. Auf den hügeligen, sattgrünen Weiden sah sie viele große Schafherden. Einige junge Lämmer drückten sich in der Morgenfrische an ihre Mütter. Etwas später erkannte sie rechts der Straße riesige Kiwi-Plantagen, so weit das Auge reichte. Nach ungefähr einer weiteren Stunde tauchte für Chiara völlig unverhofft vor ihren Augen der Pazifische Ozean auf. Sie blickte auf ihre Armbanduhr. Es war sechs Uhr in der Frühe. Was für ein grandioser Anblick! Vor Aufregung hüpfte sie auf ihrem Autositz hin und her und rief laut: »Wow, ist das schön!« Ihre Müdigkeit war mit einem Schlag wie weggeblasen. Sie war so begeistert, dass sie einfach nicht an sich halten konnte. Der ungehobelte Klotz neben ihr murrte etwas wie: »Muss das sein?« Mehr konnte sie von seinem Gemurmel nicht verstehen. Aber das interessierte sie in diesem Moment nicht. Wenn er schlechte Laune haben wollte, sollte er doch. Die weißen Schaumkronen tanzten auf den Wellen und die ersten Sonnenstrahlen funkelten über dem Wasser. Was für eine Weite! Sie kam aus dem Staunen nicht heraus. Es versprach, ein wunderschöner Tag zu werden. Die Sonne stand bereits goldgelb am Horizont und tauchte alles in ein funkelndes, glänzendes Licht. Traumhafte Strände, eine Landschaft wie aus dem Bilderbuch und Sonne den ganzen Tag. So hatte sie sich Neuseeland vorgestellt, und so war es auch wirklich; einfach atemberaubend. Eine Zeitlang führte sie der Weg noch die Küstenstraße entlang mit seinen vielfältigen Facetten. Die junge Frau sah puderweiße Sandstrände, schroffe Felsen und romantische Buchten. Sie hätte nicht sagen können, wo sie zuerst haltgemacht hätte, um die grandiosen Landschaftsbilder in sich aufzusaugen. Am liebsten hätte sie gefragt, ob sie einen Stopp einlegen könnten, um sich die Füße zu vertreten. Doch sie traute sich nicht, ihren stummen Chauffeur weiter zu verärgern. An einer riesigen Weide mit mehreren hundert Kühen stand ein großes Schild mit der Aufschrift:

»Tangata-Whenua-Farm.«

Hier bogen sie ein. Sie hatten ihr Ziel erreicht.

5. Kapitel

Vor dem Farmhaus hielten sie an. Eine schwarz-weiß gefleckte Border-Collie-Hündin kam auf sie zugestürmt, als der Pick-up im Kies vor dem Farmhaus knirschend stehen blieb. Der Chauffeur stieg aus. Überschwänglich begrüßte er die Hündin. »Hey, meine Alte, hast du mich vermisst? Komm, wir gehen an die Arbeit!« Er kraulte sie hinter den langen Ohren und ließ sie gewähren. Chiara blieb vor Staunen der Mund offen stehen.

»Sieh an«, dachte sie bei sich. »Der Mann kann ja auch freundlich sein. Hund müsste man sein.« Erstaunlicherweise trabte das Tier nicht hinter ihm her, sondern verharrte vor den Füßen Chiaras. Die Hündin setzte sich brav vor Chiara und reichte ihr zur Begrüßung ihre dicke, tapsige Pfote. Ihrem Herrchen schien das aber nichts weiter auszumachen. Ungerührt drehte er sich um und machte sich auf den Weg zu den rückwärtig gelegenen Stallungen und verschwand aus Chiaras Blickfeld. Jetzt, wo er ihr den Rücken zuwandte, konnte sie ihm neugierig nachblicken. Er erinnerte sie an den Cowboy aus einer Marlboro-Werbung, die es früher einmal gegeben hatte. Wenn er jetzt noch einen Cowboyhut aufsetzen würde, könnte er glatt als Double durchgehen. Sein Gang war weit ausholend und selbstbewusst, das Hemd spannte sich über seinem muskelbepackten Oberkörper. Er war wirklich ein gut aussehender Mann, wenn auch ziemlich ungehobelt. Aber darüber konnte und wollte Chiara momentan nicht nachdenken, zu tief saß noch die Trauer um ihre Mutter. Er schien hier auf der Farm beschäftigt zu sein. »Hoffentlich muss ich sein dämliches Benehmen nicht ständig ertragen.«

Zuerst einmal begrüßte sie die niedliche Hündin. Diese schnüffelte ausgiebig an ihren Hosenbeinen. Sie sprang freudig bellend an ihr hoch und wollte ihr durchs Gesicht lecken. Fast wäre Chiara hintenübergefallen. Manch einer wäre aus Respekt vor einem unbekannten großen Hund zurückgewichen. Doch nicht Chiara. Sie war sehr tierlieb und hatte keine Angst. Gutmütig kraulte sie das Fell der Hündin. »Du wildes Wollknäuel willst wohl meine neue Freundin werden?« Liebevoll gab Chiara die stürmische Begrüßung zurück und hob ihren Blick. Vor ihr befand sich ein riesiges Farmhaus aus Holz. Es war von einer wunderschönen, umlaufenden breiten Veranda umgeben. Ein Schaukelstuhl wippte im Wind leise vor und zurück. Das Haus hatte weiße Fensterläden, und vor der Tür war ein Fliegengitter angebracht. Im Vorgarten stand trotz der frühen Jahreszeit bereits ein buntes Blumenmeer in voller Pracht. Hier hatte jemand eindeutig einen grünen Daumen und liebte Pflanzen in jeglicher Form und Farbe. In der Mitte des Hofes plätscherte ein großer Steinbrunnen vor sich hin. Hinter dem Haus befanden sich mehrere sehr große Stallgebäude, deren Ausmaß sie von hier aus nicht richtig erkennen konnte. Aber am intensivsten nahm sie den würzigen Duft nach Heu, Blumen und salziger Luft wahr. Eine Komposition, die sie am liebsten in einem Parfümfläschchen gespeichert hätte. Herrlich! Wohlig streckte sie ihre müden Glieder, die sich nach der langen Reise im Sitzen wie eingerostet anfühlten.

Da sprang plötzlich die Eingangstür auf, und wie ein Wirbelwind stürmte ihre Tante Maggie – es konnte niemand anderes sein – auf sie zu und umarmte sie. Chiara blieb fast die Luft weg, als sie an ihren Busen gezogen wurde. »Kia ora Chiara! Herzlich willkommen in Neuseeland. Da bist du ja endlich! Ich habe schon auf euch gewartet. Es tut mir so leid, dass ich dich nicht abholen konnte. Aber heute Morgen war bereits der Milchkontrolleur da, den ich unbedingt sprechen musste. Lass dich einmal anschauen. Welch eine Augenweide! Ich habe ja gar nicht gewusst, dass unsere Familie solch eine

Schönheit hervorgebracht hat. Aber dünn bist du, viel zu mager! Das müssen wir ändern. Das lass mich mal machen.« Sie lächelte verschmitzt. Etwas verlegen stand Chiara vor ihr und wusste nicht, wie ihr geschah. Ihre Tante schwenkte sie an ihren Armen hin und her und betrachtete sie wohlwollend. Dabei stand ihr Mundwerk nicht still. »Herzlich willkommen auf der Tangata-Whenua-Farm. Komm herein, mein Kind. Ich mache dir jetzt erst einmal ein kräftiges Frühstück. Du musst ja nach der langen Reise ganz ausgehungert sein.«

Trotz des überschwänglichen Temperaments empfand Chiara sofort Empathie für ihre Tante. Sie nahm ihre Nichte an der Hand und ging mit ihr ins Haus. Sie gelangten in eine riesige Wohn- und Essküche. In der Mitte stand ein langer, blank gescheuerter Holztisch, ein Krug mit wunderschönen Feld- und Wiesenblumen schmückte die Küche, die im Landhausstil gestaltet war. Alles war rustikal und wirkte sehr gemütlich.

»Du setzt dich jetzt erst einmal hin, ich brühe schnell den Kaffee auf. Oder möchtest du lieber Tee?«

»Kaffee wäre wunderbar«, erwidere Chiara, »er wird meine Lebensgeister wieder wecken.«

Tante Maggie wirbelte wie ein Wiesel in der Küche umher und zauberte in Windeseile ein reichhaltiges Bauernfrühstück auf den Tisch. In der Zwischenzeit konnte Chiara sie in Ruhe betrachten. Maggie mochte an die fünfzig Jahre alt sein und besaß immer noch eine knabenhaft schlanke Figur. Aber bei solch einem Wirbelwind hatte kein Gramm Fett die Möglichkeit, sich auf ihren Hüften festzusetzen. Die braunen Haare mit den vielen kleinen Löckchen trug sie in einer praktischen Kurzhaarfrisur. Das Gesicht war nicht geschminkt, ihre Haut war glatt und wirkte sehr gepflegt, und die rosigen Wangen konnten mit Sicherheit jedem Rouge standhalten. Chiara bemerkte, dass Maggie dieselben Augen wie ihr Vater hatte. Es versetzte ihr einen Stich ins Herz, als sie an ihn erinnert wurde. Aber das gehörte jetzt nicht hierher. Schnell schob sie den Gedanken daran beiseite. Als ihr der Geruch von Eiern und Speck aus der Pfanne in die Nase stieg, grummelte ihr Magen. Es war immerhin Stunden her, dass sie etwas Nahrhaftes zu sich genommen hatte. »So, bitte schön.«

Maggie stellte ihr einen voll beladenen Teller vor die Nase. Vor Chiara türmte sich ein riesiger Berg von frischem Bauernbrot, Eiern, Wurst und Käse mit frischen Tomaten auf. Davon hätte eine ganze Kompanie satt werden können. Tante Maggie setzte sich ihr gegenüber. Mit einer großen Tasse dampfendem Kaffee in der Hand betrachtete sie Chiara wohlwollend, wie diese sich über das Essen hermachte. Es dauerte keine zwei Minuten, da fing sie wieder an zu reden. »Weißt du was? Wenn du aufgegessen hast, zeige ich dir als Erstes dein Zimmer, dann kannst du dich ausruhen. Der lange Flug, die Zeitverschiebung und die durchwachte Nacht; du musst ja todmüde sein!«

Wie zur Bestätigung musste Chiara in diesem Moment herzhaft gähnen. Sie lachte. Hastig hielt sie sich die Hand vor den Mund und nickte nur.

»Später werde ich dich durchs Haus führen und dir die Farm zeigen. Wo ist eigentlich Marc abgeblieben? Den werde ich mir noch vorknöpfen, deine Koffer einfach auf dem Wagen liegen zu lassen. Ich werde höchstpersönlich dafür sorgen, dass er sie auf dein Zimmer bringt.«

»Mach dir keine Umstände, ich bin schließlich nicht aus Pappe. Ich werde sie mir schon selbst reintragen«, machte sie in den Versuch, ihre lebhafte Tante zu beschwichtigen. Doch damit kam sie bei Tante Maggie nicht durch.

»Benehmen ist hier Ehrensache! Marc ist einer meiner besten Mitarbeiter, die ich je auf meiner Farm beschäftigt habe. Nur gegenüber dem weiblichen Geschlecht, da führt er sich manchmal unmöglich auf.« Maggie zwinkerte mit den Augen. »Aber daran arbeite ich noch.« Sie lachte herzhaft. »Manchmal führt er sich wie ein trotziges kleines Kind auf. Ich hoffe, er hat sich dir gegenüber anständig benommen?«

»Ja, ja, alles gut, mach dir keine Gedanken.« Mehr wollte sie ihr von ihrer ersten Begegnung nicht verraten. Nicht, dass er bei seiner Chefin in Ungnade fiel.

»Was bedeutet eigentlich *Tangata Whenua?*« Der Name hatte sie neugierig gemacht.

»Ah, der schöne Name ist dir schon aufgefallen! Wir haben unsere Farm so genannt, weil die Bezeichnung bei den Maoris, den Ureinwohnern Neuseelands, für den körperlichen Willkommensgruß steht. Wer von den Maoris so begrüßt wird, dem wird die Ehre erwiesen, dass er nicht länger als Besucher, sondern als zu diesem Land Gehöriger betrachtet wird. Es ist auch eine Namensbezeichnung für die Maoris. In unseren Anfängen, als dein Onkel Claas und ich hier unser erstes Land gekauft und die Farm aufgebaut haben, wurde uns großzügige Gastfreundschaft und Hilfe seitens der Nachbarn und der Maoris in der Umgebung erwiesen. Sie waren und sind sehr hilfsbereit. Wir haben nie das Gefühl gehabt, geduldete Ausländer zu sein. Sie respektieren uns einfach so, wie wir sind. So etwas ist in der heutigen Zeit nicht selbstverständlich. An Arbeitern haben wir auch immer wieder Maoris beschäftigt.«

Chiara hing ihrer Tante gebannt an den Lippen, sie konnte sehr anschaulich erzählen.

»Unser Mitarbeiter Ben ist auch ein Maori. Er ist ein langjähriger treuer Arbeiter und mit seinen Händen sehr geschickt. Du wirst dich bestimmt gut mit ihm verstehen. Er weiß sehr viel über die hiesigen Sitten und Gebräuche, du wirst sehen. Dass wir vor einigen Jahren unsere Farm *Tangata Whenua* genannt haben, ist ein Dank zurück an dieses Land.«

»Das klingt schön, das gefällt mir.«

Während sie noch sprachen, gingen sie in die Diele. Dort führte eine große, freistehende Holztreppe in das Obergeschoss hinauf. Auf der Galerie befanden sich auf einem langen Gang fünf Zimmer. »Du bekommst den letzten Raum, unser Gästedomizil. Er liegt nach Osten raus. Dort werden dich morgen früh die ersten Sonnenstrahlen an der Nasenspitze kitzeln.« Schwungvoll öffnete Maggie die Tür. Mit einem Bums schlug sie an die Wand. Tante Maggie fegte mit ihrem Temperament einfach alles weg.

»Wow, was für ein wunderschönes Zimmer!« Chiara bewunderte den geschmackvoll eingerichteten Raum. In der Mitte stand ein großes Himmelbett. Eine geblümte Tagesdecke zierte die Schlafstätte. Auch hier standen frische Wiesenblumen auf dem Nachttisch. Vor dem Fenster flatterten luftige Vorhänge leise tanzend in der Morgenbrise. Andächtig blieb sie vor dem Ausblick stehen. »Grandios!« Vor ihr lagen die Hofauffahrt und dahinter riesige Weideflächen, an denen sie beim Ankommen bereits entlanggefahren waren. Auf ihnen grasten in der Morgensonne viele schwarz-weiß gefleckte Kühe. Rechts neben dem Haus liefen einige Pferde friedlich auf einer Koppel umher.

»Ich lass dich jetzt in Ruhe. Schlaf gut, meine Süße. Und

denk daran: Was man beim ersten Mal in einem neuen Zuhause träumt, das geht in Erfüllung!« Damit zog sie – dieses Mal leise – lächelnd die Zimmertür hinter sich zu. Chiara war alleine. Genüsslich streckte sie ihre Arme weit aus und ließ sich rückwärts auf das weiche Bett fallen. Eigentlich wollte sie sich noch auskleiden. Doch dazu kam es erst gar nicht mehr. In null Komma nichts schlief sie ein.

Lautes Knattern riss Chiara aus ihren schönsten Träumen. Sie brauchte einen Moment, um sich zurechtzufinden. Irgendetwas hatte sie geweckt. Verwirrt sah sie sich um. Der Jetlag tat seine Wirkung. Schließlich musste ihr Organismus mit zwölf Stunden Zeitunterschied klarkommen. Für einen kurzen Moment wusste sie nicht, wo sie sich gerade befand. Dann erst wurde ihr die neue Umgebung bewusst. Da, wieder … ein lautes Aufheulen! Neugierig rappelte sie sich auf und trat an das Fenster. Ihr Blick fiel auf das Rondell in der Hofauffahrt. Noch schlaftrunken rieb sie sich die Augen und hielt die Vorhänge zur Seite, um nachzusehen, was sich dort unten abspielte. Ein junger Mann saß auf einem riesigen Traktor und drückte auf Zuruf von Mal zu Mal das Gaspedal unter lautem Getöse voll durch. Unter dem Gefährt sah man nur zwei lange Beine in Jeanshosen auf einem Rollbrett liegen. Genau von dort unten kamen die dumpfen Befehle. Auf einmal bewegte sich das Brett nach vorne, und darunter rappelte sich niemand anderes hervor als ihr Chauffeur von heute Morgen.

»He David, ich glaube, jetzt hält die Schraube. Fahr mal eine Runde, aber gib richtig Gas!«

Mit laut aufheulendem Motor rollte der Traktor vom Hof. Marc rieb sich die ölverschmierten Finger an einem riesigen weißen Taschentuch ab. Dabei hob er den Kopf, und sein Blick fiel auf die stumme Beobachterin oben am Fenster. Wie ertappt ließ diese die Vorhänge schnell fallen. *Mist!* Hastig trat sie einen Schritt zurück, so dass sie von außen nicht mehr erkannt werden konnte. Doch das nützte nichts mehr. Marc hatte sie längst bemerkt.

»Na, da ziert sich ja jemand mächtig!«, rief er provozierend von unten herauf. Diese kleine Bemerkung konnte sich Marc in diesem Moment nicht verkneifen. Wen hatte sich Maggie da wohl ins Haus geholt? Bisher versuchte er jeden Gedanken an die junge, hübsche Deutsche zu verdrängen. Auch wenn er es vor sich selbst nicht eingestehen wollte, war ihm ihr attraktives Äußeres natürlich nicht verborgen geblieben. Er wäre kein Mann, wenn ihn das völlig kaltgelassen hätte. Heimlich hatte er sie am Flughafen beobachtet, wie sie dort neben ihrem Kofferberg gestanden hatte. Die langen Haare, etwas zerzaust, fielen offen auf ihren Rücken. Hin und wieder fuhr sie sich mit den Händen durch den Pony und strich ihn unbewusst hinters Ohr zurück. Sie war recht groß und sehr schlank. Von weitem hätte sie mit ihren Maßen als Model durchgehen können. Allerdings wirkte sie recht natürlich und besaß nicht diese affektierten Allüren, die manch andere sehr gut aussehende Frau an den Tag zu legen pflegte. So etwas mochte er gar nicht.

»Schluss damit!« Marc verbat sich vehement jeden weiteren Gedanken an Chiara. Gleich gab es Abendessen. Die Burschen würden den neuen Gast sicherlich mit tausend Fragen bestürmen und neugierig auseinandernehmen. Dann würde man Näheres erfahren. »Sollen die doch. Mich interessiert keine Frau mehr!«

Eine laute Hofglocke schallte in diesem Moment weit über die

Farm. Es war neunzehn Uhr. Das Zeichen für alle, sich zum Haupthaus hinüberzubegeben.

Chiara richtete schnell ihre Frisur, erfrischte sich mit einem Schwung Wasser ins Gesicht und zog ein frisches, geblümtes Sommerkleid aus dem Koffer. Behutsam strich sie mit den Händen die Knitterfalten glatt und begutachtete ihr Äußeres kritisch im Spiegel. So musste es gehen. Langsamen Schrittes ging sie die Treppe hinunter und folgte dem Geräuschpegel, der aus der Küche zu kommen schien. Ein genüsslicher Duft strömte ihr entgegen. Als sie den Raum betrat, wurde es auf einen Schlag mucksmäuschenstill. An die zehn Männer, eine Frau und Tante Maggie saßen um den großen Esstisch herum. Vor ihnen standen Schüsseln mit dampfenden Köstlichkeiten, die eindeutig die genüsslichen Düfte verursachten. Die Stille war ein Zeichen für Maggie, das Wort an alle zu richten.

»Meine Lieben, ich möchte euch gerne meine Nichte Chiara Christensen vorstellen. Sie wird eine Weile unser Gast sein. Sie kommt wie ich aus Deutschland und ist Lehrerin. Bitte seid nett zu ihr. Sie hat eine schwere Zeit hinter sich. Meine Schwägerin, also ihre Mutter, ist erst vor wenigen Tagen verstorben.«

Während sie dies verkündete, brach selbst Maggies selbstbewusste Stimme. Scheinbar hatte sie den Gedanken über die traurige Situation bisher erfolgreich verdrängt. Wortlos setzte sie sich wieder hin und neigte ihren Kopf.

»Maggie«, Marc stand auf und trat zu seiner Chefin, »unser aufrichtiges Beileid, wir wussten ja nicht …«, stammelte er. »Ihnen auch Miss Christensen.« Stumm nickte er ihr zu.

Ein beipflichtendes Murmeln kam nun auch von den anderen Anwesenden.

Chiaras Herz fing aus unerklärlichen Gründen an zu klopfen, als Marc sprach. Sie war erneut überrascht, wie freundlich er sein konnte. Auch wenn es wieder nur wenige Worte waren, die er von sich gab.

Schweigend griff die Truppe zu den Schüsseln und lud sich das Essen auf. Die andere Frau hatte Maggie in den Arm genommen; zu Chiara gewandt, sagte sie freundlich: »Kommen Sie, hier neben mir ist noch ein Platz frei. Und jetzt essen Sie erst einmal.«

Ohne weiteren Kommentar legte sie Chiara ein großes Steak auf den Teller und reichte ihr die Schüssel mit dem verlockend aussehenden Salat. Für einen Moment fühlte sie sich trotz der Menschenmenge einsam. Was sollte sie auch sagen. Sie fing an, ihr Fleisch zu schneiden. Es vergingen keine zwei Minuten, da wurde die Küchentür aufgestupst und die Border-Collie-Hündin stürmte herein. Vor Marc blieb sie hechelnd stehen und fing laut an zu bellen.

»Hey Germany, was ist denn mit dir? Ist etwas passiert? Komm, mach Platz!«

Doch Germany gehorchte nicht. Immer wieder lief sie zur Tür und dann wieder zurück zu Marc, um weiterhin laut zu kläffen.

»Da stimmt doch was nicht.« Marc legte sein Besteck ab und stand hastig auf. »Ich gehe mal nachsehen.« Schon war er hinaus. Das hatte gereicht, um Maggies Lebensgeister wieder zu wecken.

»Mit den Tieren wird etwas sein, ich kenne doch unsere Germany. Umsonst macht sie nicht so ein Theater.«

Das war das Stichwort. Jetzt wurde auch der Rest der Mannschaft wieder munter, und ein lebhaftes Gespräch über ein Kalb, welches sich einmal im Zaun verheddert hatte, entfachte.

»So Leute, bitte seid noch einmal ruhig.« Mit der eintretenden Stille nutzte Maggie die Gelegenheit, Chiara die Männer mit Namen vorzustellen. »Ben, Tom, Ed, David, und das hier ist Ann, meine gute Seele fürs Haus.«

Der schwarzhaarige Mann, der Ben genannt wurde, zwinkerte er ihr zu. Über den Tisch hinweg versuchte er, mit ihr zu flirten. Verlegen senkte Chiara ihre Lieder. Es war lange her, dass ein Mann sich für sie interessiert hatte. Für den Anfang konnte Chiara sich die vielen Namen nicht alle merken, doch das würde kommen. Die Männer waren mit ihrer Mahlzeit fertig, trugen ihr Geschirr zur Spülmaschine und verließen dann mit einem kurzen Gruß die Küche. Chiara half Maggie und Ann beim Aufräumen. Als die Arbeit fast getan war und der Tisch wieder blank gescheuert im Abendlicht glänzte, füllte Maggie zwei Gläser mit einem kühlen Bier und zog ihre Nichte mit auf die Veranda.

»Komm mit, meine Süße, wir beide machen es uns jetzt erst einmal richtig gemütlich.« Sie setzte sich in einen bequemen Korbstuhl und überließ Chiara den Schaukelstuhl. »Prost!« Dabei kicherte sie und reichte ihr ein Glas zum Anstoßen. »Weißt du, wie viele Jahre ich nicht mehr Prost gesagt habe? Das kommt davon, wenn man kein Deutsch spricht. Ach, ist das schön, jemanden aus meiner alten Heimat bei mir zu haben. Jetzt bin ich schon so viele Jahre aus Deutschland fort und habe gedacht, meine Wurzeln hier gefunden zu haben. Doch seit deinem ersten Anruf holt mich plötzlich die Vergangenheit wieder ein. Ach, was schwätze ich die ganze Zeit. Jetzt bist du aber mal an der Reihe. Ich weiß so wenig von dir.«

Gerade wollte Chiara antworten, als lautes Pferdegetrappel näher kam. Marc saß hoch zu Ross und blieb direkt vor der Veranda stehen. Der Kies flog hinter ihm hoch. »Maggie, wo sind die Männer? Hinten am Zaun ist ein riesiges Loch! Ein Teil der Herde ist ausgebrochen! Ich brauche Hilfe!«

»Sie sind alle zu den Blocks hinüber …«, sie kam gar nicht dazu, ihren Satz zu beenden. Schon hatte er seinem Pferd die Sporen gegeben und preschte über den Hof. Auch Maggie sprang auf, stieg in ihre Stiefel, die neben dem Eingang standen und rannte zum Pferdestall. Neugierig stand Chiara auf und folgte ihr langsam. Als sie den Pferdestall betrat, kam ihr Maggie bereits mit einer gesattelten Stute entgegen, schwang sich sportlich wie ein junges Mädchen auf das Pferd und ritt schnell in Richtung Kuhweide. Über den Hof kamen jetzt auch die anderen Männer gelaufen und erhielten unter Marcs Kommando ihre Order. Da es bereits begann, dämmrig zu werden, wurden sie mit großen Taschenlampen ausgerüstet. Zwei Jeeps fuhren hinaus auf die Feldwege. Nach dem Tohuwabu war es plötzlich wieder still. Ann, die mit ihrer Küchenarbeit fertig geworden war, trat hinaus zu Chiara auf die Veranda.

»Hier ist ganz schön was los! Damit haben Sie nicht gerechnet, was?«

»Nein, wirklich nicht. Ich habe auch gar nicht gewusst, dass meine Tante so eine riesige Farm besitzt.«

»Es wird gleich kühl, Sie sollten sich eine Jacke überziehen. Oder besser noch, Sie gehen rein. Das da draußen kann länger dauern. Kommen Sie allein zurecht? Ich fahre jetzt nach Hause zu meiner Familie, ich wohne nicht hier auf der Farm wie die anderen.«

»Aber sicher doch. Machen Sie sich um mich keine Sorgen.«

»Ach übrigens: sag ruhig Ann zu mir. Wir gehen hier alle ganz locker miteinander um.«

»Gerne.« Chiara mochte Ann sofort. Sie war nicht viel älter als sie selbst.

»Dann wünsche ich dir eine gute Nacht.« Sie lächelte Chiara warmherzig zu.

»Gute Nacht, Ann, und danke.«

Kurz darauf fuhr sie davon. Eine Zeitlang schaute sie noch in die dunkle Nacht hinaus, bevor sie auf ihr Zimmer ging. Doch an Schlaf war jetzt nicht zu denken. Lange noch stand sie am Fenster. Erst Stunden später hörte sie die Farmer zurückkommen. Einige Türen klapperten, dann wurde es wieder still im Haus und auf dem Hof. Sie war traurig. Ihre Gedanken wanderten zu ihrer Mutter. Sie vermisste sie sehr. Vor wenigen Tagen noch waren sie jede Minute des Tages beieinander gewesen. Das war nun nicht mehr und sollte nie wieder sein. Ihr war, als fehlte ein Teil von ihr. Ein tiefes Gefühl der Zusammengehörigkeit hatte sie über die Jahre sehr stark aneinandergebunden. Noch konnte sie sich ein Leben ohne ihre Mutter nicht vorstellen. Hoffentlich würde sie der Trubel hier auf der Farm etwas ablenken. Bedrückt wischte sie sich einige Tränen aus ihren Augenwinkeln. Es würde mit Sicherheit noch einige Zeit vergehen, bis der Verlust nicht mehr so schmerzte.

6. Kapitel

Chiara rekelte sich noch etwas schlaftrunken in ihrem großen, kuscheligen Bett, als es klopfte. Maggie öffnete die Tür einen Spalt und sah ins Zimmer. »Guten Morgen, du Schlafmütze. Möchtest du mit mir frühstücken?«

»Ja, sehr gerne. Geh schon mal vor, ich dusche schnell, dann komme ich zu dir runter.«

Wider Erwarten hatte sie doch noch einige Stunden gut geschlafen. Ihre Lebensgeister kehrten langsam in ihre Glieder zurück. Herzhaft gähnte sie. Durch den Elan ihrer Tante angetrieben, sprang sie aus dem Bett. Fünfzehn Minuten später betrat sie die Küche. Der Kaffee duftete bereits einladend.

»Na, du Langschläferin, macht dir der Jetlag noch zu schaffen?«

»Ja, unglaublich, ich konnte letzte Nacht erst gar nicht einschlafen. Aber jetzt fühle ich mich wieder frisch und ausgeruht.«

»Die Männer sind schon an der Arbeit. In der Regel frühstücken wir hier um sieben Uhr. Dadurch, dass wir alle zusammen die Mahlzeiten zu uns nehmen, können wir die Arbeitszeit am effektivsten einteilen. Die fest angestellten Landarbeiter besitzen zwar ein kleines Blockhaus am Ende des Geländes mit eigener Küche, doch die nutzen sie kaum. Das Frühstück richte ich und versorge alle mit Lunchpaketen für den Tag. Um neunzehn Uhr gibt es dann hier wieder eine warme und deftige Mahlzeit. Ann kommt ab Mittag, hilft mir in Haus und Garten und abends beim Kochen. Den Vormittag nutze ich für die Koordination hier auf der Farm und für die Büroarbeit. Wenn du möchtest, kannst du dich unserem Rhythmus anschließen. Wenn du aber lieber ausschläfst, bedienst du dich einfach hier in der Küche. Schließlich sollst du dich erst einmal erholen und ankommen.«

»Ach, das ist lieb. Aber wenn du nichts dagegen hast, würde ich gerne mit dir aufstehen. Die Einsamkeit tut mir im Moment nicht gut. Am besten kann ich mich sicherlich ablenken, wenn ich diesen Trubel hier mitmache. Und bitte, gib mir etwas zu tun. Ich habe so viele Wochen nichts anderes getan, als am Krankenbett von Mama zu wachen. Ich würde mich sehr gerne wieder mit etwas beschäftigen.«

»Daran soll es nicht scheitern«, antwortete Maggie. »Zu tun gibt es hier immer mehr als genug. Du wirst schon sehen.« Sie lächelte wohl wissend.

»Was ist mit den Kühen? Habt ihr sie gestern Abend wieder eintreiben können?«

»Das war ein Drama!« Lebhaft berichtete Maggie vom gestrigen Abend. »Hinten am Zaun lagen wohl mindestens zehn Meter Draht flach. Wir haben auf dieser Weide etwa vierhundert Kühe. Und ich sag dir, wenn sich so eine Herde erst einmal in Bewegung setzt, dann traben alle Kühe hinterher. Es heißt nicht umsonst Herdentiere. Gott sei Dank liegt die Fläche hinter der Weide direkt an den Küstenklippen, und die Viecher konnten nicht weit weglaufen. Marc ist mit einigen Leuten die ganze Nacht draußen geblieben. Nachdem wir die Tiere wieder eingetrieben haben, werden wir sie heute Morgen beim Melken über den Scanner auf Vollzähligkeit kontrollieren.«

Während ihr Maggie ausführlich erzählte, betrat Marc die Küche. »Maggie, ich muss dich unbedingt sprechen!« Er wollte sich bereits abwenden und vor die Tür gehen, um dort mit ihr weiterzureden. Doch Maggie rief ihn zurück.

»Was gibt es denn so Wichtiges? Du brauchst vor Chiara keine Geheimnisse zu haben. Rück schon raus mit der Sprache!«

Er zögert noch etwas. Da Maggie sich jedoch nicht rührte, konnte er nicht umhin, in der Küche zu bleiben. Konnte oder wollte er sie nicht direkt ansehen? Chiara überlegte. Ob er ihr auswich? Sie musste unbedingt Tante Maggie bei Gelegenheit fragen, was sie an sich hatte, dass er ihr mit aller Gewalt aus dem Weg zu gehen versuchte. So übel sah sie doch nicht aus, dass ein Mann ständig wegsehen musste. Marc kam schnell zur Sache. Ging es um die Arbeit, sieh an, war er nicht so schweigsam. Engagiert wusste er seinen Standpunkt klar und ausführlich zu vertreten.

»Der Melker hat mir gerade mitgeteilt, dass noch eine Kuh fehlt. Ben und ich nehmen den Viehtransporter und fahren noch einmal zu den Klippen hinaus, um das Tier zu suchen. Aber was mir mindestens genauso viele Sorgen bereitet, ist das Loch im Zaun. Ich habe mir die Schadstelle einmal genauer angesehen. Nicht die Tiere haben alles niedergewalzt. Da ist eindeutig Sabotage am Werk! Mindestens fünf Zaunpfähle sind komplett mit Gewalt aus dem Boden gezogen worden. Das schafft kein Tier. Dann wären die Pfosten weggedrückt gewesen und lägen mit dem unteren Ende noch in der Erde.«

»Ach, du spinnst!«, fiel ihm Maggie ins Wort. »Wer würde denn so etwas machen?«

»Glaub mir, das ist ganz geschickt gemacht worden. Ich wäre auch fast nicht darauf gekommen.«

»Aber von unseren Männern würde keiner auf solch eine aberwitzige Idee kommen. Wieso auch?«

»Ich sage es dir – da will uns jemand Schaden zufügen! Ich könnte mir auch schon vorstellen, wer …«

»Du denkst an Ted?«, frage Maggie. »Quatsch. Ted war zwar Claas gegenüber voller Hass und von Neid zerfressen und sie haben sich ständig gestritten, aber mir würde er doch nichts tun!«

»Ich will dich ja nicht beunruhigen. Aber er sitzt jeden Abend in der Kneipe und kippt einen Whisky nach dem anderen und erzählt herum, dass Claas ihm sein Land gestohlen hat. Die Leute sagen, dass ihm finanziell das Wasser bis zum Hals steht. Er musste wohl zu viel Silomais zukaufen, weil seine Flächen für die Weidenhaltung nicht groß genug sind.

Ein großer Teil seines Viehbestandes wurde verkauft. Ständig posaunt er überall herum, schuld daran seien die van Wyks.«

»Ja, ich weiß, aber Claas lebt schon lange nicht mehr. Außerdem ist damals alles mit rechten Dingen zugegangen, als mein Mann die Flächen nach Osten hinzugekauft hat. Es gab ein faires Höchstgebotsverfahren. Es ist nicht unsere Schuld, dass Ted mit seinen Weideflächen nicht expandieren konnte, weil er vom Wasser eingekreist ist. Claas hatte nun mal die bessere Darlehenszusage von der Bank und konnte höher bieten.«

Maggie wandte sich Chiara zu, die die ganze Zeit ruhig zugehört hatte.

»Aber das wollte Ted nie einsehen. Er denkt einfach, dass er immer hier gewohnt hat und die älteren Rechte besitzt. Es musste unbedingt dieses Stück Land für ihn sein, weil es an seine Farm angrenzt. Ich weiß noch, wie seine Frau ihn überreden wollte, sich weiter südlich eine zusätzliche Weidefläche zu kaufen. Er ist so ein Sturkopf. Stattdessen hatte er nichts Besseres zu tun, als mit Claas im Clinch zu liegen. Er hat versucht, uns mit seinem Neid das Leben schwerzumachen. Aber das waren immer nur verbale Attacken. Ich glaube nicht, dass er Sabotage betreiben würde. Ich weiß noch, wie Claas ihm ständig geraten hat, einen Teil des kargen Bodens mit Schafen zu beweiden. Aber er war nicht bereit, umzudenken. Aber weißt du, was ich denke?«, resümierte Maggie. »Es hat ihm den Boden unter den Füßen weggerissen, als seine Frau verstorben ist. Davon hat er sich nie richtig erholt. Deshalb trinkt er auch, anstatt wirtschaftlich zu handeln. Dabei sollte er sich zusammenreißen und an seine Tochter denken. Das Mädel ist sich viel zu sehr alleine überlassen.«

»Wie kann man nur sein Kind vernachlässigen? Was ist das für ein Vater!«, fragte Chiara.

»Wahrlich kein guter!«, erwiderte Marc. »Das Mädchen schaut mir manchmal zu, wenn ich mit dem Pferd arbeite. Ständig ist es mit seinem kleinen Fahrrad unterwegs. Manchmal sehe ich es mit dem Rad zur Bushaltestelle fahren.«

»Es kann einem leidtun.« Dabei schaute Maggie Chiara an, um noch weiter auszuholen.

»Manchmal kommt das Mädchen heimlich an die Küchentür und holt sich bei mir etwas Süßes. Ich solle sie nicht verraten, sagt sie immer. Wenn ich mich mit ihr beschäftigen will, haut sie sofort wieder ab. Es täte ihr gut, wenn sich mal jemand um sie kümmern würde. Sie bräuchte längst neue Kleidung, und zum Haareschneiden müsste sie auch einmal. Dabei ist sie schrecklich dünn. Ich habe so meine Bedenken, ob sie gut versorgt ist. Aber was will ich machen. Seit Teds Frau nicht mehr lebt, bekomme ich keinen Zugang mehr zu ihm. Dabei ist er unser nächster Nachbar. Am Anfang bin ich noch hin und wieder rüber und habe ihm meine Hilfe angeboten. Ich habe dir ja bereits gesagt, dass wir hier sehr viel von Nachbarschaftshilfe halten. Aber wenn man immer wieder hinausgeschmissen und aufs übelste beschimpft wird, verliert man irgendwann das Interesse.« Sie zuckte hilflos mit den Schultern.

»Maggie, ich muss mich um das vermisste Tier kümmern, du weißt Bescheid, ich bin dann mit Ben raus.«

Sie winkte ihm zum Abschied zu. In dem Moment ging das Telefon und Maggie nahm ab. Sie sprach einige Sätze und legte dann wieder auf. »Chiara, ich wollte eigentlich mit dir einen Rundgang über die Farm machen, allerdings kommt gleich der Steuerberater. Ich kann jetzt nicht weg. Aber weißt du was?

Dafür kannst du gerne mit Marc und Ben rausfahren. Sie sind unten an der Küste. Von dort hast du einen wunderschönen Blick auf die Bucht von Hahei. Da lernst du gleich unser schönstes Fleckchen Erde auf der Coromandel-Halbinsel kennen! Wärst du damit einverstanden?«

»Aber ja, gerne, ich bin dabei.«

»Marc, warte bitte!« Maggie lief schnell vor die Tür und rief hinter ihm her. »Ihr könnt Chiara mitnehmen, dann sieht sie ein wenig von unserer Farm.« Marc drehte sich um und nickte, lief aber weiter. Chiara hatte Mühe, schnell genug hinter ihm herzukommen. Rasch kletterte sie in den Jeep. »Dieser ungehobelte Kerl, was ist das nur für ein unverschämtes Benehmen!«, fluchte Chiara innerlich. »Sie sind wohl immer auf der Flucht?«, konnte es sich Chiara nicht verkneifen zu fragen. Keine Antwort. »Auch gut«, dachte sie.

»Guten Morgen«, kam es aber stattdessen fröhlich von der Seite. Ben, der die ganze Zeit auf seinen Boss im Wagen gewartet hatte, rückte zuvorkommend in die Mitte. »Setzen Sie sich neben mich. Hier ist genug Platz.« Der dunkelhäutige Typ tippte charmant an seinen Hut als Zeichen einer Begrüßung. »Das finde ich ja mal eine nette Begleitung!« Seine dunklen, feurigen Augen strahlten Chiara an. Kleine Lachfältchen zogen sich an seinen Augenwinkeln zusammen.

»Tante Maggie hat leider noch keine Zeit für mich«, meinte Chiara keck. »Deshalb dürfen Sie beide mir ein wenig das Gelände zeigen.« Chiara griff die gute Laune Bens nur zu gerne auf. *Wäre ja noch schöner, wenn dieser Marc es schaffen würde, mir meine gute Laune zu verderben.*

Ben war ein Maori und stammte von den Ureinwohnern Neuseelands ab. Das hatte Maggie bereits kurz erwähnt. Er trug seine schwarzen Haare lang, hinten zu einem Pferdeschwanz zusammengebunden. Seine strahlend weißen Zähne zeigte er häufig. Er schien ein fröhlicher Zeitgenosse zu sein, denn er lachte und scherzte viel. Das war Chiara bereits gestern beim Abendessen aufgefallen. Er war nahezu ein Ausbund an Fröhlichkeit. Dass er ausnehmend gut aussah, war nicht zu übersehen. Mit Sicherheit war er in der Lage, den Frauen den Kopf zu verdrehen. Der Motor heulte auf, Marc setzte das Fahrzeug schwungvoll in Bewegung und jagte über den holprigen Feldweg, an mehreren Kuhweiden entlang, Richtung Küste.

»Wo haben Sie denn die vielen Tiere von gestern gelassen?«, fragte Chiara neugierig, denn es war weit und breit keine Kuh mehr zu erblicken.

»Ach, das ist kein Problem«, antwortete Ben lässig und ließ seine bloßen Arme ausschweifend durch die Gegend kreisen. Seinen rechten Oberarm zierte ein ungewöhnliches Tattoo. Das fiel sofort auf. »Die Tiere werden bei uns morgens und abends im Melkhaus gemolken und können von dort aus auch auf andere Weiden getrieben werden. Hinter dem Farmgebäude sind noch mehr Grasflächen. Dort befinden sich derzeit alle Tiere.« Er tat sein Bestes, einen formvollendeten Fremdenführer abzugeben. Chiara hörte ihm interessiert zu. Schon fuhr er fort. »Darf ich dich duzen? Wir reden uns hier alle mit Vornamen an«, wagte er einen weiteren vertraulichen Vorstoß.

»Habe schon davon gehört. Gerne, ich bin Chiara.«

»Und ich Ben«, galant reichte er ihr seine Hand zum Schütteln. Lächelnd kam sie der Aufforderung nach.

»Warst du schon einmal auf einer Farm wie dieser hier?«

»Nein, das ist alles neu für mich. Zu Hause in Deutschland

kennt man diese Größenordnungen nicht. Dort wird eine ganz andere Landwirtschaft betrieben.«

»Möchtest du noch mehr Details über unser System wissen?«

»Aber ja, erzähl mir mehr, damit ich es besser verstehe«, forderte Chiara ihn auf.

»Also gut. Du befindest dich hier auf einer sogenannten Home-Farm. Maggie van Wyk besitzt noch zwei weitere Farmen ganz in der Nähe. Wir halten hier etwa achthundert Kühe in zwei Herden. Das Melken dauert je vier Stunden am Morgen und am Abend und wird von zwei Männern betreut. Die Melker werden nach Leistung bezahlt. Ein guter Mann verdient bei uns etwa zwanzigtausend neuseeländische Dollar. Zudem stellt der Arbeitgeber uns eine kostenfreie Wohnung und ein Motorrad oder einen Jeep zur Verfügung. Hinter dem Melkstand befinden sich kleine Blockhäuser, die wir bewohnen. Wenn du möchtest, kann ich dir meine bescheidene Unterkunft einmal zeigen.«

Chiara musste schmunzeln. Er ließ doch nichts unversucht, um mit ihr zu flirten. »Schauen wir mal«, erwiderte sie. »Erzähl mir mehr, das ist sehr interessant.« »Okay, ich habe dir ja schon gesagt, dass die Kühe nach jedem Melken die Koppeln wechseln. Weil das Gras bei diesem Rhythmus nicht zu kurz abgefressen wird, können die Kühe einundzwanzig Tage auf die gleiche Weide. Auf das Nachmähen verzichtet Marc. Doch nach Bedarf werden die Weiden gedüngt und bewässert.«

»Warum Marc?«, unterbrach Chiara den Redeschwall von Ben. »Ich dachte Maggie sei der Boss?«

»Ich bin hier der Herdenmanager und für das gesamte Farmgelände, die Tiere und das Personal zuständig«, antwortete Marc knapp. Ob er damit seinen Status hervorheben wollte? Chiara sah ihn von der Seite an. Doch Marc konzentrierte sich ganz aufs Fahren, als gäbe es nichts Wichtigeres auf der Welt, als das Steuerrad zu umklammern. Ben fackelte dafür nicht lange und setzte seinen fröhlichen Farmbericht fort.

»Die Aufzucht der weiblichen Kälber hat Maggie aus arbeitswirtschaftlichen Gründen auf andere Farmen ausgelagert. Auf einer Betonfläche neben dem Melkstand werden Mais und Kraftfutter zugefüttert. Die Tangata-Whenua-Farm baut selbst keinen Mais an. Sie kauft jedes Jahr für etwa fünfhundertfünfzigtausend bis sechshunderttausend neuseeländische Dollar Mais und Kraftfutter zu, wie zum Beispiel Palmkernöl.«

»Jetzt hör auf mit dem Geschwafel«, unterbrach Marc das Gespräch. Er war es leid, wie Ben Chiara zutextete. Die aufdringliche Art ging ihm gehörig auf den Geist. Er zog seine dichten Augenbrauen zusammen, wie immer, wenn er verärgert war. Der Jeep blieb abrupt stehen. »Wir sind da. An die Arbeit!«

»Kann ich Euch helfen?«, fragte Chiara.

»Das ist Männersache«, blaffte Marc. Ben sagte genau zur gleichen Zeit: »Aber sicher doch.«

»Was denn jetzt?« Irritiert schaute sie von dem einen zum anderen. Wieder kam es gleichzeitig: »Nein.«

»Ja.«

»Ach, wisst ihr was, wenn ihr euch nicht einigen könnt, dann sage ich einfach ja, ich bin dabei.«

Enthusiastisch trabte Chiara hinter den Männern her, die den Weg Richtung Küste einschlugen. Schließlich galt es, Ausschau nach dem vermissten Tier zu halten. Das wäre doch gelacht, wenn sie das nicht genauso gut wie die Männer konnte. Dafür musste man ja schließlich nicht Farmer sein. Hinter dem immer noch flachliegenden Weidezaun wurde der Boden unwegsamer und ging über in eine felsige, zerklüftete Klippe. Blöderweise waren ihre Sandalen mit Absatz so gar nicht für das unwegsame Gelände geeignet. Chiara ging mehr schlecht als recht. Gut, dass sie hinterherlief, galt es doch sich keine Blöße zu geben. Dichtes Buschwerk versperrte teilweise die Sicht. Doch dann kamen die drei an eine Stelle, die den Blick auf den Ozean freigab. Chiara blieb überrascht stehen. Sie befanden sich etwa achtzig Meter über dem Abgrund. Unter ihnen tat sich eine sandige, romantische Bucht auf. Chiara erinnerte sich. Das musste die Hahei-Bucht sein, von der die Tante gesprochen hatte. Eine einsame Wolke schwebte am Horizont – ein hübsches weißes Gebilde –, wie ein Wattebäuschchen geformt. Die Wellen liefen hier sachte in kleinen Schüben ans Ufer, und die frische Meeresbrise zerrte an ihren Haaren. Chiara konnte sogar das Salz auf den Lippen schmecken. Auf der Wasseroberfläche funkelten Tausende kleine Sonnendiamanten. Hier empfing sie eine Atmosphäre der idyllischen Abgeschiedenheit. In der Ferne tanzte ein kleines Segelboot auf den Wellen.

»Wunderschön!«

Ben lief bereits weiter. Marc verharrte einen Augenblick und blieb unbemerkt hinter Chiara stehen. Wie sie dastand – sich mit den Händen durchs Haar strich und auf das Wasser hinausblickte –, das erinnerte ihn an Mary. Diese hatte das Meer geliebt und auch oft innegehalten und die Eindrücke in sich aufgesogen. Es gab einen feinen Stich in seinem Herzen. Lange hatte er nicht mehr an sie gedacht. Schließlich tat er alles, um sich mit Arbeit abzulenken. Abends war er dann todmüde und schlief ohne nachzudenken ein. »Verflixt«, dachte er. »Jetzt taucht diese Frau aus Deutschland auf und sorgt dafür, dass mich die Vergangenheit wieder einholt. Dabei hat sie überhaupt keine Ähnlichkeit mit Mary.«

Ihre Haare waren blond, viel länger, die Augen blau wie Kornblumen, und ihre Figur war bedeutend zierlicher. Mary dagegen war dunkelhaarig, klein und vollschlank gewesen und hatte rehbraune Augen. Hastig drehte er sich um seine eigene Achse und stapfte Ben hinterher. »Genug der Gefühlsduselei«, befahl er sich selbst und eilte hinter Ben her.

»Herrlich! Hey Leute, kann man hier auch baden?«, begeistert drehte sich Chiara um. Doch wo waren Marc und Ben geblieben? Die Wallhecke verdeckte ihre Sicht auf die Farmarbeiter. Diese waren längst weitergelaufen. »Ach herrje, na wartet, ich finde euch.« Chiara strich ihre Haare aus der Stirn, wandte sich nach rechts und arbeitete sich durch die Felsen und Sträucher. In der Hoffnung, die richtige Richtung eingeschlagen zu haben, stolperte sie durch das unwegsame Gelände. Einige Dörner zerkratzten ihre nackten Beine. »Autsch!« Mit der rechten Hand hatte sie in einen dornigen Strauch gepackt. Ein dicker Stachel steckte in ihrem rechten Daumen. Vorsichtig versuchte sie, ihn mit der linken Hand herauszuziehen. Es ging nicht. Der dämliche Stachel tat auch noch weh. Wütend stampfte sie mit ihrem rechten Fuß auf. »Da habe ich den Schlamassel.« Sie kam gar nicht dazu, weiter darüber nachzudenken, denn plötzlich hörte sie ganz in der Nähe ein Rascheln. Neugierig schlich sie sich näher heran. Behutsam drückte sie die Zweige eines großen Busches auseinander. Und siehe da, sie blickte direkt in die großen, glotzenden Augen einer Kuh. Diese schien ebenso verdutzt zu sein wie sie.

»Ah, wer bist denn du?« Der Dorn in ihrem Finger war vergessen. »Da bist du ja, du Ausreißerin!« Sie kletterte um die Büsche herum und näherte sich von der anderen Seite dem Tier. Jetzt sah sie auch, wieso die Kuh festsaß. Ihr linkes Vorderbein steckte in einem Felsspalt fest. »Du Arme, kannst hier nicht raus. Warte ich helfe dir.« So gut sie konnte, robbte sie sich auf den Knien an das Tier heran und berührte erst vorsichtig, dann aber fest zupackend die Vorderfessel. »Verflixt!« Sie musste noch näher an das Tier heran, sonst hatte sie keine Standfestigkeit. Ehrfürchtig drückte sie sich an den großen Bauch der Ausreißerin. Er fühlte sich warm und fest an. Du liebe Güte, was hatte sie für eine Angst. Aber der Drang, dem armen Tier zu helfen, überwog der Versuchung, nachzugeben, einfach davonzulaufen. Wusch! Der Schwanz der Kuh ratschte durch Chiaras Gesicht.

»Ih, du dummes Ding. Wisch dir gefälligst die Scheiße ab, bevor du mich attackierst.« Angeekelt wischte sie sich mit den Händen den Kuhmist aus dem Gesicht. »Bäh. Ausgerechnet jetzt habe ich kein Taschentuch dabei.« Dann musste eben der Ärmel ihres Pullovers herhalten. Trotz der unmöglichen Situation ließ sie sich nicht lange aus dem Konzept bringen. Das stank fürchterlich.

»Igitt! So jetzt halt endlich still, sonst bekomm ich dich nie frei.« Sie nahm noch einmal all ihre Kräfte zusammen und zog nun mit einem Ruck den Fuß des Tieres aus seiner Barriere. Blut tropfte. Doch darauf konnte sie in diesem Moment keine Rücksicht nehmen. Nun galt es, das große, störrische Tier aus dem Gestrüpp herauszuziehen. Mit einer Engelsgeduld sprach sie immer wieder beruhigend auf die Kuh ein: »Komm, meine Süße, sei schön brav. Lauf.«

Mit einem sanften Ruck drückte und schob sie das äußerst sture Tier mit aller Kraft. Sie hatte einmal in einem Film gesehen, wie das gemacht wurde. Die Kuh stellte sich allerdings störrischer an als ein Esel. Aber so schnell gab eine Chiara Christensen nicht auf. Die Kuh beschwerte sich und gab ein lautes Muhen von sich. »Das nützt dir auch nichts. Komm!« Chiara konnte auch energisch sein, wenn sie wollte. Da, auf einmal … Endlich bequemte sich das verletzte Tier und trottete, nachdem es wieder festen Boden unter den Füßen hatte, brav hinter seiner Lebensretterin her. Gerade als sie wieder Herr der Lage war und den Weg landeinwärts eingeschlagen hatte, tauchten die beiden Männer neben ihr auf. Sie waren durch das laute Gebrüll angelockt worden und staunten nicht schlecht, als sie sahen, dass der zierliche Besuch aus Deutschland in der Lage war, eine große Kuh anzutreiben. Als sie näher kamen und in ihr vor Kraftanstrengung hochrotes Gesicht sahen, brachen sie in schallendes Gelächter aus.

»Wie siehst du denn aus?« Ben schlug sich feixend mit beiden Händen auf die Oberschenkel. »Du müsstest dich einmal im Spiegel sehen. Herrlich!«

Marc zog ein großes, blütenweißes Taschentuch aus seiner Jeans, fackelte nicht lange und strich ihr vorsichtig die Spuren der Kuhscheiße von den Wangen. Chiara blieb etwas betreten vor ihm stehen. Erst wollte sie sich lautstark beschweren, sie hatte bereits einen derben Spruch auf den Lippen. Doch dann konnte auch sie nicht anders und lachte mit den beiden Männern. Die Situation war einfach zu komisch. Es tat so gut, einmal aus vollem Herzen zu lachen. Zu lange hatte sie das nicht mehr erlebt. »Okay, ich übernehme, du Kuhretterin des Tages.« Ben brach einen Stock von einem Strauch zum Antreiben, und gemeinsam ging es zurück zum Viehtransporter, um die Kuh darauf nach Hause zu kutschieren.

7. Kapitel

Autsch!« Chiara wollte sich gerade schwungvoll aus dem Jeep schwingen, als sie einen spitzen Schrei ausstieß. Unglücklicherweise hatte sie sich mit ihrer Hand, also auch mit dem dornengespickten Daumen, auf dem Sitz abgestützt. Der Stachel saß immer noch im Fleisch.

»Lass mich mal sehen.« Marc kam um das Gefährt herum. Fast genauso schnell agierte Ben. Die beiden Männer rempelten sich gegenseitig, weil jeder nach Chiaras Hand greifen wollte. Doch Marc war schneller. Ben zog einen Flunsch und blieb mit verschränkten Armen an den Jeep gelehnt stehen. Was blieb ihm auch anderes übrig. Fachmännisch untersuchte Marc den Unglücksfinger und verkündete recht forsch: »Das kann so nicht bleiben. Komm mit!« Und wie es seine Art zu sein schien, setzte er sich unversehens in Bewegung. Chiara, die keine Ahnung hatte, was sie tun sollte, gehorchte und trabte mit Abstand hinter ihm her. Zurück blieb ein grimmig dreinblickender Ben. Marc lief zu den Blockhäusern der Landarbeiter hinüber. Er ging auf das rechte Gebäude zu und verschwand im Inneren. Neugierig betrat auch kurz darauf Chiara das kleine Holzchalet. Es handelte sich hier um ein wunderschönes Häuschen, ausgestattet als Zweiraumwohnung mit einem Wohn- und Küchenraum und einem Schlafzimmer. Gerade groß genug für ein bis zwei Personen. Marc verschwand kurz im Bad und kam nun mit einem Verbandskasten wieder zum Vorschein.

»Setz dich ans Licht, wir müssen erst einmal den Übeltäter herausholen.« Er ergriff ihre Hand und hielt sie ans Licht.

Chiara war es, als jage ein Stromschlag durch ihre Glieder, kaum dass er ihre Finger genommen hatte. Eine deutliche Veränderung der Atmosphäre zwischen ihnen entstand.

»Hallo«, stammelte sie. »Wie lange dauert es, bis du den Dorn herausgezogen hast?« Vor lauter Verlegenheit wusste sie nichts anderes zu sagen, um die Situation zu überbrücken.

»Einen Moment noch.«

Ein kurzer Schmerz und schon hatte Marc den Dorn entfernt.

»Kein Wunder, dass der dir weh getan hat. Schau dir das Prachtexemplar an.« Triumphierend hielt er seine Beute mit der Pinzette hoch. Mit einer Behutsamkeit, die sie ihm nicht zugetraut hätte, verband er ihren Daumen fachmännisch.

»Möchtest du etwas trinken?« Er deutete auf seine Bar neben dem kleinen Kamin. »Ich glaube, im Kühlschrank ist auch noch Saft oder Mineralwasser.« Chiara stand auf und holte zwei Gläser vom Teewagen. Als sie ihm eines der Gläser reichte, berührten sich ihre Finger wieder für einige Sekunden. Es fühlte sich an, als wäre ihre Haut elektrisch aufgeladen. »Das gibt es doch nicht«, dachte Chiara. In seiner Nähe fuhren plötzlich alle Gefühle mit ihr Achterbahn.

Schnell trat sie verlegen an das große Panoramafenster und blickte über das Hofgelände in die Ferne auf das Wasser hinaus.

»Ich werde mich hier wohl fühlen«, sagte sie leise.

»Wegen der Aussicht?«

»Ja, sie ist wunderschön.« Was sie eigentlich gedacht hatte, verschwieg sie lieber.

Um die Situation zu überbrücken, räusperte er sich.

»Wie geht es deinem Daumen?«

»Ich glaube ganz gut.« Nervös spielte Chiara mit ihrem Glas in der Hand.

»Ich werde dann mal … Tante Maggie wird sonst einen Suchtrupp nach mir ausschicken, wenn ich mich nicht bei ihr zurückmelde.« Freundlich lächelnd drehte sie sich zu ihm um, reichte ihm das Glas und schickte sich an, das Haus zu verlassen.

»Bis später dann, und danke dafür.« Zum Zeichen hielt sie ihm den mit Verbandsmaterial umwickelten Daumen noch einmal in die Höhe. Mit leichten Schritten lief sie über den Hof in Richtung Haupthaus.

Bei der Bemerkung über die Aussicht hatte Marc Chiara angesehen und bemerkt, wie doppeldeutig dieses Wort klang, ehe er etwas anderes erwidern konnte. Mit dem Gedanken an eine wunderschöne Aussicht war sein Blick über ihr Antlitz geglitten. Was man da draußen sah, interessierte ihn in diesem Moment überhaupt nicht.

Nachdenklich blieb Marc am Fenster stehen und blickte der jungen Frau hinterher. Chiara hatte eindeutig etwas an sich, das ihn faszinierte. Natürlich hatte er auch die Magie verspürt, die sich zwischen ihnen entwickelte. Das lag nicht nur an ihrem Äußeren, irgendwie strahlte sie mit ihrer Intelligenz und ihrem spontanen Humor etwas ganz Einzigartiges aus. Ihre Schönheit und ein sympathisch gesunder Menschenverstand – diese Kombination war etwas ganz Besonderes. Er fuhr sich mit seinen Händen verwirrt durch die Haare. Die lange verschütteten Gefühle für eine schöne Frau waren plötzlich zutage getreten, etwas, was er glaubte für immer aus seinem Leben verbannt zu haben. Das verwirrte ihn und machte ihn gleichzeitig auch wütend auf sich selbst. Seine Devise, nie wieder Interesse für eine Frau zu zeigen, drohte er zu brechen.

Innerlich schimpfte er mit sich. Er verurteilte sich dafür, dass er sich nicht wie sonst im Griff hatte. Der harte Schutzpanzer, der ihn immer vor jeglicher Emotion bewahrte, schien Risse zu bekommen.

8. Kapitel

Maggie begrüßte Chiara überschwänglich, als sie die Küche betrat. »Da kommt ja die Lebensretterin!« Die Kunde von ihrer Rettungsaktion hatte sich wohl schon herumgesprochen. »Na, wie ist dir dein erster Ausflug bekommen? Ich habe Ben im Stall getroffen. Die Ausreißerkuh hat ihren Ausflug anscheinend gut überstanden.« Maggie grinste von einem Ohr zum anderen.

»Wenn ich dich so anschaue, kennst du die Story bereits, gib es zu! Ben wird sie dir bereits brühwarm erzählt haben«, entgegnete Chiara.

»Okay, okay, Ben hat mir natürlich alles haarklein berichtet. Ich muss schon sagen, deine Feuerprobe hast du damit eindeutig mit Bravour bestanden. Alle Achtung!«

»Hat er dir auch von der Schweinerei der dummen Kuh erzählt, mir ihren Mist ins Gesicht zu schmieren?«

»Natürlich, bei Ben kannst du davon ausgehen, dass nichts geheim bleibt. Weißt du, was ich mich die ganze Zeit frage?«

»Nein, keine Ahnung, aber du wirst es mir sicherlich gleich sagen.«

»Wie hast du es geschafft, unseren Frauenfeind Marc dazu zu bewegen, dir Erste Hilfe zu leisten?«

»Das war kein Problem«, antwortete Chiara keck. »Das ging ganz von alleine.« Jetzt wo Marc nicht mehr in ihrer Nähe war, hatte sie wieder Oberwasser und konnte selbstbewusst und locker über den Vorfall berichten. Aber ihre Gefühle behielt sie lieber für sich.

Maggie lauschte der Geschichte und lächelte wohl wissend. Schließlich kannte sie ihren Herdenmanager bereits länger und besser. Marc war nun mehr als drei Jahre auf ihrer Farm. Und nie hatte er sich mit Frauen abgegeben, ganz anders, als sie es von ihrer restlichen Männermannschaft kannte. Diese Tatsache galt es zu überdenken. Maggie schmunzelte. Chiara sah man auf drei Meter Entfernung an der Nasenspitze an, dass sie Marcs Auftritt nicht einfach nur ganz cool und gelassen wegsteckte.

Chiara schaute an sich hinab. »Wenn du nichts dagegen hast, werde ich jetzt erst einmal duschen. Danach komme ich wieder in die Küche und helfe dir.«

Sie nickte zustimmend, und Chiara ging die Treppe hinauf. Maggie trat nachdenklich ans Fenster und schaute hinaus. Ihre Gedanken schweiften ab in die Vergangenheit.

Es war ein verregneter Winterabend gewesen, als eines Tages ein fremder Mann mit einem Wagen und angehängtem Pferdetransporter auf ihre Tangata-Whenua-Farm gefahren kam.

Erst am Tag zuvor hatte sie ihren geliebten Mann Claas zu Grabe getragen. Sie hatte in einer Decke eingemummelt auf der Veranda gesessen und den Mond angeheult. Wieso ließ sie ihr Mann einfach von heute auf morgen mit der großen Farm und der ganzen Verantwortung allein? Warum musste er so früh sterben? Es war unfassbar. Sie hatte keine Ahnung, wie sie das schaffen sollte. Und dann tauchte plötzlich aus dem Nichts dieser Marc Bradley auf und fragte nach einem Job.

»Ja, den können Sie gerne haben«, hatte sie geantwortet. »Aber ich brauche nicht eine Aushilfe oder einen Landarbeiter, der in der nächsten Saison wieder verschwunden ist, sondern einen Herdenmanager, der in der Lage ist, drei Farmen zu leiten.«

»Alles klar«, hatte er erwidert, »ich bin Ihr Mann.«

Erstaunt hatte sie ihn angesehen, weil sie dachte, ihr Gegenüber scherzte. »Sie wollen mir jetzt doch wohl nicht weismachen, dass Sie die Qualifikation dafür mitbringen?«

»Ma'am, Sie können mir vertrauen, ich bin durchaus in der Lage, eine Rinderfarm zu führen, auch wenn ich im Moment nicht danach aussehe.«

»Dann lassen Sie einmal hören: Wo haben Sie denn bisher gearbeitet? Und natürlich muss ich Ihre Papiere sehen, bevor ich einen verantwortungsvollen Posten so einfach vergebe.«

Er sah ihr direkt in ihre braunen Augen. »Es tut mir leid, Zeugnisse kann ich Ihnen leider nicht vorlegen. Und bitte fragen Sie mich nicht nach meiner Vergangenheit. Das geht nicht. Ich versichere Ihnen aber, dass ich zuletzt eine Farm mit eintausendfünfhundert Kühen erfolgreich geleitet habe. Ich verlange nicht viel. Geld ist mir nicht wichtig. Eine kleine Bleibe für mich und mein Pferd, und Sie werden nicht über mich klagen können.«

Maggie konnte nicht ahnen, dass das die längsten Sätze waren, die seit Wochen seinen Mund verlassen hatten. Und dass es für den Mann einen gewaltigen Kraftakt bedeutete, anzuhalten und nach Arbeit zu fragen.

Nachdenklich musterte sie ihn von oben bis unten. Er sah nicht danach aus, als hätte er in den vergangenen Tagen eine Dusche, geschweige denn eine Rasur gesehen. Tiefe, dunkle Augenringe traten wie Schatten aus seinem Gesicht hervor. Er sah müde und mitgenommen aus. Natürlich versuchte sie noch einige Informationen aus ihm herauszubekommen. Doch da biss sie bei ihm auf Granit. Also musste sie sich ganz auf ihren gesunden Menschenverstand verlassen. Maggie wusste, wie schwierig es war, zuverlässige Mitarbeiter zu bekommen. Es kam immer wieder vor, dass ein Arbeiter über Nacht verschwand. Er heuerte dann auf der nächsten Farm an. Arbeit gab es überall genug. Die Arbeitslosenzahl in Neuseeland lag unter drei Prozent. Und einen Herdenmanager für eine große Farm zu gewinnen war mehr als Glückssache. Also fackelte sie nicht lange. »Dass Sie mir keine Papiere beibringen können, gefällt mir zwar nicht, aber ich lege noch Wert auf einen verlässlichen Handschlag. Wenn Sie mich enttäuschen, dann werden Sie mich von einer ganz anderen Seite kennenlernen. Sie erhalten das rechte Blockhaus, freie Verpflegung, einen Stallplatz und Heu für Ihr Pferd. Dafür arbeiten Sie probeweise sechs Wochen für mich. Bin ich zufrieden, machen wir einen festen Vertrag. Ein Auto besitzen Sie ja bereits. Für den Anfang erhalten sie fünfunddreißigtausend Neuseeland-Dollars. Bei entsprechendem Jahreserfolg können wir über eine Prämie verhandeln.«

So hatten Marc und Maggie zueinandergefunden. Marc war

geblieben und seitdem für die Farm und Maggie unersetzlich geworden. Am Anfang hatte er Maggie bei der Büroarbeit geholfen, bis diese damit alleine zurechtkam. Er hatte sie gelehrt, zu verhandeln und Autorität gegenüber den Angestellten auszuüben. Obwohl er nicht viel redete, war aus ihnen ein gutes Gespann geworden. Mit der Zeit schaffte es Maggie, den Tod ihres Mannes zu akzeptieren und sein Erbe anzutreten. Die Liebe zum Land und zu den Tieren war ihr dabei die wichtigste Stütze. Marc arbeitete Tag und Nacht wie ein Besessener, um zu vergessen. Maggie, die natürlich spürte, dass ein dunkles Geheimnis sein Leben überschattete, respektierte sein Schweigen und lehrte ihn, Menschen wieder an sich heranzulassen und am geselligen Farmleben teilzunehmen.

9. Kapitel

Chiara wollte den Melkern unbedingt beim abendlichen Melken zusehen. In ihrem Eifer rutschte sie auf dem glatten Hallenboden mit ihren hochhackigen Schuhen aus. Auf allen vieren zappelnd landete sie mitten in der frischen Kuhscheiße. Natürlich hatten diesen Ausrutscher gleich vier Männer beobachtet. Das Gegröle war noch am anderen Ende des Hofes zu hören. Mit hochroten Wangen stand Chiara auf und schaute betreten an ihrer blauen Tuchhose und der guten Bluse hinab. Laut fluchend verließ sie den Ort des Geschehens. »Mist, ausgerechnet meine besten Schuhe!« Wütend über sich selbst hastete sie ins Haus.

»Na wartet, wer zuletzt lacht, lacht am besten!«

In den nächsten Tagen verbrachte Chiara viel Zeit mit Maggie. Die beiden mochten sich sehr. Maggie verstand es, mit viel Einfühlungsvermögen ihre Nichte in das tägliche Leben auf der Farm zu integrieren. Chiara wiederum war sich für keine Arbeit zu schade, schnell lernte sie auch kleine Pflichten zu übernehmen. Am nächsten Morgen lieh sie sich den Wagen ihrer Tante, ließ sich den Weg in den nächsten Laden beschreiben und kleidete sich komplett neu ein. Wieder auf der Farm angekommen, zog sie sich in ihr Schlafzimmer zurück, um sich umzuziehen. Als sie fertig war, drehte sie sich vor dem großen Ankleidespiegel. »Jetzt wollen wir doch mal sehen, wer mich hier noch auslacht.« Der blaue Overall schlackerte noch etwas um ihre schmalen Hüften. Sie nahm den braunen Ledergürtel aus ihrer Jeanshose und raffte damit den Stoff. So sollte es gehen. Um ihr neues Outfit abzurunden, band sie ein buntes Tuch um ihren Kopf. Als sie aus dem Haus trat, schlüpfte sie in die nagelneuen Gummistiefel, knallrot mit weißem Blümchenmuster. Sie stemmte ihre Hände in die Hüften und stolzierte über den Hof. Vor dem Pferdestall blieb sie stehen.

Gerade in diesem Moment verließ Marc das Gebäude. Aus dem dämmrigen Stall heraustretend, blinzelte er ins gleißende Sonnenlicht – und stieß mit Chiara zusammen. In letzter Sekunde fing er die junge Frau auf, die unter seinem Schwung fast zu Boden gegangen wäre. Sie standen ganz nah beieinander. Er nahm den zarten Vanilleduft wahr, der stets von ihr ausging. Jetzt, da er so nah vor ihr stand, blendete ihn das Tageslicht nicht mehr, und er sah in zwei funkelnde blaue Augen. Ein Stromschlag durchfuhr seinen Körper, seine Arme kribbelten unter der sanften Berührung. Alles verkrampfte sich unbewusst in ihm. Hastig ließ er sie los und trat einen Schritt zurück.

»'tschuldigung, hätte dich fast nicht erkannt«, brummelte er und ließ die verdutzte Chiara einfach stehen. Er war so schnell wieder verschwunden, wie er aufgetaucht war. Marc ärgerte sich über sich selbst. Seit Jahren hatte es keine Frau geschafft, ihn dermaßen zu verwirren. Auch jetzt versuchte er, jeden Gedanken an Chiara zu verbannen. *Lass niemals wieder eine Person in dein Herz. Es wird nur wieder ein Unglück heraufbeschwören!* Bisher hatte es auch ganz gut funktioniert, nach dieser Devise zu leben. Für ihn gab es nur Arbeit, Arbeit und nochmals Arbeit. Rasch sprang er in den Jeep und fuhr zur Zweitfarm, um dort nach den tragenden Kühen zu sehen, wie er es vorgehabt hatte. Das Radio im Auto drehte er laut auf. *Ja, nur nicht nachdenken. Wie immer.*

Chiara sah Marc nachdenklich hinterher. Schade auch. Für sie hätte die Begegnung länger andauern dürfen. Obwohl seine Nähe sie immer wieder aufs Neue verwirrte, war es doch aufregend und sogar angenehm.

In den nächsten Tagen nahm Maggie ihre Nichte unter ihre Fittiche und zeigte ihr das Farmgelände bis in den letzten Winkel. Sie erklärte ihr die Abläufe im Melkstand und fuhr sie an einem Tag mit dem Jeep über die großen Ländereien und stellte ihr die zwei Farmen vor, die ihr ebenfalls gehörten und weiter außerhalb lagen. Neugierig folgte Chiara den Erklärungen ihrer Tante.

»Hier werden etwa achthundert Kühe, die nicht tragend sind, über den Winter gemolken. Im Herbst verkaufe ich sie wieder als tragende Kühe. Auf allen drei Farmen mit etwa dreihundertfünfzig Hektar Grasland halte ich derzeit rund zweitausend Milchkühe. Wir liefern etwa sechshundertachtzigtausend Milksolids an die Molkerei Tantana.«

»Was sind denn Milksolids?«, fragte Chiara neugierig.

»Sechshundertachtzigtausend Milksolids entsprechen in etwa einer Milchmenge von über sieben Millionen Kilogramm.« Tante Maggie wirkte stolz. Scheinbar erklärte sie ihrer Nichte nur zu gerne, was ihre Farm ausmachte. »Mit einer Stocking Rate von sechseinhalb Kühen pro Hektar liefere ich den Beweis, dass man durch Zufüttern von Mais und Palmkernöl die Produktion verdoppeln kann. Tantana produziert ausschließlich Spezialprodukte für den Weltmarkt. Deshalb hoffe ich, dass die Molkerei den höchsten Milchpreis in Neuseeland zahlt, derzeit etwa fünfunddreißig Cent. Das genaue Ergebnis teilt die Molkerei aber erst am dreißigsten November mit, dann wird für das Milchwirtschaftsjahr nachgezahlt, das in Neuseeland vom ersten Juni bis zum einunddreißigsten Mai läuft.«

Chiara hing ihrer Tante wissbegierig an ihren Lippen. Schließlich waren Begriffe wie Milksolids, Stocking Rate und Palmkernöl völliges Neuland für sie. Mit der Zeit konnte sie nachvollziehen, was an dem Leben auf einer Farm mit diesen Ausmaßen so faszinierend war.

»Du musst dich doch wie eine Millionärin fühlen, wenn ich höre, mit welchen Summen und Mengen du hier täglich umgehst?«

Maggie lachte schallend. »Ach Gottchen, Kind, ich fühle mich nicht als Millionärin. Das Wachstum haben wir hauptsächlich durch Darlehen finanziert. Mein verstorbener Mann hat damals seinen Grundstock nicht von seinen Eltern geerbt. Hier im Land ist es üblich, dass ein junger Farmer sich alles kaufen oder erarbeiten muss. Claas hat als junger Mann als

Share-Melker für einen fremden Farmer gegen Gewinnbeteiligung gearbeitet. Durch Kauf und Wiederverkauf von erst kleinen Farmen mit Hilfe von Bankdarlehen ist der Besitz nach und nach gewachsen. Zurzeit sind etwa fünfunddreißig Prozent meines Vermögens Eigenkapital. Der Rest gehört immer noch den Banken. Die haben derzeit aber kaum Angst, dass es mal abwärtsgehen könnte. Im Gegenteil, die Preise für Milchprodukte sind in den letzten Jahren stark gestiegen. In der Folge sind auch die Bodenpreise um das Drei- bis Vierfache angezogen, jedenfalls in der Region, in der Milchkühe gehalten werden. Zweitausendsechs, kurz vor Claas' Tod, haben wir unsere dritte Farm mit einem Milchpreis von zwanzig Cent finanziert. Heute bekommen wir dafür dreißig bis fünfunddreißig Cent. Und die starke Nachfrage aus Japan und China hält an. Der Preis könnte sogar auf vierzig Cent steigen, behauptet unser Molkereichef Connor Sailsbury, der sehr optimistisch ist. Er ist zwar ein schleimiger und unsympathischer Typ, du wirst ihn bei Gelegenheit sicherlich noch kennenlernen, aber auf seine fachliche Kompetenz lege ich viel Wert. Du siehst, wir sind auf einem guten Weg. Das Anfangsrisiko fängt langsam an, sich auszuzahlen. Wir sind natürlich auch stark von den Weltwirtschaftsgeschehnissen und von den häufigen Wetterkapriolen abhängig. Das ist eben das Risiko des Farmers. Aber ich will nicht unken. Jetzt freuen wir uns erst einmal auf den dreißigsten November, dann bekommen wir hoffentlich eine dicke Milchpreisnachzahlung. Unsere Jungs sind auch schon ganz heiß darauf. Ich habe ihre Löhne Anfang des Jahres umstrukturiert und sie am Gewinn beteiligt. Sie verhalten sich seitdem wie kleine Mitunternehmer. Es ist erstaunlich, wie sehr sich seitdem das Arbeitsverhalten verändert hat. Das war seit langem die beste Entscheidung, die ich getroffen habe. Ich fühle mich einfach viel wohler, wenn das Teamwork und das Verhältnis untereinander besser harmonieren. Unser wirtschaftlicher Erfolg hängt nun mal von der guten Zusammenarbeit untereinander ab.«

»Und wenn der Milchpreis schlechter ausgefallen wäre, wären sie dann mit weniger Geld zufrieden gewesen?«

»Aber ja doch, solche Arbeitsverträge sind hier nichts Ungewöhnliches. Ich konnte jedenfalls feststellen, dass der Arbeitseinsatz enorm gestiegen ist. Außerdem halte ich damit das Personal besser und muss mich nicht ständig nach neuen Leuten umsehen. Die jungen Farmer wandern hier gerne weiter.«

Es wurde allmählich dunkel. Die beiden Frauen saßen gemütlich bei einem Glas Bier auf der Veranda und schauten verträumt in den Abendhimmel. Es versprach eine sternenklare Nacht zu werden. Chiara stützte sich mit ihren Ellbogen auf die Brüstung. Sie hatte sich eine Decke um die Schultern gelegt. Die Abende waren um diese Jahreszeit noch recht kühl. Genüsslich kuschelte sie sich in den flauschigen Stoff. Gerade ging das Hoflicht an, ein starker Fluter, der den Reitplatz, der seitlich des Wohnhauses lag, beleuchtete. Marc holte seinen Hengst von der Koppel, nahm ihn an die Longe und begann mit ihm zu trainieren. Unermüdlich absolvierte das Pferd seine Runden im Parcours. Geduldig erteilte sein Trainer in leisem Ton die Befehle. Das schwarze Fell des Tieres glänzte im Licht des Strahlers. »Was für ein edles Tier«, dachte Chiara. Sie beobachtete den stolzen Gang und die grazilen Bewegungen, wie die Beine geschmeidig Schritt für Schritt durch den Sand trabten.

»Chiara, ich bin müde, hast du etwas dagegen, wenn ich

schlafen gehe? Kommst du mit rein?«, fragte Maggie ihre Nichte.

»Einen Moment noch, der Abend ist so schön. Ich komme gleich nach.« Maggie grinste, sie hatte doch gesehen, weshalb der Abend für Chiara noch kein Ende nahm.

Es war faszinierend, Pferd und Reiter da draußen auf dem Platz zuzuschauen. Marc war gerade dabei, die Longe einzuholen. Er legte sie auf die Seite, lobte sein Pferd und schwang sich dann mit einer unendlichen Leichtigkeit auf den sattellosen Rücken. Weiter ging das Training hoch zu Ross, Runde um Runde. Sein Blick erhob sich. Nun erst nahm Marc seine stille Beobachterin auf der Veranda wahr. Höflich tippte er an seinen Hut und nickte ihr zu, ohne dabei eine Miene zu verziehen. Chiara fühlte sich ertappt. Irgendwie war der Zauber jetzt verflogen. Hastig drehte sie sich um und betrat ebenfalls das Haus. Sie machte sich für die Nacht zurecht und legte sich in ihr bequemes Bett. Das Fenster stand noch weit offen. Die kühle Nachtluft verströmte den süßen Duft der vielen Blumen aus dem Garten. Aus der Ferne hörte sie Pferd und Reiter weiterhin ihre Bahnen ziehen. Die beiden schienen heute Abend kein Ende zu finden. Sie verschränkte die Arme hinter dem Kopf und schloss die Augen. Unbewusst glitt sie ins Reich der Träume hinüber. In ihrem Traum sah sie sich selbst auf dem schwarzen Hengst sitzen. Sie befand sich im Damensitz auf dem Pferderücken, hinter ihr saß Marc und hielt die Zügel fest in seinen kräftigen Händen. Sie lehnte sich an seine starken Schultern. Ihr Ritt ging über den feinsandigen Strand immer an der Küste entlang. Das Wasser umspielte die Fesseln des Pferdes.

10. Kapitel

Verwirrt rieb sich Chiara am nächsten Morgen ihre Augen. Noch etwas schlaftrunken taumelte sie aus dem Bett. Ihr erster Weg führte sie ans Fenster. Mit dem Blick auf den Reitplatz kamen ihr die Erinnerungen an ihren romantischen Traum zurück. Schon immer hatte sie lebhaft geträumt. Lächelnd räkelte sie sich. »Schade, es war nur ein Traum«, dachte sie.

Als sie fertig angezogen nach unten in die Küche kam, begrüßte sie die Männerkolonne mit einem lauten »Hallo«. Es herrschte bereits eine ausgelassene Stimmung am Tisch. Maggie herzte sie mit einem Guten-Morgen-Kuss. »Setz dich, meine Liebe, und frühstücke erst einmal. Ich hole nur eben die Post rein. Das Postauto ist gerade vorgefahren.« Die Küchentür klappte hinter ihr zu.

»He, gut, dass sie im Moment nicht da ist«, raunte Ben ihr zu. »Kannst du ein Geheimnis bewahren?«

»Was denkst du denn? Natürlich«

»Heute ist doch der dreißigste, Zahltag auf der Tangata-Whenua-Farm. Die Milchpreise sind richtig gut gestiegen, das bedeutet extra Geld für uns.«

»Ja, Maggie hat mir von euren Arbeitsverträgen erzählt. Ich freue mich für euch, ihr seid alle so fleißig. Das habt ihr euch redlich verdient.«

»Pass auf.« Er legte seinen Zeigefinger auf die Lippen, als Zeichen dafür, dass er ihr ein Geheimnis anvertraute. »Wir haben uns etwas überlegt. Das muss gefeiert werden. Schließlich haben wir Maggie und Marc zu verdanken, dass die Farm so erfolgreich läuft und wir gutes Geld verdienen können. Heute Abend steigt deshalb ein großes Barbecue als Überraschung für die beiden. Wir haben auch schon alles geplant. Wie ist es, bist du dabei?«

»Super, na klar, was kann ich tun? Braucht ihr noch Hilfe?«, erwiderte Chiara enthusiastisch.

»Du könntest vielleicht Ann helfen. Sie bereitet die Salate zu. Aber natürlich nicht hier, sondern bei ihr daheim.«

»Gerne, ich werde mir gleich eine Ausrede einfallen lassen und mir das Auto ausleihen. Dann fahre ich zu Ann.« Chiara war bereits Feuer und Flamme. Ein Fest auf der Farm. Das hörte sich vielversprechend an. Deshalb beeilte sie sich mit dem Frühstück. Maggie kam gar nicht wieder. Komisch. Nachdem die Arbeiter die Küche verlassen hatten, machte Chiara sich ans Aufräumen. Sie fand ihre Tante schließlich im Büro. Sie saß mit dem Rücken zu ihr vor ihrem Computer. »Tante Maggie, ist es dir recht, wenn ich mir heute Morgen dein Auto ausleihe? Ich habe in der Stadt etwas zu erledigen.«

»Natürlich, nimm nur.« Sie drehte sich nicht um. Scheinbar war sie in ihre Arbeit vertieft. Chiara nutzte die Gelegenheit und machte sich schnell davon.

Das kleine Häuschen von Ann und ihrer Familie am Rande der Stadt war schnell gefunden. Ann verabschiedete gerade ihre Tochter zur Schule. Ein süßes, etwa achtjähriges Mädchen hatte sich den Schulranzen aufgeschnallt und stand in der Tür.

»Bye, Mummy, bis heute Mittag«, rief sie und machte sich zu Fuß auf den Weg. Die Schule war nicht weit entfernt.

»Hallo Ann, ein hübsches Mädchen hast du.«

»Ja, nicht wahr? Ich bin so stolz auf sie. Sie läuft den Schulweg schon ganz alleine. Aber was verschafft mir die Ehre deines Besuches am frühen Morgen?«

»Ben hat mir von eurer Party erzählt. Ich bin hier, um dir bei den Vorbereitungen zu helfen.«

»Hey super, das ist ja toll. Dann komm mal mit in die Küche. Es gibt noch viel zu tun.«

Die beiden Frauen machten sich an die Arbeit. Es galt jede Menge Gemüse zu schneiden und Saucen anzurühren. Emsig in ihre Aufgaben vertieft, stand ihr Mundwerk nicht still. Die Frauen waren in etwa im gleichen Alter und hatten sich viel zu erzählen. Ann wollte alles über Chiaras Lehrerjob wissen und wie das Schulsystem in Deutschland funktionierte. Gerne gab Chiara Auskunft. Es war schön, einmal von daheim zu berichten.

»Ich habe leider noch nicht die Gelegenheit gehabt, viel in meinem erlernten Beruf zu arbeiten. Nachdem ich eine schöne Stelle in einem Internat gefunden hatte, wurde leider meine Mutter krank, und ich habe den Job aufgegeben.«

»Oh, das ist ja schade. Welche Fächer unterrichtest du denn?«

»Mein Hauptfach ist Englisch.«

»Ah, das erklärt auch, wieso du so gut Englisch sprichst.«

Ann hörte aufmerksam zu. Es war gerade mal eine Stunde vergangen, als ihre Tochter Ashley bereits aus der Schule zurückkam.

»Hallo, warum bist du denn schon wieder da?«, fragte ihre Mutter.

»Der Schulleiter hat uns wieder nach Hause geschickt. Mrs. Miller ist krank geworden und kann nicht unterrichten.«

»Und jetzt? Fällt die Schule länger aus?«

»Ich weiß nicht, Mummy, der Schulleiter will anrufen, ob wir morgen kommen dürfen.«

Ann blickte etwas ratlos drein. »Wie soll das gehen? Bei vier Klassen sind derzeit sowieso nur drei Lehrer vorhanden. Wenn Mrs. Miller jetzt auch noch ausfällt, das käme einer Katastrophe gleich.« Sie runzelte missbilligend die Stirn. »Komm Ashley, dafür darfst du uns hier helfen. Wir können noch eine kleine Küchenfee gebrauchen.« Der Vormittag verging im Nu.

Gegen Mittag kehrte Chiara auf die Farm zurück. Als sie in die Hofeinfahrt fuhr, kam ihr Maggie mit dem Jeep entgegen. Sie kurbelte die Scheibe herunter. Ihre Gesichtszüge wirkten angespannt. »Ich muss zur Bank, habe etwas Wichtiges zu erledigen. Könntest du bitte heute mit Ann das Abendessen vorbereiten?«

Chiara nickte. »Kein Problem.«

»Bis später!«

Weg war sie. *Das kommt ja wie gerufen.* »Fahr du nur«, dachte Chiara, »so können wir in Ruhe das Barbecue aufbauen, ohne dass du etwas mitbekommst.« Sie rieb sich die Hände und machte sich auf den Weg, um Ben zu suchen. Der war hocherfreut über die Nachricht, dass Maggie das Farmgelände verlassen hatte.

»Marc habe ich auch schon unter einem Vorwand auf die Nachbarfarm geschickt. Ich möchte noch einige Lichterketten aufhängen und ein Lagerfeuer aufbauen. So haben wir genügend Zeit, unsere Vorbereitungen zu treffen.«

Sie machten sich eifrig ans Werk. Sehr zur Freude von Ben. Er verstand es zu flirten und gute Laune zu verbreiten. Gerne ließ sich Chiara auf seine lockere Art ein. Sie hatten viel Spaß zusammen. Es tat so gut, endlich mal wieder rumzualbern und zu lachen.

Fröhlich pfeifend saß Chiara auf dem Holzzaun der Pferdekoppel und spielte den Abfangjäger. Es wurde Abend, und die Temperaturen wurden bereits etwas frischer. Chiara hatte sich eine warme Strickweste über ihr T-Shirt gezogen. Sie war dazu auserkoren worden, Maggie und Marc bei der Heimkehr abzufangen. Die Pferde liefen in der Abendsonne über die Koppel. Archie, Marcs wunderschöner Hengst, graste friedlich ganz in ihrer Nähe. Chiara versuchte ihn mit leisen Worten zu locken. »Archie, komm mal her, geht es dir gut? Ja, komm ruhig …« Und tatsächlich folgte das Pferd dieser Aufforderung. Erst hob er seine Ohrenspitzen und schaute neugierig in die Richtung, aus der die Stimme kam, dann setzte er vorsichtig ein Bein vor das andere und schritt langsam näher. Chiara lockte immer weiter, bis er ganz nah vor ihrem Zaun stand. Vorsichtig streckte sie ihre Hand aus, um ihn auf seiner Blesse zu streicheln. »Ja, mein Guter, so ist es brav. Bist ein Feiner.« Was war das für ein schönes Tier. Selbstvergessen träumte sie vor sich hin, als sich Maggie endlich mit ihrem Auto näherte. Das Timing war perfekt. Chiara sprang vom Zaun, stellte sich mitten auf die Straße und kreuzte ihre Arme wild rudernd über dem Kopf. Der Wagen blieb stehen. Zu Chiaras Überraschung saß auch Marc in dem Gefährt. Umso besser, so brauchte sie nicht beide einzeln auf das Fest zu schleusen. Maggie drehte die Fensterscheibe herunter.

»Was ist denn? Ist was passiert?«

Marc beugte sich weiter vor und schaute sie ebenfalls etwas irritiert an.

»Nein, nein, alles gut. Ich habe eine Überraschung für euch. Nehmt mich mit.« Chiara öffnete die Hintertür und rutschte auf den Sitz. »Bitte park dein Auto vor der Veranda. Alles hört jetzt auf mein Kommando!«

»Wieso, was ist denn?«

»Tante Maggie schau nicht so miesepetrig drein. Ich möchte dir etwas sehr Schönes zeigen, vertrau mir!«

Der Wagen setzte sich langsam wieder in Bewegung und blieb folgsam dort stehen, wo Chiara es angeordnet hatte.

»Chiara, jetzt mal Scherz beiseite«, sagte Maggie. »Es tut mir leid, ich habe jetzt gar keine Zeit für irgendwelche Späße. Außerdem habe ich etwas Wichtiges mit dir zu besprechen. Komm lass uns in mein Büro gehen.« Ihre Gesichtszüge waren sehr ernst. »Marc, du bitte auch.«

Aber Chiara ließ sich nicht beirren. Egal, was so Wichtiges anlag, das sollte gefälligst warten. Die Farmgeschäfte konnten einmal einen Abend lang ruhen.

»Nein, das geht jetzt nicht. Erst muss ich dir etwas zeigen.« Ganz selbstbewusst setzte sie ihren Plan weiter in die Tat um. Wie aus dem Nichts zauberte sie zwei Schals aus ihrer Tasche. »Dafür müsst ihr euch erst die Augen verbinden lassen.«

»Chiara bitte, lass deine Späße jetzt!«

»Ach komm Maggie, sei kein Spielverderber!« Chiara fackelte nicht lange und band ihrer Tante von hinten resolut die Augen zu. Maggie fühlte sich natürlich überrumpelt. Aber ihrer geliebten Nichte konnte sie einfach keinen Wunsch abschlagen. Deshalb machte sie mit.

»Aber bitte nicht lange, dann gehen wir in mein Büro, okay?«

»Meinetwegen. Bitte bleib still stehen, ich muss Marc noch die Augen verbinden.«

»Den Quatsch mache ich nicht mit«, meinte dieser. Chiara sah in seine Augen und erkannte, dass er um nichts in der Welt überredet werden konnte. Da war es wieder, dieses Kribbeln, das sie überkam, wenn er sie ansah.

»Na gut, dann musst du mir dafür helfen, Maggie zu führen.« Damit nahm sie Maggie unter ihren linken Arm und deutete Marc an, das Gleiche mit ihrem rechten zu tun. Mit langsamen Schritten leitete sie die etwas unsichere Tante hinter das Haus in den großen Garten. Es war mucksmäuschenstill.

Ben erteilte ein Zeichen. Eine kleine Kapelle begann eine alte australische Volksweise zu spielen. Süße Geigentöne erfüllten die Luft. »Was hat das zu bedeuten?« Maggie war verwirrt. Das nahm Chiara zum Zeichen, endlich das Tuch abzunehmen. »Überraschung!«, rief sie laut.

Maggie rieb sich die Augen, dann sah sie, wo sie sich befand. Mitten im Garten standen wohl an die dreißig Leute, Mitarbeiter, ihre Freunde und Nachbarn. Alle hatten sich versammelt und begrüßten sie nun mit einem großen Hallo. Was war hier los? Ann kam mit einem Tablett voller Sektgläser und reichte den Neuankömmlingen feierlich ein Glas.

»Bitte schön.«

Ben trat aus der Menschentraube hervor und ergriff das Wort. »Liebe Maggie, lieber Marc, seid herzlich willkommen auf unserem Frühlingsfest, das wir euch beiden zu Ehren ausrichten möchten.«

Maggie und Marc sahen sich an. Marc runzelte seine Augenbrauen. Die Überraschung war gelungen. Damit hatte keiner von beiden gerechnet. Ben fuhr fort: »Wir möchten euch an dieser Stelle einmal danken für euer Vertrauen in unsere Arbeit und die Teilhaberschaft, die ihr uns angeboten habt. Anstoßen möchten wir heute Abend auf den Erfolg des Milksolids. Wer hätte das gedacht? Vierzig komma drei Cent. Das ist Rekord! Euer Unternehmenskonzept ist voll aufgegangen.« Wieder ertönte tosender Beifall. »Deshalb lasst uns alle das Glas erheben. Zum Wohl allerseits! Auf euch.« Ben erhob sein Sektglas und ging auf Maggie zu, um mit ihr anzustoßen. Diese war in diesem Moment so überrumpelt, dass sie intuitiv das machte, was von ihr verlangt wurde. Gerade eben war sie mit ihren Gedanken noch voller Sorgen bei geschäftlichen

Dingen gewesen. Nun verlangte die begeisterte Menschenschar vor ihren Augen ein fröhliches Gesicht. Mit einem Seitenblick schaute sie auf Marc, wie er sich in der Situation verhielt. Sein Blick war verschlossen. Wie so oft. Sein Sektglas hielt er immer noch in der Hand. Getrunken hatte er nicht. Doch keiner nahm Notiz von ihm. Jeder kannte hier seine introvertierte Art und wunderte sich auch nicht weiter darüber. Also hieß es gute Miene zu machen. Maggies Lächeln wirkte noch etwas angestrengt, als sie auf ihre Freunde zuging und sie begrüßte. »Das ist ja eine Überraschung! Wer hat sich das denn ausgedacht?« Schnell war sie von allen umringt. Sie brauchte nicht mehr viel zu sagen. Alle waren fröhlich und gut gelaunt. Automatisch wurde sie in die Gespräche mit einbezogen, so dass sie nur noch hin und wieder »ja«, »nein« oder »mhm« von sich gab.

Einer der Männer hatte mit dem Grillen begonnen. Ein köstlicher Duft nach würzigem Fleisch zog über den Platz. Der ganze Garten war mit bunten Lichterketten geschmückt, die jetzt in der einsetzenden Dunkelheit zum Leuchten kamen. Die Kapelle spielte im Hintergrund nun fröhliche Reigen. Überall standen Tische und Bänke, die mit bunten Tüchern und Blumensträußen geschmückt waren. Kleine Windlichter mit Kerzen fackelten leise in der Abendbrise. Ann stellte Chiara den ihr noch unbekannten Nachbarn vor. Da waren die Clarks, ein angrenzender Farmer zur Rechten, ein nettes Ehepaar mit seiner fast erwachsenen Tochter, die Maddisons, Schaffarmer weiter die Straße hoch, und die Cumberlands, ebenfalls Besitzer einer großen Rinderfarm.

»Wer ist denn dieser Trunkenbold Ted?«, fragte Chiara Ann neugierig. Sie erinnerte sich an die Schilderungen über den

Nachbarn vor einigen Tagen. »Er soll ein kleines Mädchen haben, um das er sich herzlich wenig kümmert. Ist er auch hier?«

»Nein, ich glaube nicht. Ich habe ihn auf jeden Fall noch nicht gesehen. Das ist auch gut so. Wenn er getrunken hat, ist er laut und unausstehlich. Es tut mir nur um die kleine Rose leid. Sie ist viel alleine. Übrigens, sie ist bei meiner Tochter Ashley in der Klasse. Ich habe schon oft versucht, sie zum Mittagessen einzuladen. Sie ist schrecklich dünn. Aber sie darf nicht. Gleich nach der Schule fährt sie mit dem Bus wieder nach Hause. Ich habe so meine Bedenken, ob sie bei ihrem Vater genug zu essen bekommt.«

Die Gäste setzten sich nun an die Tische und labten sich an dem reichhaltigen Essen. Es gab Unmengen von Fleisch, Salaten, Broten, Käse und Saucen. Für jeden Geschmack war etwas Köstliches dabei. Zwei Jungs aus der Nachbarschaft sorgten dafür, dass auch jeder genug zu trinken bekam. Es dauerte nicht lange bis die Stimmung stieg. Einige ganz Wagemutige fingen nach dem Essen auf dem Rasen an zu tanzen. Die Kapelle kam dem gerne nach, und fröhliche Tanzmusik erklang. Ben trat auf Chiara zu.

»Darf ich bitten?« Mit einem strahlenden Lächeln baute er sich vor ihr auf und forderte sie zum Tanzen auf. In seinem weißen Hemd und den eng anliegenden Jeans war er ein Ausbund von Männlichkeit. Nur zu gerne ließ sich Chiara von seinem Temperament in Beschlag nehmen. Ausgelassen bewegten sie sich zu den Klängen der Musik. Als eine alte maorische Volksweise aufgespielt wurde, erklärte Ben ihr die dazugehörigen Tanzschritte und die Bedeutung des Liedes. Er zog sie jetzt enger an sich heran. Durch den dünnen Stoff des Hemdes waren seine Muskeln deutlich zu spüren. Gemeinsam hatten sie viel Spaß und hörten erst auf zu tanzen, als sie völlig erschöpft waren. Lachend ließ sich Chiara endlich auf einen Stuhl fallen. »Uff, ich kann nicht mehr! Gnade, ich brauche erst einmal etwas zu trinken.« Ben sprang um sie herum und versorgte sie mit dem Gewünschten. Die beiden unterhielten sich sehr angeregt. Nur zu gerne kam er Chiaras Wunsch nach, ihr etwas über die Maoris zu erzählen, gespannt lauschte sie seinen Ausführungen und Geschichten. Er war ein guter Erzähler.

»Die Maori-Kultur ist reich an Geschichten und Legenden. Die Schöpfung Neuseelands wird in der *Legende von Maui* beschrieben. Eines Tages ging der Halbgott Maui zum Angeln und fing mit seinem magischen Haken einen sehr großen Fisch. So groß, dass es die Kraft von Maui und seinen vier Brüdern brauchte, um ihn einzuholen. Dieser Fisch war die Nordinsel, mit dem Schwanz im Norden und dem Kopf im Süden. Die Nordinsel wird von den Maoris auch Te Ika a Maui (Mauis Fisch) genannt, und die Südinsel soll sein Waka (Kanu) mit Stewart Island (Rakiura) als Punga (Anker) sein. Bei Gelegenheit zeige ich dir die Orte einmal auf einer Neuseelandkarte genauer. Neuseelands Maori-Kultur ist ein wichtiger Bestandteil im Leben der Kiwis und ein einzigartiges Erlebnis für jeden Besucher. Maoris sind die Tangata Whenua, die Ureinwohner Neuseelands. Vor mehr als tausend Jahren kamen sie aus ihrer mythischen polynesischen Heimat Hawaiki hierher. Heute machen Maoris an die vierzehn Prozent unserer Bevölkerung aus, und ihre Geschichten, Traditionen und ihre Sprache sind in Neuseelands Identität verankert. Mein Stamm spricht auch noch die Maori-Sprache, die Te Reo Maori. Willst du sie einmal probieren?«

Neugierig schaute Ben Chiara an. »Ja, und was?«

»Probier es doch einfach mit *kia ora*, das bedeutet »hallo!«. Chiara sprach es vorsichtig nach: »Kia ora. Gut so?« Ben sprach es noch einmal vor, damit Chiara den Klang besser heraushören konnte. »Kia ora«, sie sprach das Wort noch einmal mit Bedacht nach.

»Ah, schon viel besser, du sprichst so gut Englisch, du wirst auch unsere Ausdrücke schnell lernen.«

Ben war begeistert. Chiara deutete auf das Tattoo auf Bens Oberarm. »Und was bedeutet dieses Zeichen?«

»Das ist das alte Zeichen unseres Familienstammes. Jeder Erstgeborene trägt es auf seinem rechten Oberarm.«

»Hat es eine Bedeutung?« Sie strich mit ihrem Zeigefinger über die Zeichnungen des Tattoos.

»Dieser Baumstamm steht für die Grundfeste unserer Familie. Die geschlängelten Zeichen darüber stellen eine alte Pflanze dar, die nur hier auf der Nordinsel wächst.« Ben nahm ihre Finger und führte sie einzeln über die verschiedenen Striche. Er hatte keinerlei Scheu, bei Chiara auf Tuchfühlung zu gehen.

Was die beiden nicht bemerkten, war, dass Marc einige Meter weiter hinter einem Baum stand und das Geschehen mit hochgezogenen Augenbrauen grimmig beobachtete. Seine Lippen kräuselten sich zornig zusammen. Dieses Tête-à-tête gefiel ihm ganz und gar nicht. Was Ben mit der jungen Deutschen abzog, verärgerte ihn sehr. Typisch, sein Kollege ließ mal wieder keine Zeit verstreichen, um sich an das weibliche Geschlecht heranzumachen.

Das viele Bier tat seine Wirkung. Die ganze Gesellschaft feierte ausgelassen ihr Frühlingsfest. Weit nach Mitternacht, die Musiker hatten längst eingepackt, zündete Ben das extra für diesen Abend vorbereitete Lagerfeuer an. Trevor, einer der Mitarbeiter, holte seine Mundharmonika hervor und fing an zu spielen. Alle Gäste setzten sich auf die Strohballen, die rund um das knisternde Feuer lagen, und summten die eingängigen Melodien mit. Ben tanzte dazu im Rhythmus der Musik am Feuer die fließenden Schritte des uralten Kriegstanzes der Maoris, dem »Hakt«. Die anderen klatschen dazu leise im Takt. Die alten Weisen schien jeder hier zu kennen. Währenddessen suchte Chiara nach ihrer Tante. Bereits längere Zeit hielt sie nach ihr Ausschau. *Sie wird das Fest doch nicht vorzeitig verlassen haben? Warum sollte sie?* Leider konnte sie Maggie nicht entdecken. Also ging Chiara zum Haus und zum Pferdestall hinüber. Doch auch hier war sie nicht. Wo mochte sie sein? Ihr Verschwinden gab Chiara Rätsel auf. Ohne Maggie gefunden zu haben, kehrte Chiara um. Irgendjemand würde wissen, wo sie abgeblieben war. Langsam schlenderte sie zum Lagerfeuer zurück. Sie hielt Ausschau nach einem freien Platz. Doch die Strohballen waren alle besetzt. Immer zwei Personen teilten sich eine Sitzgelegenheit. Die Paare unter den Gästen saßen eng aneinandergeschmiegt und schauten in die Flammen. Nur Marc saß alleine.

»Darf ich?« Er zuckte erschrocken zusammen, er hatte sie scheinbar nicht kommen hören, deutete aber höflich neben sich. Nur zu gerne kam Chiara seiner Aufforderung nach. Es war nicht viel Platz auf der Sitzgelegenheit. Mit den Schultern berührte sie seinen Körper. Da war es wieder, dieses prickelnde Gefühl. Sie fühlte sich etwas benebelt, das kam wohl von den vielen Gläsern Bier. Verträumt schaute sie in die zuckenden Flammen des Lagerfeuers vor ihr. Die Musik, die Nacht, die Nähe dieses Mannes erzeugten ein romantisches Gefühl. In

Gedanken verglich Chiara Marc und Ben miteinander. Ihre Empfindungen den beiden gegenüber konnten nicht unterschiedlicher sein. Die Gegenwart von Ben war nicht mit der von Marc zu vergleichen, obwohl dieser viel vertrauter und offener mit ihr umging. In der Nähe von Marc war einfach alles anders. In diesem Moment kämpfte sie nicht gegen ihre Gefühle an. Im Gegenteil, sie gab sich diesen ganz hin. Ihre eigenen Probleme traten in den Hintergrund. Was wusste sie, was ihr die Zukunft brachte, wenn ihr Urlaub hier zu Ende ging? Chiara fühlte sich lebendig und beschwingt wie lange nicht mehr, befreit von einem meterdicken Panzer der Trauer und Einsamkeit. Seit sie hier auf der Farm angekommen war, nahm sie das Strahlen der Sonne wieder wahr, spürte das wärmende Licht auf ihrer Haut, roch den Duft der klaren Frühlingsluft.

»All das habe ich euch zu verdanken«, nuschelte sie leise. Der Alkohol nahm ihr die Schüchternheit und löste ihre Zunge. Intuitiv lehnte sie ihren Kopf vertrauensvoll an Marcs starke Schulter. »Ihr lasst mich endlich wieder spüren, was es bedeutet zu leben. Schon lange habe ich mich nicht mehr so wohl gefühlt wie heute.« Chiara fühlte deutlich, wie sich Marcs Körper unter ihrer Berührung verspannte. Aber sie war heute Abend mutig genug, sich davon nicht abschrecken zu lassen. Es war ihr nicht verborgen geblieben, wie ernst und in sich gekehrt er war, als ginge ihn die Fröhlichkeit um ihn herum nichts an. »He, Marc, mach mal locker.« Dabei stupste sie ihn kumpelhaft leicht in die Seite. »Ich weiß, wie es sich anfühlt, wenn man mies drauf ist. Aber gerade deshalb muss man auch mal für ein paar Stunden abschalten.«

Angesichts dieser gutgemeinten, freundlichen Worte, in denen unverhohlene Zärtlichkeit mitschwang, zog sich Marcs Herz schmerzhaft zusammen. Ein Geständnis lag ihm auf den Lippen, doch als er ihr gelöstes Gesicht von der Seite betrachtete, verschlug es ihm die Sprache. Sie sah im flackernden Licht des Feuers wunderschön aus. Es dauerte einige Minuten, bis er etwas sagen konnte. Marc musste schluckten, bevor er anfing.

»Kein Mensch kann etwas geben, das er nicht mehr besitzt«, entgegnete er und versuchte, den Schmerz in seiner Stimme zu unterdrücken. Dann schwieg er wieder. Nachdenklich drehte er die Bierflasche in seinen Händen. Er wusste nicht, was Chiara in diesem Moment über ihn dachte. Scheinbar war sie sensibel genug, nicht weiter nachzubohren. Die Last, die er seit Jahren mit sich herumtrug, machte ihm nach wie vor sehr zu schaffen.

Chiara Stimme klang behutsam, als sie nach langer Zeit fragte:

»Willst du damit sagen, dass dir jemand etwas weggenommen hat?«

»Wenn ich richtig darüber nachdenke, ja.«

Marc wusste nur zu gut, wer dieser Jemand war. Niemand anderer als er selbst. Sein Herz krampfte sich bei diesem Gedanken ruckartig zusammen. Überrascht über seine plötzliche Erkenntnis, hielt er inne und versuchte, sein aufgewühltes Inneres mit dem Anblick des prasselnden Feuers zu beruhigen.

Chiara legte ihm ihre Hand als Zeichen des Verständnisses auf seinen rechten Unterarm. Beide sahen in die Flammen. Jeder hing seinen Erinnerungen nach. Chiara und Marc kannten sich bisher kaum. Außerdem hatten sie es noch nicht verstanden, frei und locker miteinander zu reden. Doch dieses gemeinsame Schweigen hatte auf einmal nichts Beklemmendes mehr. Sie konnten nebeneinandersitzen als würden sie einander schon ewig kennen.

Weder Chiara noch Marc konnte leugnen, dass da ein verbindendes Band über ihnen lag. Was das genau war, wussten sie noch nicht einzuordnen. Es war einfach nur schön, hier zu sitzen und die Nacht zu genießen. Das tat gut.

11. Kapitel

Chiara genoss die Nacht an Marcs Schulter. Doch nach geraumer Zeit fiel ihr plötzlich wieder ihre Tante ein. »Du, Marc, ich habe überall nach Maggie gesucht, weißt du, wo sie ist?«

»Mhm.« Unerwartet zog er sie an ihrer Hand mit sich hoch. »Komm mit! Ich erkläre es dir später.«

Chiara war überrascht. Da war auf einmal ein funkelnder Glanz in seinen Augen. Selbst in der Dunkelheit war dies gut zu erkennen. Es schien, als wären plötzlich all seine Lebensgeister geweckt worden. Wie es Marcs typische Art war, schritt er forsch drauflos. Er hielt aber weiterhin Chiaras Hand in der seinen fest umklammert. Was blieb ihr anderes übrig, als mitzugehen. Mehr schlecht als recht strauchelte Chiara auf dem unebenen Untergrund hinter ihm her.

Als sie den hellen Schein des Feuers hinter sich gelassen hatten, war es ziemlich dunkel. Man konnte kaum erkennen, wo es langging. Marc lief schnurstracks zur Pferdekoppel.

»Bereit für einen kleinen Ausritt?« *Was sollte das denn jetzt?*

»Ja …«, antwortete sie ihm darum etwas zögerlich. Was wurde das? Es blieb ihr nicht viel Zeit nachzudenken, da hatte er seine kraftvollen Hände schon um ihre schmale Taille gelegt und setzte sie auf den Rücken seines Pferdes. Archie hielt geduldig still. Ehe es sich Chiara versah, schwang sich Marc ebenfalls auf das Pferd und setzte sich direkt vor sie.

»Leg deine Arme um mich und halt dich gut fest.« Typisch, seine Anweisungen waren kurz und knapp. Und schon ging es los, ohne Sattel, hinaus in die dunkle Nacht. Fast wäre sie vom Rücken des Pferdes gerutscht. Seit ihrer Kindheit hatte sie auf keinem Pferd mehr gesessen. Hastig schlang sie die Arme fester um die Hüften ihres Vordermannes. Eng presste sie ihren Körper an das Flanellhemd des Reiters. Dabei konnte sie den maskulinen, herben Duft wahrnehmen, der von ihm ausging, er roch nach Moschus und Rauch. Ihre feinen Antennen richteten sich auf. Ein unbeschreibliches Gefühl durchströmte ihre Adern. Das Blut fing an, darin zu pochen. Schlagartig fiel ihr der Traum wieder ein. Konnten Träume Wirklichkeit werden? Es sah ganz so aus.

Geschickt und sicher leitete Marc sein Pferd über die Feldwege Richtung Küste. Dort angekommen, dirigierte er Archie nach rechts. Hier gab es ganz versteckt zwischen den Felsen einen sandigen Weg, der direkt ans Wasser führte. Das fahle Mondlicht brach sich in den Fluten. Der feine Sandstrand wurde leicht angestrahlt.

»Bereit für eine schnellere Gangart?« Rasch trieb er sein Pferd zum Galopp an. Es ging immer am Wassersaum entlang. Das kühle Nass spritzte an den Fesseln des Tieres hoch. Die sanfte Meeresbrise streifte ihre erhitzten Wangen. Allmählich fing Chiara an, dieses Abenteuer zu genießen. Eigentlich war sie von Natur aus nicht ängstlich. Laut juchzte sie auf. Erst am Ende des Strandes, wo die hohen Klippen begannen, drosselte

Marc das Tempo und ließ sich vom Pferd gleiten. »Komm«, sagte er nur. Geschickt half er ihr, vom Rücken des Pferdes hinabzugleiten. Wieder griffen seine kräftigen Hände um ihre Taille. Durch die schnellen Reaktionen verlor sie das Gleichgewicht und musste sich reflexartig an ihrem Gegenüber festklammern. Chiara und Marc standen jetzt schwer atmend nah beieinander. Wie magisch wurden sie voneinander angezogen. Marcs dunkle Augen funkelten in der Nacht wie glühende Kohlen. Langsam, ganz langsam berührten sich ihre Lippen. *Darf ich das überhaupt?* Doch auch ihn leitete eine unstillbare Anziehungskraft. Erst vorsichtig, dann immer verlangender, verschmolzen ihre Lippen zu einem nie enden wollenden Kuss. Wie Ertrinkende klammerten sie sich aneinander fest.

Chiara spürte die Wärme seiner Haut, und sie wünschte sich nichts sehnlicher auf der Welt, als genau da zu sein, wo sie jetzt war. Es gab keine Bedenken mehr, keine Abwehr. Chiara vergrub ihre Hände in den wuscheligen Haaren des Mannes und zitterte vor Erregung. Es schien, als würde sich der Boden unter ihren Füßen wegziehen. Gemeinsam sanken sie in den Sand und gaben sich eng umschlungen ihren Gefühlen hin. Er küsste sie, immer und immer wieder, mit seinen Lippen erforschte er ihren Nacken, ihr Schlüsselbein, bevor er sich wieder ihrem Mund widmete. Sie streichelte seine Brust, seine Schultern, spürte die schützende Kraft seiner Arme, mit denen er sie fest umschlang. Vergessen waren in diesem Moment die verwirrenden Gefühle der letzten Tage. Sie konnten nicht aufhören, einander zu küssen.

Im fahlen Mondlicht sah Marc deutlich, wie Chiara ihre Arme bewegte und nach dem Saum ihres Pullovers fasste. Mit einer raschen Bewegung zog sie ihn über den Kopf und ließ ihn in den Sand fallen. Ihre Brüste zeichneten sich verführerisch unter dem weichen Satinstoff ihres BHs ab. Aufreizend wanderte ihre Hand zum Knopf ihrer Jeans, die sie geschickt über ihre Hüften streifte und mit den Füßen in den Sand schob. Dann begann sie sein Hemd aufzuknöpfen. Als er scharf die Luft einsog und eine heiße Spur entlang ihres schlanken Halses küsste, öffnete sie nun wagemutig geworden den Reißverschluss seiner Jeans. Wie von Zauberhand war ihre Schüchternheit verflogen. Im Gegenteil …

Marc zog sie noch enger an sich. Einen kurzen Moment klammerten sie sich wie zwei Ertrinkende aneinander und hielten still, bevor die Glut der Leidenschaft aufs Neue entfachte. Voller Verlangen küssten sie sich erneut. Eilig zerrte nun Marc an seiner Hose und streifte sie rasch ab. Sehnsüchtig verschlangen sie ihre Beine ineinander. Keiner von beiden bemerkte den Sand auf der Haut. Es war, als würden sie miteinander verschmelzen. Chiara streichelte mit ihren Händen unablässig über seine warme Haut. Die Wogen der Leidenschaft schlugen über den zwei Liebenden zusammen. Im Taumel der Gefühle brach es aus Chiara flüsternd heraus, so dass er es kaum hören konnte: »Ich glaube, ich habe mich in dich verliebt.«

Marc erstarrte. Er hatte trotz des nahen Rauschens der Wellen verstanden, was sie da sagte. Von einer Sekunde zur anderen setzte sein Denken wieder ein. Es war, als trete er aus einem tiefen Nebel wieder heraus in die Wirklichkeit. Ein tiefes Stöhnen drang aus seiner Brust. Marc spürte die warme Haut Chiaras, die sich an ihn schmiegte. Sehr vorsichtig schob er sie von sich.

»Es geht nicht …«

Seine Gefühle fuhren gerade Achterbahn. Aber mit aller ihm zur Verfügung stehenden Beherrschung schaffte er es, sich von der Frau zu lösen, nach der sich sein Herz verzehrte.

»Was ist denn? Du willst es doch auch.« Zärtlich hauchte sie ihm viele kleine Küsse auf seine nackte Brust und wanderte dabei an seinem Hals weiter hinauf zu seinem Ohr. Spielerisch knabberte sie daran. Ihr Atem ging heftig.

»Nein!« Er nahm ihre Handgelenke und hielt sie von sich ab. »Nicht!«

Chiara richtete sich verstört auf. Nun kam auch sie wieder zu sich und hielt irritiert inne. Seine Augen hatten sich verändert, so viel war trotz des Mondlichtes zu erkennen. Sein liebevoller Blick war einer traurigen Melancholie gewichen.

»Marc, sag schon, was ist los? Habe ich etwas falsch gemacht?«

»Nein, nein, das ist es nicht, du kannst nichts dafür.« Wieder schwieg er.

»Ich spüre doch, dass da etwas ist, du musst es mir sagen.« Chiara war nun auch wieder in der Realität angekommen. Sie sah ihn ratlos an und wusste nicht, was sie sonst machen sollte. Plötzlich fröstelte sie. Hastig suchte sie im Dunkeln nach ihren Sachen und zog sie wieder über. Auf einmal spürte sie die Kühle der Nacht.

»Hier, dein Hemd«, sagte sie und reichte es ihm.

Für einen Moment war sie völlig perplex. Sie wusste einfach nicht, wie sie sich verhalten sollte. Wieso ließ er sie auf einmal fallen?

»Ich muss nachdenken.« Ihr erster Gedanke war, davonzulaufen, doch irgendwie gab ihr eine innere Stimme vor, dies nicht zu tun. Also setzte sie sich zu ihm in den Sand. Ganz nah neben ihn, ohne ihn dabei zu berühren. Sie besaß genug Einfühlungsvermögen, um abwarten zu können. Archie stand fünf Meter weiter und schnaubte leise. Treu ergeben war er die ganze Zeit in der Nähe stehen geblieben, um auf seinen Herrn zu warten.

Die Nähe dieses kraftvollen Mannes brachte Chiaras Emotionen völlig durcheinander. Sie benötigte einige Zeit, um sich ihrer Gefühle klarzuwerden. Noch nie in ihrem Leben hatte sie sich zu jemandem so hingezogen gefühlt. Obwohl Marc es schaffte, sie immer wieder vor den Kopf zu stoßen, war da mehr. Auf eigentümliche Art spürte sie eine Vertrautheit, als würde sie ihn schon ihr ganzes Leben lang kennen. Chiara nahm ihren Kopf zwischen beide Hände, stützte sich mit ihren Ellbogen auf ihren Knien ab und dachte nach. Die Wellen schwappten in der Nähe mit sanften Schüben an den Strand. Immer gleichmäßig, immer mit dem Strom der Fluten. Es war friedlich und still. Ansonsten war nur ihr eigener Atem zu hören. Auch Marc war jetzt wieder ruhiger geworden. Er rannte nicht davon. Chiara wertete das als ein Zeichen der Veränderung. Ihr war aber auch klar, dass es schwierig sein würde, seine sprunghaften Beweggründe zu erforschen. Scheinbar war er kein Mann, der seine Gefühle gut äußern konnte. Eigentlich war ihr mehr danach, Fragen zu stellen. Ihr brannte so vieles auf der Seele, was sie wissen wollte. Sie verspürte das dringende Bedürfnis, ihn wieder zu berühren, ihn zu fühlen. Aber je länger sie nachdachte, desto mehr sagte ihr kluger Menschenverstand, dass jetzt nicht die Zeit dafür war. Mit ziemlicher Sicherheit hätte das die friedliche Stimmung zerstört und ihn vertrieben. Deshalb beschloss sie, ihn nicht zu drängen. Sie wusste nichts von ihm, er aber auch nichts von ihr. Vielleicht war es einfacher, wenn sie den Anfang machte und ihre eigene Geschichte erzählte. Wenn sie sich ihm gegenüber anvertraute, dann würde es ihm vielleicht auf Dauer leichter fallen, sich im Gegenzug ebenfalls zu öffnen. Also entschied sie, es darauf ankommen zu lassen.

Völlig aus dem Zusammenhang gerissen fing sie an, ihre Gedanken in Worte zu fassen. Ihre Erinnerungen gingen in den Sommer 2002 zurück; das war jetzt sieben Jahre her. »Ich werde nie den Tag vergessen, als es hieß: Vater hat eine andere und will sich von seiner Familie trennen. Achtzehn Jahre waren wir drei, meine Mutter, mein Vater und ich, ein eingeschworenes Team. Nie im Leben hätte ich gedacht, dass unsere heile kleine Welt einmal auseinanderbrechen würde. Wir haben zusammen fast die ganze Welt bereist, immer dem Job meines Vaters hinterher. Er hat uns behütet, und Mutter hat für ein liebevolles Zuhause gesorgt. Selten gab es Streit, alles schien perfekt. Mutter und ich waren glücklich, so dachten wir jedenfalls. Dann platzte eines Tages diese Bombe. Peng! Familie, Ende, aus! Wir lebten zu der Zeit in Mexico-Stadt. Ich wollte noch mit meinem Vater reden. Ich konnte das einfach nicht verstehen. Doch es nützte alles nichts, meine Mutter drehte fast durch und bestand darauf, sofort nach Deutschland zurückzukehren. Ich konnte mich noch nicht einmal von meinem Vater verabschieden. Das ließ Mutter nicht mehr zu. Sie hat mich ganz schön unter Druck gesetzt. Ich musste mich in der darauffolgenden Zeit um sie kümmern, weil sie mit dem Verlust ihrer Ehe nicht fertig wurde.«

Chiara blickte auf Marc, der die ganze Zeit stumm neben ihr saß. Er rührte sich immer noch nicht. Was war nur mit ihm los? Sie verspürte wieder den Wunsch, sich an ihn zu schmiegen. Leicht legte sie ihren Kopf an seine Schulter und fuhr fort, aus ihrem Leben zu berichten.

»Dann begann mein Studium, und die Jahre zogen ins Land. Irgendwann wurde Mutter krank, und ich pflegte sie. Dass sie vor kurzem gestorben ist, weißt du ja.« Chiara musste schlucken, als sie daran dachte. »Da stand ich plötzlich ganz alleine da. Mein Job war auch noch futsch. Ich war so verzweifelt und habe geglaubt, es geht nicht mehr, so tief unten war ich. Das dunkle Loch, in dem ich saß, hätte nicht tiefer sein können. Aber dann kam, wie von Zauberhand, die Schicksalswende. Hier bei Tante Maggie wurden auf einmal meine Lebensgeister wieder entfacht. Die Menschen hier, die positive Stimmung, das Zusammengehörigkeitsgefühl, die tolle Gemeinschaft all das hilft mir, mich aus meiner Isolation zu befreien. Und, weißt du, was ich nie für möglich gehalten hätte …?«, sie legte eine kleine Sprechpause ein. Marc schüttelte den Kopf. Ah, er hörte ihr zu! Chiara war froh, diese Geste wahrzunehmen. Deshalb fuhr sie fort. »Meine verschüttete Lebensenergie ist plötzlich wieder da. Natürlich bin ich noch wütend und traurig über das, was mir widerfahren ist. Außerdem weiß ich noch nicht, wohin mich mein Weg führt. Aber ich spüre tief in meinem Herzen, dass es weitergeht.«

»Aber, da ist noch etwas.« Chiara berührte Marcs Unterarm sachte mit ihrer Hand. Ihre Stimme war nahezu ein Flüstern. »Ein schweigsamer, von Arbeit besessener Mann, eigentlich ein ungehobelter Kerl stiehlt sich in mein Herz, obwohl ich das gar nicht will. Es ist einfach passiert. Und soll ich dir was sagen? Es fühlt sich verdammt gut an!« Vorsichtig schaute sie zu ihm hoch. War sie mit diesem Lippenbekenntnis zu mutig? Immer noch saß er, wie zur Salzsäure erstarrt, neben ihr und rührte sich nicht. Sie war am Ende ihres Resümees angelangt. Über dem Wasser tauchte das helle Morgenlicht auf und begrüßte den neuen Tag. Die Dunkelheit wich, und die ersten

Sonnenstrahlen tanzten auf den Wellen. Chiara merkte, dass Marc mit seinen Worten rang. Das Reden schien ihm schwerzufallen. Er räusperte sich, doch brachte er keinen Ton heraus. Das war nicht schlimm für Chiara. Seine Nähe, das war alles, was sie im Moment brauchte. Irgendwie tat es auch gut, sich jemandem zu offenbaren. Und Marc war derjenige, dem sie sich nahe fühlte, mit dem sie ihre Gedanken teilen wollte. Chiara hatte bereits einmal etwas über Seelenverwandtschaft gehört. Das, was sie für ihn verspürte, das konnte es sein. Obwohl sie ihn kaum kannte, war da ein Gleichklang, den man nicht in Worte fassen konnte. Gewohnheitsgemäß strich sie ihre langen Haare hinter die Ohren zurück. Weil sie fröstelte, überkreuzte sie ihre Arme und rieb sich die kalten Schultern. Archie wieherte und scharrte nervös mit den Hufen. Seine Geduld schien am Ende zu sein.

»Weißt du was?« Chiara zog Marc am Arm hoch, so dass auch er gezwungen war, aufzustehen. Ihr Temperament war wiedererwacht, außerdem war ihr kalt: »Lass uns gehen. Es ist schon spät.«

12. Kapitel

Marc schluckte. Er war verlegen. Ein völlig unbekanntes Gefühl für ihn. Die ganze Situation war ihm entglitten. Er war Chiara unendlich dankbar dafür, dass sie in der Lage war, seine Ruppigkeit zu überspielen. Nachdenklich runzelte er seine Stirn. Müde reckte und streckte er seine Glieder. Sein Blick wurde klarer. Er nahm den funkelnden Sternenhimmel wieder wahr. So langsam wurde dieses Licht vom aufgehenden Tageslicht übertüncht. Die Nähe dieser Frau weckte Gefühle in ihm, von denen er gedacht hatte, sie für immer vergraben zu haben. Sein Eispanzer dem weiblichem Geschlecht gegenüber war von zarter Hand geknackt worden. Er konnte sich dagegen nur sehr schwer wehren. Nun war das Licht hell genug, dass er ihre Silhouette im fahlen Morgenlicht erkennen konnte. Da er um einiges größer als Chiara war, blickte er auf sie hinunter. Deutlich spürte er an seiner Schulter ihre warme, zarte Haut. Das Verlangen brodelte noch immer in ihm. Der Kiefer tat ihm schon weh, so fest biss er seine Zähne zusammen – um sich zusammenzureißen, sich zu beherrschen, um nicht wieder in ihren Armen zu versinken. Eine tiefe Sehnsucht brannte in ihm, der er nur zu gerne wieder nachgegeben hätte. Innerlich ging er hart mit sich ins Gericht und verfluchte sich dafür, dass er der Versuchung nachgegeben hatte. Was würde Chiara nun von ihm denken? Sicherlich war sie enttäuscht. Und genau das hatte er immer zu verhindern versucht. Keiner Frau wollte er mehr Leid zufügen. Deshalb war es klüger, sich von Chiara fernzuhalten. Gerade eben erst hatte er gehört, wie viel Leid ihr in ihrem jungen Leben bereits zugefügt worden war. Hoffentlich war es noch nicht zu spät. Nur wusste Marc leider nicht, wie er ihr das erklären sollte. Er kam ja selbst nicht mit seinem Gefühlschaos klar, das ihm seit drei Jahren zusetzte. Deshalb waren es auch nur notdürftig dahingestammelte Worte, die eine Entschuldigung ersetzen sollten. Er kam sich jämmerlich mies vor.

»Es tut mir leid, Chiara, ich wollte dich nicht überrumpeln.« Seine Stimme krächzte in etwa so, als wäre er erkältet.

»Du hast mich nicht überrumpelt.«

»Aber, es war falsch von mir, so weit zu gehen. Das hast du nicht verdient.«

»Hast du das denn nicht gewollt? Bedeute ich dir nichts? Das hat sich für mich aber ganz anders angefühlt.« Jetzt war es doch an Chiara, hartnäckig zu bleiben.

»Nein, nein, du bist eine ganz phantastische Frau. Das ist es nicht. Aber ich … ich bin nicht gut für dich.«

»Das ist doch Quatsch, Marc. Für mich bist du absolut gut genug.«

»Du kennst mich nicht. Glaub mir. Es ist besser für dich, wenn ich mich von dir fernhalte.« Marc legte so viel Überzeugungskraft in seine Worte, dass es weh tat.

»Dann erklär es mir, damit ich es verstehe«, forderte Chiara ihn auf.

»Das geht nicht.« Marc beharrte auf seinem Standpunkt.

»Dann warte ich eben, bis du es mir erklären kannst.«

Auch sie konnte bestimmt sein. Chiara war nicht bereit, sich damit abzufinden. Ihre Liebe war bereits zu tief für ihn entbrannt. Schließlich konnte sie die Zuneigung, die sie für ihn empfand, nicht mit einem Knopfdruck wieder ausschalten. »Komm, lass uns aufbrechen.« Sie beendete die zermürbende Diskussion. Sie waren an einem Punkt angelangt, an dem sie jetzt so oder so nicht weiterkommen würden. »Es ist schon spät.«

Marc schnalzte mit seiner Zunge. Archie kam sofort angetrabt und ließ sich bereitwillig am Halfter führen. Gemeinsam liefen sie am Saum der Wellen in Richtung Farm zurück. Dabei achtete er tunlichst darauf, Chiara nicht mehr zu berühren. Eine längere Zeit herrschte Schweigen zwischen ihnen. Jeder hing seinen Gedanken nach.

»Gestern ist etwas passiert, womit Maggie und ich nie im

Leben gerechnet hätten.« Wie aus heiterem Himmel fing Marc unterwegs an zu reden. Die Frage nach Maggie lag immer noch unbeantwortet in der Luft. »Jeder wusste, der dreißigste November ist großer Zahltag auf der Tangata-Whenua-Farm, wenn der Milchpreis feststeht. Dieses Jahr war es so, dass durch die Nachfragesteigerung aus Ländern wie Japan die Milksolids weit höher als im Vorjahr gehandelt wurden. Wir haben mit knapp vierzig Cent kalkuliert und entsprechend in Futtermittel, Melkstandsanierung und Landzukauf investiert. Unsere Milch wird täglich mit einem Tankwagen von unserer Molkerei abgeholt. Die gelieferte Menge wird an der Molkerei auf unserem Bestandskonto dort verbucht.« Marc war nun in seinem Element. Hier in seinem Fachgebiet fühlte er sich sicher und kannte sich aus. Dementsprechend fiel ihm das Reden nun auch nicht mehr so schwer.

»Ja und? Ich verstehe nicht, was hat das mit Maggies Verhalten zu tun?«

»Warte, ich erkläre es dir genau. Gestern Morgen kam dann die Abrechnung der Molkerei mit der Post. Maggie hat sie geöffnet. Doch was soll ich dir sagen, es fehlte ein Milchguthaben im Gegenwert von nahezu fünfhunderttausend neuseeländischen Dollars! Wenn die Milch mit dem Tankwagen abgeholt wird, erfassen wir die abgezapfte Menge ebenfalls per EDV. Zusätzlich können wir die Entnahmemenge am Milchtank in der Milchkammer digital und per Pegelstand ablesen. Die Molkerei überweist dann einmal im Monat unser Geld auf unser Bankkonto. Da konnte etwas nicht stimmen. Also ist sie unverzüglich zur Bank gefahren und hat die Buchung auf dem Kontoauszug überprüfen lassen. Hier konnte man ihr aber auch nicht weiterhelfen. Dort war alles ordnungsgemäß erfasst. In ihrer Not hat sie mich angerufen, und wir sind dann gemeinsam zur Molkerei gefahren. Zusammen mit dem Lead-Manager dort sind wir die täglichen Milcheingänge durchgegangen. Du musst wissen, der Chef der Molkerei, Mr. Sailsbury, ist ein alter Weggefährte deiner Tante und ihres verstorbenen Mannes. Seit Claas' Tod kommt er häufig vorbei und bemüht sich um Maggie. Sie mag das zwar nicht, doch geschäftlich ist er sehr wichtig für die Farm. Wenn es aber um die Chefin geht, kannst du jeden Gefallen von ihm bekommen. Was da zwischen den beiden läuft, kann ich dir leider nicht genau sagen. Meines Erachtens nach lässt sie ihn jedes Mal ganz schön abblitzen. Wie auch immer … Er hat sich gestern sehr bemüht, eine genaue Milchmengenkontrolle für uns durchzuführen. Also die Mengen, die deren Tankwagen an der Molkerei einliefern. Deren Protokolle passten auch alle bis auf den letzten Penny.«

»Das verstehe ich nicht, wo ist dann die Differenz?«, fragte Chiara.

»Wir haben mehr Milch abgeliefert, als dort angekommen ist«, erklärte Marc.

»Und nun?«, fragend blickte sie Marc an. »Habt ihr euch eventuell verkalkuliert?«

»Nein, das kann nicht sein. Das halte ich für ein Ding der Unmöglichkeit. Wir sind sehr genau in der Buchführung. Maggie und ich kontrollieren alle Transaktionen nach dem Vier-Augen-Prinzip. Die Technik in der Milchkammer wurde überprüft und ist einwandfrei in Ordnung. Außerdem standen unsere Kühe mit unserer Fütterungsstrategie so gut da wie nie zuvor. Das siehst du am Euter, am Rahmen der Kuh und an der Milchmenge, die täglich gemolken wird. Wir haben hin und her gerechnet und alle Buchungsposten mehrmals überprüft. Doch Fehlanzeige. Die Differenz bleibt. Da fehlt jede Menge Milch!«

»Und jetzt? Was wollt ihr machen?«

»Das ist ja das Problem, wir können die Extralöhne nicht zahlen, noch nicht einmal den vollen Abschlag des Lohnes. Durch die getätigten Investitionen ist unser Limit voll ausgeschöpft. Wir hatten die November-Sonderzahlung für die Löhne komplett einkalkuliert.«

»O nein.« Chiara verstand, was er sagen wollte. »Und wir veranstalten ausgerechnet ein Prämien-Fest. Was müsst ihr von uns gedacht haben?«

»Ihr könnt doch nichts dafür. Wir konnten euch einfach nicht die Freude verderben. Also haben wir gute Miene zum bösen Spiel gemacht.«

»Jetzt verstehe ich auch, wieso Maggie den ganzen Abend so traurig aussah. Wo ist sie denn abgeblieben? In ihrem Zimmer war sie auch nicht, oder?«

»Sie war bestimmt auf dem Hügel, am Grab ihres Mannes. Wenn sie Kummer hat, sitzt sie oft dort oben und holt sich neue Kraft.«

Chiara atmete auf. Das klang einleuchtend. Dennoch drängte es sie jetzt, so schnell wie möglich nach Hause zu kommen.

Der neue Tag war voll angebrochen, es war taghell, als sie die Farm wieder erreichten. Chiara machte sich sofort wieder auf die Suche nach ihrer Tante. In der Küche wurde sie fündig. Sie stand mit einer großen Tasse Kaffee am Herd und starrte müde in ihr Getränk.

»Guten Morgen.« Chiara gab sich alle Mühe, fröhlich zu klingen. Sie gab Maggie einen Kuss auf die Wange und nahm ihr fürsorglich die Tasse aus der Hand. Sachte berührte sie ihren Arm. »Komm, setz dich.« Liebevoll bugsierte sie die Ältere auf einen Küchenstuhl und setzte sich ihr gegenüber. »So kenn ich dich ja gar nicht! Wer wird denn so schnell die Flinte ins Korn werfen?« Maggie schaute erstaunt auf.

»Du weißt Bescheid?«

»Ja, Marc hat mich eingeweiht. Ich habe mir Sorgen gemacht und dich überall gesucht.«

»Ach, ich habe die ganze Nacht oben am Grab meines Mannes gesessen und nachgedacht. Ich habe noch keine Idee, was wir jetzt machen sollen. Den Arbeitern steht doch ihr Lohn zu. Ich habe sie nicht umsonst am Umsatz beteiligt. Noch nie habe ich in meinem Leben mein Wort gebrochen. Leider gibt mir die Bank derzeit keinen Cent. Ich habe gestern alles versucht. Hätten wir doch nur nicht all unser Geld in Investitionen gesteckt!«

»Uns fällt schon noch etwas ein«, sagte Chiara sie beschwichtigend. »Schau mal auf die Uhr, es ist gleich sieben, lass uns Frühstück machen.« Maggies Stimme zitterte leicht panisch.

»Beim Frühstück werde ich Rede und Antwort stehen müssen. Aus der Nummer komme ich nicht raus. Gerade jetzt haben wir so zuverlässige Arbeiter. Wenn ich nicht zahlen kann, sind sie schneller verschwunden, als du bis zehn zählen kannst. Das ist hier in Neuseeland nun mal so.« Sie drehte sich zum Fenster und legte ihren müden Kopf an das kühle Fensterglas. Tränen liefen ihr über die Wangen. Ihre Schultern zuckten. Sie schien ausgelaugt und kraftlos.

»Wenn mir doch nur ein Ausweg einfallen würde.« Mit dem Handrücken wischte sie jetzt energisch die feuchten Wangen ab und schniefte einmal laut in ihr großes, blütenweißes Taschentuch. Chiara nahm sie liebevoll in ihre Arme und tröstete sie so gut sie konnte. Schwerfällig richtete sie sich auf und begann, das Frühstück zu richten. Chiara half ihr schweigend. Sie grübelte, was sie tun konnte, um ihrer Tante Mut zu machen.

Da flog plötzlich laut die Küchentür auf. Marc betrat den Raum. Er war noch unrasiert und trug die Kleidung vom Vortag. Aber seine Augen leuchteten enthusiastisch, so hatte Chiara ihn noch nicht gesehen.

»Ich habe es! Mir ist eine Idee gekommen, wie wir den Karren aus dem Dreck ziehen können. Es ist ganz einfach!«

»Sag bloß, du weißt, wo die Milch geblieben ist?«

»Nein, das noch nicht. Aber es geht doch erst einmal darum, dass wir unsere Arbeiter nicht verlieren.«

»Aber wie? Auch du wirst es nicht schaffen, bei der Bank mein Kreditlimit zu erhöhen.«

»Das ist mir klar.« Er nahm Maggie bei den Händen und zwang sie, sich erst einmal wieder auf einen Küchenstuhl zu setzen. Er zog sich einen zweiten Stuhl herbei und setzte sich ihr gegenüber. »Wie lange bin ich jetzt bei dir auf der Farm?«

»Wieso? Über drei Jahre, das weißt du doch selbst ganz genau. Was soll das?«

»Und wie viel Lohn hast du mir jedes Jahr gezahlt?«

»Marc lass das, worauf willst du hinaus?«

»Mein Geld, nimm es, ich brauche es nicht. Ich gebe es nicht aus. Ich habe doch hier alles, was ich zum Leben brauche.«

Wütend stand Maggie auf. Ihr Stuhl wäre fast umgefallen.

»Jetzt ist es aber genug!« Ärgerlich stand sie jetzt direkt vor ihm. »Du weißt ganz genau, dass ich solch ein Angebot niemals annehmen würde. Deinen Lohn hast du dir stets mehr als verdient. Du bist ein freier Mann. Irgendwann möchtest du dich selbständig machen. Dann benötigst du jeden Cent.«

»Nein, Maggie, ich brauche nichts. Glaub mir. Ich habe hier

meinen Frieden gefunden. Wenn du mich nicht vor die Tür setzt, kann es in Zukunft auch so bleiben. Betrachte es als Darlehen, als Teilhaberschaft oder sonst was. Halte es, wie du willst. Ich schenke dir mein Bankguthaben. Zahl es mir zurück oder betrachte es als Geschenk, das ist mir egal. Ich hänge nicht daran.«

»Nein Marc, das nehme ich nicht an. Basta! Das geht nicht, ich werde einen anderen Weg finden.«

»Mensch, sei doch nicht so stur. Damit bist du doch aus dem Schneider. Chiara?« Marc sah zur Seite, um sich dort Unterstützung zu suchen. Chiara stand immer noch an der Anrichte, staunte über Marcs Engagement und studierte gebannt seine Gesichtszüge. Sie mochte es, wenn sich seine hohen Wangenknochen hoben und senkten und er mit seiner Hand durch seine Bartstoppeln fuhr, sobald er angestrengt nachdachte. »Sag doch auch mal was! Mach Maggie doch bitte klar, dass das unsere Chance ist, Zeit zu gewinnen, bis wir aus eigener Kraft wieder zahlungsfähig sind.«

»Hast du denn so viel gespart?«

Er nickte. »Mhm.«

Chiara dachte nach und blickte dabei Maggie an. »Ich bin zwar noch nicht lange genug hier, um die ganze Lage einschätzen zu können. Was ich aber sehe, ist die starke Loyalität von deinem ersten Mann hier auf der Farm. Maggie, du hast mir doch selbst erzählt, wie sehr Marc dir in den Anfängen nach Onkels Tod und auch in der darauffolgenden Zeit geholfen hat. Nimm es als Darlehen, und zahl es ihm zurück, wenn du wieder kannst. Notfalls macht ihr einen schriftlichen Vertrag darüber. Dann ist dein Gewissen beruhigt.«

Maggie schwieg, das war alles zu viel auf einmal. Am liebsten würde sie erst in Ruhe darüber nachdenken. Doch in diesem Moment füllte sich die Küche mit den Männern, die hungrig ihr Frühstück verlangten. Einige von ihnen waren noch sehr müde. Besonders die Melker, die in den frühen Morgenstunden arbeiteten. Gierig griffen sie zu ihrer ersten Tasse Kaffee.

Die Tür wurde erneut mehr als energisch aufgerissen. Ben stürmte die Küche und baute sich vor Maggie auf. Wütend stemmte er die Arme in die Hüften. Er war bekannt dafür, dass er kein Blatt vor den Mund nahm.

»Weißt du, wo ich gerade herkomme?«, Fragte er provozierend.

»Du wirst es mir gleich sagen.«

»Ja, genau. Ich war schon in der Stadt an der Bank.«

Maggie fiel fast die Kinnlade herunter, als sie das hörte. »Es ist sieben Uhr in der Frühe. Die Bank hat um diese Uhrzeit noch geschlossen. Was soll das?«

»Natürlich, aber nicht die Bankautomaten. Ich wollte eine Überweisung für meine Schwester einwerfen und habe vorher meinen Kontostand abgerufen. Du weißt doch, dass ich sie und ihre beiden kleinen Kinder unterstütze, seit ihr Mann abgehauen ist. Ich dachte, jetzt habe ich endlich genug Geld zusammen, damit sie in eine größere Wohnung mit Küche umziehen können. Aber was ich von dir wissen will: Wo ist der Lohn? Er ist immer am dreißigsten auf unseren Konten. Außerdem hast du die Sondergratifikation versprochen. Da stimmt doch etwas nicht!« Ben sah sie herausfordernd an. Mit seiner direkten Art nahm er keine Rücksicht auf den Rest der Leute, die nun ebenfalls erregt aufgesprungen waren.

»Was soll das heißen? Kein Geld?« Ein aufgeregtes Gemurmel setzte ein.

»Ruhe!« Marc fackelte nicht lange und sorgte dafür, dass sie das nötige Gehör bekam. »Setzt euch! Ruhe! Ihr bekommt eine Erklärung, versprochen. Aber seid doch bitte erst einmal ruhig!« Maggie stellte sich neben ihren Herdenmanager und ergriff nun das Wort. Sie strich sich dabei mit der rechten Hand über ihre müden Augen.

»Ben, ich kann dich verstehen. Das Ganze ist komplizierter, als ihr ahnt. Eigentlich wollte ich euch bereits gestern über den Lohnausfall informieren.« Sie stocke. »Doch ich konnte euch nicht das schöne Fest verderben. Ihr habt euch so viel Mühe gegeben, uns zu überraschen.« Sie seufzte. »Die Überraschung ist euch ja auch gelungen. Vielen Dank noch einmal. Es war sehr schön.« Sie legte eine kleine Atempause ein, bevor sie weitersprach. »Und glaubt mir, bis vor vierundzwanzig Stunden wusste ich auch noch nichts von der Katastrophe, die uns widerfahren ist.« Alle Augenpaare sahen sie jetzt aufmerksam an. Was war geschehen? Maggie und Marc berichteten nun abwechselnd von der Milchdifferenz. Wieder setzte ein lebhafter Disput ein.

»Das kann doch nicht sein!« »Sabotage.« Plötzlich stand dieses unheilvolle Wort im Raum. »Ihr habt euch verrechnet.« »Wenn ich meine Kohle nicht bekomme, dann hast du mich heute zum letzten Mal gesehen.« So und ähnlich platzte es aus den aufgeregten Männern heraus. An das Frühstück dachte in diesem Moment niemand mehr.

»Verdammt noch mal. Ruhe!« brüllte Marc erneut, um sich Gehör zu verschaffen. Dabei schaute er Maggie bedeutend an. »Morgen ist euer Lohn auf eurem Konto. Das schwöre ich bei meinem Pferd.« Nun war es auf einmal mucksmäuschenstill im Raum. Marc nickte Maggie zu. Sie war jetzt am Zug. Sie räusperte sich.

»Marc hat recht. Wir haben einen Plan, wie wir die finanzielle Durststrecke überbrücken können. Macht euch erst einmal keine Sorgen mehr. Es tut uns leid, dass wir zwei Tage zu spät die Löhne überweisen. Bitte habt Verständnis.«

»Hand drauf?«, fragte Ben und reichte ihr seine Rechte.

Maggie schlug ein. »Hand drauf.«

»Ja, dann ist ja alles gut. Ich wünsche allerseits einen guten Appetit.« Für ihn war das Thema damit vorerst erledigt. So schnell, wie er sich aufgeregt hatte, so schnell beruhigte er sich auch wieder. »Kommt Leute, jetzt wird gefrühstückt. Mir schmeckt es wieder.« Er bat seine Kollegen, es ihm gleichzutun. Der Frieden war fürs Erste wiederhergestellt. Dennoch setzte eine lebhafte Diskussion ein. Jeder mutmaßte, wo die Schwachstelle bei der Milchabgabe sein konnte. Letztendlich waren sie alle dankbar dafür, auf der Tangata-Whenua-Farm angestellt zu sein. Jeder hier mochte seine Arbeit und das familiäre Umfeld. Viele von den Männern lebten weit weg von ihrer Familie und waren für viele Jahre auf sich alleine gestellt. Solch ein guter Arbeitsplatz war in der heutigen Zeit nicht überall selbstverständlich.

Maggie setzte sich nun ebenfalls. Sie nickte Marc zu.

»Okay.« Mehr konnte sie in diesem Moment nicht sagen. Stillschweigend hatte sie sein großzügiges Angebot angenommen. Als die Mannschaft wieder bei der Arbeit war, befahl Chiara ihrer Tante, für zwei Stunden zu ruhen.

»Ich halte hier die Stellung. Später kommt Ann, und dann werden wir noch einmal gemeinsam überlegen, wie das Problem zu lösen ist. Widerrede zwecklos.« Liebevoll schob Chiara Maggie zur Tür hinaus und zwang sie, eine Ruhepause einzulegen. Die Aufregungen waren einfach zu viel für sie gewesen. »Nur mit einem klaren Kopf können wir Entscheidungen treffen.«

»Ich ergebe mich.« Ein ganz kleines Lächeln zeichnete sich endlich wieder auf Maggies von Kummer gezeichnetem Gesicht ab.

13. Kapitel

Funkstille? Hatte es die Nacht am Strand überhaupt gegeben? Chiara konnte darüber grübeln, so viel sie wollte. Sie kam einfach nicht mehr an Marc heran. Er verschloss sich wie eine Auster. Dabei nutzte sie jede Gelegenheit, um sich in seiner Nähe aufzuhalten. Aber er tat so, als wäre sie eine Angestellte auf der Farm wie jede andere auch. Es war wie verhext. Ein persönliches Wort war mit ihm einfach nicht zu wechseln. Und wenn sie ihn zwang, sie anzusehen, erfand er immer wieder neue Ausflüchte, um nicht darauf eingehen zu müssen. Man konnte jetzt nicht mehr sagen, dass er wortkarg war wie am Anfang. Ging es ums Geschäft, war durchaus ein vernünftiges Gespräch mit ihm zu führen. Er gab sich auch alle Mühe, ihr die Arbeitsvorgänge zu erklären, wenn sie im Büro mithelfen wollte. Chiara verspürte stets ein sehnsuchtsvolles Ziehen in ihrer Brust, sobald sie an ihn dachte. Schlimmer war es noch, wenn sie sich in seiner Nähe aufhielt. Am liebsten hätte sie ihn umarmt und ihn gezwungen, das Gleiche mit ihr zu tun. Wenn sie doch nur verstehen könnte, was ihn stets zur Salzsäule erstarren ließ, sobald sie nur den kleinsten Vorstoß andeutete. An ihr konnte es doch nicht liegen. Oder?

In den folgenden zwei Tagen wurde eine umfassende Revision aller Gegebenheiten von Maggie und Marc durchgeführt. Chiara half, wo sie nur konnte, nicht nur, weil sie bei Marc sein wollte, sondern auch um dazu beizutragen, dass der Milchskandal aufgedeckt wurde. Die Situation war einfach zu belastend für die Farm. Ihre Tante tat ihr leid. Sie kämpfte verbissen darum, Klarheit in diesen Fall zu bekommen. Der Verdacht der Sabotage hing wie ein Damoklesschwert über der Belegschaft, galt es doch das Erbe ihres Mannes zu erhalten. Sie überprüften die erfassten Daten am Computer, die Abrechnungen der Molkerei, sprachen lange mit jedem einzelnen Mitarbeiter und kontrollierten die vollautomatische Melkanlage auf Schwachstellen. Doch Fehlanzeige, es blieb bei der fehlenden Milchmenge. Wo lag der Fehler?

Maggie und Marc fuhren noch einmal zur Molkerei, um die Daten aus ihrer Lieferstatistik mit denen der Abnahmestelle zu vergleichen. Als Connor Sailsbury, der Manager der Molkerei, erfuhr, wer gerade eben eingetroffen war, ließ er sofort seine Arbeit liegen und begrüßte seine Besucher.

»Maggie, welch ein Glanz in meiner Hütte. Guten Tag, Mr. Bradley.« Er gab beiden die Hand. Maggies Hand hielt er dabei etwas länger in seiner Rechten, als ihr lieb war. Geschickt entzog sie ihm diese schnell wieder.

»Connor, du weißt, wieso wir heute noch einmal gekommen sind. Wir haben enorme Differenzen bei der Milchmenge. Würdest du uns bitte noch mal Einblick in dein Abnahmeprotokoll gewähren, damit wir die Daten erneut mit den unseren vergleichen können?«

»Natürlich, meine Liebe.«

»Es wäre uns auch hilfreich, wenn ein Gespräch mit euren Fahrern möglich wäre.«

»Ich werde sofort meinem Vorarbeiter Bescheid geben, er

kann das Protokoll mit Mr. Bradley durchgehen.« Ein kurzes Telefonat und Marc wurde ins Nachbarbüro beordert.

»Und wir zwei Hübschen werden uns die Zeit bei einer guten Tasse Kaffee vertreiben.« Er gab seiner Sekretärin ein Zeichen. »Nimm doch Platz, meine Liebe.« Er deutete auf eine gemütliche Besuchercouch in der Ecke seines Büros. Connor plänkelte noch eine ganze Weile mit Maggie herum. Es war nur allzu offensichtlich, dass er bewusst ihre Nähe suchte. Hilfesuchend blickte Maggie auf die große Uhr, die ihr gegenüber an der Wand stand, und beobachtete die ganze Zeit den Zeiger, der nicht recht von der Stelle rücken wollte. Die Gegenwart von Connor Sailsbury behagte ihr ganz und gar nicht. Aber was sollte sie machen? Also hieß es gute Miene zu machen, die Konversation über sich ergehen zu lassen und die damit verbundenen plumpen Annäherungsversuche zu ignorieren. Erleichtert sprang sie auf, als nach schier unendlicher Zeit Marc das Büro wieder betrat.

»Nichts zu machen, Maggie, wir haben alle Punkte noch einmal genau überprüft, selbst die Tankanzeigen am Kühlwagen, die Erfassungsprotokolle und so weiter und so fort.«

Der Besuch in der Molkerei endete also wieder ohne Ergebnis. So sehr sich Maggie, Marc und auch Chiara bemühten, ihre Recherchen führten ins Leere. Was aber noch viel schlimmer war, sie konnten nicht verhindern, dass unter den Männern Misstrauen entstand. Hin und wieder fiel die eine oder andere spitze Äußerung, das Vertrauen hatte einen Knacks bekommen. Das war nicht gut.

Am Dienstagmittag kam Ann mit ihrer Tochter Ashley vorbei. Chiara stand gerade in der Küche und holte sich einen Eistee.

»Hallo, Ashley. Schön dich wiederzusehen. Wie geht es

dir?« Dabei beugte sie sich zu ihrer neuen kleinen Freundin hinunter.

»Gut, hallo Chiara.«

»Ist die Schule wieder ausgefallen?«

»Ja, der Direktor hat uns nach Hause geschickt. Wir sollen die Rechenaufgaben aus dem Buch heute alleine machen.«

Ann lächelte gequält. »Das geht seit Tagen so. Wenn das nicht aufhört, kann ich bald selbst Lehrerin werden. Mein Mann musste heute weg, deshalb konnte ich die Kleine nicht zu Hause lassen.«

»Tante Maggie freut sich bestimmt auch, die Kleine zu sehen. Weißt du was, Ashley, ich habe im Moment überhaupt keine Lust mehr, im Büro zu arbeiten. Wir beide gehen in den Garten, und du zeigst mir einmal, was du heute für Hausaufgaben aufbekommen hast.«

Ashley freute sich. Sie himmelte Chiara mit ihren blauen Augen an. »Au ja, du bist Lehrerin, du kannst bestimmt schön erklären.« Tänzelnd rannte sie mit ihrem Schulranzen auf dem Rücken voraus in die Sonne.

»Das ist lieb von dir, Chiara, damit machst du Ashley eine große Freude. Sie hat dich richtig in ihr kleines Herz geschlossen, nachdem du bei uns warst. Ständig spricht sie von der hübschen Lehrerin aus Deutschland.«

Die beiden Frauen wechselten noch ein paar Worte miteinander. Plötzlich tauchte am Küchenfenster ein kleines, lockiges Köpfchen auf. Das war nicht Ashley, die hineinlugte. Als das neugierige Kind bemerkte, dass es entdeckt worden war, huschte es schnell wieder weg.

»Das war Rose, die kleine Tochter von Ted Turner.«

In Windeseile rannte Ann zur Tür hinaus und hinter dem Mädchen her, das bereits versuchte, mit seinem kleinen Fahrrad das Weite zu suchen. Chiara folgte ihm neugierig. In letzter Sekunde erwischte Ann das Mädchen an seiner Kapuzenjacke.

»Stehen geblieben, du kleiner Wirbelwind! Hier frisst dich keiner. Komm mit, ich weiß, wo Maggie ihre Bonbons aufbewahrt. Du darfst dir eines holen.«

Rose' Wangen glühten, ihr war es offensichtlich peinlich, erwischt worden zu sein. Erst schüttelte sie den Kopf, doch als Ann berichtete, dass Ashley ebenfalls da war, überlegte Rose es sich und kam noch etwas zögerlich mit. In der Küche bekam sie ihre kleine Schleckerei.

»Ashley ist im Garten, sie macht ihre Hausaufgaben. Weißt du was, ich gebe Chiara noch Saft für euch mit, dann könnt ihr zusammen lernen. Was hältst du davon?«

»Ich darf nicht, Papa erlaubt es nicht, dass ich irgendwo anders hingehe.«

»Dein Papa denkt doch, dass du jetzt noch in der Schule bist. Er weiß nicht, dass ihr heute eher nach Hause durftet. Bestimmt freut er sich, wenn du die Hausaufgaben schon fertig hast. Weißt du, ich bin eine Lehrerin und wollte Ashley auch gerade bei den Rechenaufgaben helfen. Zu dritt macht es sicherlich noch mehr Spaß.« Chiara beugte sich zu dem kleinen Mädchen hinab und versuchte, das Vertrauen des schüchternen Kindes zu gewinnen.

»Du darfst mich aber nicht verraten, sonst bekomme ich Ärger mit meinem Vater.«

Sie schien große Angst vor ihrem Vater zu haben.

»Mach dir keine Sorgen, bei mir ist dein Geheimnis gut aufgehoben«, sagte Chiara lächelnd. Zur Verstärkung hob sie ihre Finger. »Großes Indianerehrenwort.«

»Was für ein Wort?«

»Das sagt man bei uns in Deutschland, wenn man ein Geheimnis für sich behält. Jetzt sag mir doch erst einmal, wie du heißt?«

»Rose.«

»Ein schöner Name. Ich bin Chiara. Komm.« Sie reichte Rose ihre Hand. Und, o Wunder, das kleine Händchen legte sich vertrauensvoll in die ihre. Ann gab ihr einen Krug mit Orangensaft und drei Gläser mit, und die beiden machten sich in den Garten zu Ashley auf. Diese freute sich riesig, ihre Schulfreundin zu sehen. Die drei verbrachten eine angeregte Zeit. Die Sonne schien mit voller Kraft und versprach einen wunderschönen, warmen Frühlingstag. Mit Feuereifer machten sie sich an ihre Schulaufgaben. Chiara bereitete es viel Freude, die Kinder zu unterrichten. Nicht von ungefähr war sie Lehrerin geworden. Selbst Rose taute nach und nach auf und vergaß ihre Angst. Erst als die Aufgaben fertig waren, packte sie schnell ihre Schulsachen zusammen. Es war ungefähr die Zeit, zu der sie sonst von der Schule nach Hause kam.

»Chiara, du musst morgen mit in unsere Schule kommen. Du kannst doch unsere Lehrerin sein, so lange, bis Mrs. Miller wieder da ist«, meinte die resolute Ashley.

»Das geht leider nicht«, erwiderte Chiara. Sie musste über das Engagement der Kleinen schmunzeln.

»Ich werde das morgen unserem Direktor sagen.«

»Ashley, du stellst dir das einfach vor. Aber es gibt Vorschriften, das können wir nicht entscheiden.«

»Hast du denn keine Zeit, musst du immer Tante Maggie helfen?«

»Nein, das ist es nicht, Zeit hätte ich genug, und Lehrerin wäre ich auch gerne wieder.« Chiara dachte wehmütig an die Zeit im Internat zurück. Der Beruf fehlte ihr schon. Ashley war indessen ins Haus zu ihrer Mutter hinübergegangen.

Ganz in Gedanken versunken, beobachtete Chiara die Insekten, die um die Blumen herumschwirrten. Es war ein wunderschöner Tag. Schon richtig warm. Jetzt war sie bereits eine ganze Weile in Neuseeland. Die Zeit für einen Urlaub war längst vorbei. Sie war immer noch ohne Job und wusste nicht, wie es in Zukunft weitergehen sollte. Irgendwie war ihr ganzes Denken und Fühlen hier in das Farmleben mit hineingeflossen, ohne dass sie es bemerkt hatte. Es kam ihr so vor, als lebte sie schon immer hier. Ihre Gedanken kreisten um den Milchskandal, um Marc und wie sie Tante Maggie helfen konnte. Wie selbstverständlich war sie ein Teil des Ganzen geworden. Sie mochte die Menschen hier, die Landschaft und die frische Seeluft.

»Ich muss mit Tante Maggie sprechen, welche Entscheidungen ich für die Zukunft treffen soll. So schön es hier auch ist, ich kann ja nicht ewig hierbleiben«, dachte sie. Innerlich seufzte sie auf. »Wegzugehen wäre eigentlich schade. Ich fühle mich hier so wohl wie nirgendwo sonst auf der Welt.«

Nachdenklich stand sie auf und machte sich auf die Suche nach ihrer Tante. Doch zu einem Gespräch kam es an diesem Abend nicht mehr. Neues Unheil bahnte sich an.

14. Kapitel

Lautes Stimmengemurmel schallte ihr aus der Ecke entgegen. Maggie stand beidhändig gestikulierend vor Ben. Ganz hinten im Melkstall stand sie, umringt von mehreren Männern, vor einem großen Sicherungskasten.

»Was soll das heißen? Nicht zu reparieren?« Herausfordernd blickte Maggie Ben an.

»Wenn ich es dir doch sage, der Fehler ist nicht zu finden!«

»Dann müsst ihr eben noch genauer suchen!«, schimpfte sie. »Bisher hast du noch jeden Stromausfall wieder in Gang gesetzt. Aber bitte schön, Beeilung. Du siehst doch, wie viele Kühe vor der Pforte stehen und gemolken werden wollen.« Mit hochroten Wangen verließ sie die Arbeiter, die weiterhin ratlos beieinanderstanden.

»Tante Maggie, wieso regst du dich so auf? Was ist denn jetzt schon wieder passiert?«

»Ach, es ist zum Mäusemelken. Wir haben seit Stunden keinen Strom mehr. Wir finden die Ursache nicht. Dabei ist es höchste Zeit, die Tiere müssen gemolken werden.«

»Oje, auch das noch!« Chiara seufzte. »Was macht ihr denn sonst, wenn das vorkommt?«

»Ach, das kann mal sein, dass eine Sicherung herausspringt. Die ist schnell wieder eingedreht oder ausgetauscht. Außerdem kennt Ben sich mit Elektrik sehr gut aus, eigentlich bekommt er alles wieder hin, bisher jedenfalls.« Maggie kratzte sich am Hinterkopf. »Ich mache mir Sorgen, so viele Kühe können wir nicht von Hand melken.«

»Wenn alle mithelfen, müsste das doch gehen«, sagte Chiara ermutigend.

Maggie musste lachen. »Nein, mein Kind, so einfach ist das nicht. Eine Kuh, die nur vom Melkroboter gemolken wird, lässt sich nicht ohne weiteres von Hand melken. Außerdem kann keiner achthundert Kühe mal eben von Hand melken. Das geht einfach nicht.«

»Was willst du jetzt machen?«

»Ben muss den Fehler unbedingt finden, sonst sitzen wir mächtig in der Patsche!«

In diesem Moment betrat Marc das Geschehen. »Ben hat mich angerufen. Habt ihr den Schaden beheben können?« Er blickte seine Chefin sorgenvoll an. Diese schüttelte stumm den Kopf. »Es ist schon spät, lass mich die Feuerwehr rufen. Wir brauchen ein Notstromaggregat. Wer weiß, wie lange das hier dauert!«

»Na gut, in Gottes Namen, mach das. Etwas anderes bleibt uns wohl nicht übrig. Es wird Zeit, dass wir uns selbst ein Notstromaggregat zulegen. Für alle Fälle. Lass uns in den nächsten Tagen mal darüber sprechen.«

Marc ging ins Haus, um zu telefonieren.

Gut eine halbe Stunde später lief die Melkanlage mit Unterstützung der ortsansässigen Feuerwehr. Während Ben mit einigen Männern weiter nach der Ursache suchte, half Marc vier Melkern, die laut lärmende Herde nach und nach durch die Melkschleuse zu treiben. Bei vielen Tieren tropfte die Milch bereits aus dem Euter. Das war ein sicheres Zeichen dafür, dass es höchste Zeit war, sie zu melken. Indessen ging Chiara mit Maggie in die Küche. Sie stellten einige große Kerzen auf. Heute blieb die Küche im wahrsten Sinne des Wortes »kalt«. Es würde Brote geben.

Es war nach Mitternacht. Einige Männer saßen noch mit Maggie in der Küche, als Ben sich per Handy meldete.

»Ich habe die Schadstelle gefunden! Du wirst es nicht glauben, ein Kabel von der Hochspannungsleitung am Anfang der Hofzufahrt liegt am Boden. Es ist gerissen. Ich muss das örtliche Elektrizitätswerk benachrichtigen. Das kann ich nicht selbst reparieren.«

»Ja, mach das. Gut, dass wir die Ursache jetzt kennen.

Komm doch bitte noch zu uns in die Küche, wenn du das erledigt hast.«

»Okay.«

Es dauerte auch nicht lange, und Ben und seine Männer betraten die nächtliche Gemeinschaft. Sie wurden mit lautem Hallo begrüßt.

»Und was ist? Können die Elektriker noch vor dem nächsten Melken kommen und den Schaden beheben?«

»Ist geregelt, Chefin. Ich habe sie mit einem fürstlichen Frühstück bestochen. Also leg bitte morgen früh einige Gedecke mehr auf.«

»Gut gemacht, Ben.« Sie klopfte ihrem engagierten Mitarbeiter auf die Schulter. »Jetzt müsst ihr erst einmal etwas essen. Setzt euch!«

Die Männer ließen sich das nicht zweimal sagen und fielen hungrig über die Brotzeit her. Jeder bekam außerdem ein großes Bier vorgesetzt. Jetzt schmeckte das Essen wieder. Nachdem der gröbste Hunger gestillt war, wollte Marc wissen, wie es zu der defekten Stromleitung hatte kommen können.

»Das ist mir ein Rätsel. Es ist nichts zu erkennen. Ein gerissenes Kabel. Die dicke Leitung liegt ohne ersichtlichen Grund auf dem Boden und ist zerfetzt.«

»Das ist doch komisch!« Marc runzelte die Stirn. »Wir hatten keinen Sturm und kein Gewitter. Allmählich fange ich an zu glauben, dass hier fremde Zauberkräfte am Werk sind.«

Der Vorfall würde vorerst ein Rätsel bleiben. Zum Glück war der Schaden bis zum Morgengrauen wieder behoben, so dass der gewohnte Melkbetrieb fortgesetzt werden konnte. Ein weiteres Desaster war glücklicherweise abgewendet worden. Doch die Sorgen blieben.

15. Kapitel

Maggie war mit Marc zum Milchverband gefahren. Sie würden erst gegen Abend wieder auf der Farm sein. Chiara schlenderte über den Hof. An der Pferdekoppel blieb sie stehen. Friedlich grasten die Tiere in der Mittagssonne. Archie stellte kurz seine Ohren auf, als er ihre Stimme hörte, doch er ließ sich beim Grasen nicht stören. Chiara holte sich ein Handtuch und ein Buch und fuhr mit dem Rad ihrer Tante zur Bay. Es war ein schöner Tag, und sie wollte das schöne Wetter nutzen, um an den Strand zu gehen. Sie kannte den Weg die Klippen hinunter. Chiara war ganz allein. Ihr Begleiter war einzig und allein das Rauschen der Wellen, die sachte an den Strand klatschten. Sie zog ihre Schuhe und Strümpfe aus und lief barfuß durch den warmen Sand. Es war herrlich. Tief saugte sie die frische Meeresbrise in ihre Lungen. Das hätte sie stundenlang machen können. Sie fühlte sich frei wie ein Vogel. Das Bedürfnis, den Strand entlangzulaufen, wurde übermächtig. Laute Jauchzer kamen über ihre Lippen, so sehr genoss sie die Freiheit, die sie hier verspürte. Sie lief und lief, bis sie sich nach einiger Zeit, völlig außer Atem, fallen ließ. Chiara fühlte sich herrlich befreit, als wäre eine zentnerschwere Last von ihren Schultern gefallen. *Herrlich, dieses Gefühl der Unbeschwertheit.* Was konnte ihr das Leben in diesem Moment schon anhaben?

Später suchte sie sich ein geschütztes Plätzchen zwischen den Klippen, schmökerte in einem Buch und ließ sich von den Sonnenstrahlen verwöhnen. Ihre Gedanken drifteten ab und ließen die Erinnerungen an die Strandnacht wieder lebendig werden. Sie sehnte sich nach Marc. Nach dem Abendessen wollte sie mit Maggie über ihn sprechen. Vielleicht wusste sie, was diesen Mann so sehr belastete, dass sie nicht mehr an ihn herankam. Erst gegen Abend machte sie sich auf den Heimweg. Ihr Magen knurrte, es war Zeit fürs Abendessen. Es war ein herrlicher Sonnentag gewesen.

Nach dem Essen besprach Maggie noch den Wocheneinkauf mit Ann. Deshalb schlenderte Chiara zum Pferdegatter hinüber und schaute Marc beim abendlichen Training mit seinem schönen Pferd zu. Er trug die üblichen Jeans, dazu ein derbes Hemd. Selbst von hier aus konnte sie das Türkisblau seiner Augen erkennen, das wie aus einem Bergsee zu kommen schien. Lässig lagen Chiaras Arme auf dem Holzzaun. Der Wind spielte mit ihren langen, offenen Haaren. Wortlos hatte Marc ihr zugenickt, ließ sich bei seiner Arbeit aber nicht beirren. So wirkte es jedenfalls auf Chiara.

Routiniert lief Archie an der Longe. Marc versuchte die Erinnerungen an die Zeit vor fast drei Jahren abzuschütteln, die ihm auf einmal wieder so überdeutlich vor Augen standen. Immer wenn Chiara auftauchte, kamen auch die Gedanken an seine verstorbene Frau zurück. Warum nur? War es das schlechte Gewissen? Er lebte, ihm ging es gut, und sein Herz schlug für eine andere Frau. Inzwischen war er wahrhaftig alt genug, um zu wissen, wie ungewöhnlich es war, sich so schnell derart zu verlieben. Bei seiner Frau hatte es zwei Jahre gedauert, bis sie zueinander gefunden hatten. Ihre Liebe hatte sich langsam entwickelt. Anfangs standen wirtschaftliche Gründe im Vordergrund, die sie zusammengeführt hatten. Aus Zuneigung entwickelte sich dann doch noch Liebe. Schließlich waren sie zu dem Entschluss gelangt, dass die Beziehung, die sie hatten, ausreichte, um eine gute Ehe zu führen. Doch schon bald nach der Hochzeit bröckelte das zarte Gerüst der Gefühle. Marc arbeitete eindeutig zu viel und vernachlässigte seine Frau, obwohl ihn das schlechte Gewissen deshalb bedrückte. Es blieb letztendlich nicht mehr als eine Zweckgemeinschaft zum Wohl des Kindes, das nicht mit einem alleinerziehenden Elternteil aufwachsen sollte. Leider arbeitete er nicht weniger. Bis es zu spät war. Erst das fürchterliche Unglück auf seiner Farm, hatte ihm die Augen geöffnet. Er fühlte sich für den Tod seiner Familie verantwortlich. Seitdem ging er sehr hart mit sich ins Gericht. Nie wieder sollte irgendjemand unter seiner Beziehungsunfähigkeit leiden müssen. So dachte er bis zuletzt. Es hatte ja keiner ahnen können, dass eine neue Liebe wie ein Orkan über ihn hereinbrechen würde. Um der Verwirrung Herr zu werden, gab er sich die größte Mühe, Chiara möglichst nicht anzuschauen. Seit der Nacht am Strand ging er ihr nach allen Regeln der Kunst aus dem Weg. Es durfte einfach keine Gelegenheit mehr entstehen, dass er seinen Gefühlen nachgab. Irgendwann würde Chiara das Interesse an ihm verlieren. Das redete er sich jedenfalls ein. Er verkrampfte sich stets, so sehr meinte er sich beherrschen zu müssen, wenn sie bei der Büroarbeit oder am Tisch das Wort an ihn richtete. Natürlich spürte er ihren Blick auf sich ruhen, auch wenn er tat, als bemerkte er das nicht. In den Nächten lag er oftmals lange wach und dachte nach. Wo war seine Fähigkeit geblieben, niemanden mehr zu nah an sich herankommen zu lassen? Chiara wusste zum Glück nicht, was gerade in Marc vorging. Wer wusste schon, ob sie noch so unbeschwert gewesen wäre, wenn sie die Wahrheit wüsste.

Für Chiara war es nur eine Frage der Zeit, bis Marc seine Abwehrhaltung aufgeben würde. Die Liebe, die er ihr in der besagten Nacht geschenkt hatte, konnte keine Eintagsfliege gewesen sein. Dafür war die Intensität zu stark, zu emotional gewesen. Sie würde noch dahinterkommen, was ihn ausgebremst hatte. Bis dahin würde ihr sein Anblick genügen, auch wenn sie sich so sehr nach mehr sehnte, dass es zeitweise kaum auszuhalten war. Also suchte sie, wann immer es ging, seine Nähe.

Erschrocken wich Chiara etwas zurück, als sie den Milchwagen hörte, der jeden Abend die frische Milch für die Molkerei abholte. Nachdenklich schaute sie dem Gefährt hinterher, das langsam an die Milchkammer heranfuhr. Da sie nichts anderes zu tun hatte, schlenderte sie ihm hinterher. Währenddessen hatte sich der Himmel zugezogen. Ein sachter Regen setzte ein. Gleich würde sie ins Haus gehen, um sich vor dem Nass zu schützen. Sie konnte gut erkennen, was der Fahrer tat, die Tür zum großen Milchtank stand weit auf. Es dauerte eine Weile, bis die Milch abgepumpt war. Der Motor summte. Sie kannte den bärtigen Mann nicht. Plötzlich kam ihr eine Idee! Sie hatte eine Eingebung, während sie dastand und auf das Fahrzeug schaute. Sollte sie? Es war wagemutig, was sie vorhatte.

Als der Mann sich in das Innere der Milchkammer begab, schlich sie schnell an den Wagen heran. Vorsichtig lauerte sie ins Fahrerhaus. Hinter dem Fahrersitz stand, wie der Zufall es so wollte, eine Kiste. Rasch öffnete sie die Beifahrertür und kletterte hinein. Ängstlich schaute sie durchs Vorderfenster, ob ihre Aktion unbemerkt geblieben war. Doch niemand war zu sehen. Der Deckel der Kiste ließ sich ohne weiteres anheben – sie war leer und groß genug. Schnell kletterte Chiara hinein und kauerte sich eng zusammen. Das sollte gehen, für eine Weile jedenfalls. Sie hätte den Deckel nicht eine Sekunde später schließen dürfen. Die Fahrertür öffnete sich und der Bärtige setzte sich hinters Steuer. Der Motor heulte auf und Chiara spürte, wie er den Tankwagen zurücksetzte, bevor er Fahrt aufnahm. Behutsam öffnete sie jetzt den Deckel ein wenig. Es war viel zu stickig in ihrem Versteck. Gierig sog sie die frische Luft in ihre Lungen und legte ihre flache Hand in die Öffnung, damit nichts klappern konnte. Chiara musste sich zwingen, leise und flach zu atmen. Hoffentlich würde sie in dieser Position aushalten können.

»Wenn das nur gutgeht«, dachte sie ängstlich.

Wie lange sie in der Kiste ausgeharrt hatte, konnte Chiara nicht sagen. Auf jeden Fall kam es ihr unendlich lange vor. Unverhofft bremste das Fahrzeug ab und blieb ruckartig stehen. Chiara stieß mit ihrer Nase gegen die Wand der ohnehin viel zu engen Kiste. »Autsch.« Mit aller Gewalt biss sie die Zähne zusammen. Nur keinen Laut von sich geben! Sie hörte, wie der Fahrer den Lkw verließ. Die Fahrertür klappte zu. Vorsichtig, Zentimeter für Zentimeter, hob sie die Klappe der Kiste an. Tatsächlich: sie war alleine im Wagen. Jetzt konnte sie ihre steifen Glieder etwas strecken. Noch wagte sie es nicht, sich über den Sitz zu beugen, um aus dem Fenster zu schauen. Draußen war es bereits dunkel geworden. Viel war nicht mehr zu erkennen. Es ruckelte hinten am Tank. Sie hörte etwas zischen. Chiara konnte nur so viel erkennen, dass sie hier gewiss nicht auf einem Molkereihof stand. Um sie herum gab es nur Bäume und Sträucher.

Mist, wenn ich mehr wissen will, muss ich mehr sehen können!

Sollte sie es wagen? Ihr Herz klopfte wild in ihrer Brust, als sie langsam auf den Fahrersitz robbte und behutsam am Hebel der Tür zog. Jetzt nur kein Geräusch machen. *Klick*.

Chiara hielt den Atem an. Geräuschlos war das Öffnen der

Tür nicht vonstattengegangen. Stille. *Also gut, weiter.* Sie mussten sich irgendwo am Straßenrand befinden. Das war jetzt klar. Mit einem Auge sah sie durch den Türschlitz nach hinten, doch da war niemand zu erkennen. Wo war der bärtige Mann? Da klopfte es auf der anderen Seite hinten am Tank. War er dort? Hoffentlich!

Jetzt oder nie!

Flink wie ein Wiesel rutschte sie aus dem Wagen und ließ sich schnell am Wegesrand in das feuchte Gras fallen. Dabei verlor sie auf dem glitschigen Untergrund den Halt. Sie ruderte mit beiden Armen hilflos durch die Luft. Vergeblich. Sich um die eigene Achse drehend landete sie mit voller Wucht auf dem Rücken – mitten auf einem spitzen Stein! Chiara hatte das Gefühl, ein Messer würde sich in ihren Rücken bohren. Mit aller Kraft unterdrückte sie einen Aufschrei – in allerletzter Sekunde! Der Schweiß rann ihr aus allen Poren. Ein stechender Schmerz bohrte sich von hinten durch ihren Pullover ins Fleisch. Ohne dass Chiara wusste, was sie eigentlich tat, schaffte sie es, sich von dem scharfen Stein fortzurollen. Langsam robbte sie mit allerletzter Kraft rückwärts hinter einen Busch. Sie biss die Zähne fest zusammen. Der Schmerz drohte, sie zu zerreißen, es war kaum auszuhalten, und sie konnte sich kaum auf etwas anderes konzentrieren. Doch als das Geräusch von einem schweren, herannahenden Wagen langsam näher kam, dann aber fast direkt vor ihrer Nase stehen blieb, schärfte sie noch einmal mit letzter Kraft ihre Sinne. Vorsichtig bog sie einen Zweig zur Seite. In der Dunkelheit war kaum etwas zu erkennen. Ein Fahrzeug, vermutlich ein Landrover, war neben dem Tankwagen stehen geblieben. Chiara kniff ihre Augen zu Schlitzen zusammen. Irgendetwas stand auf der Fahrertür des Wagens. Es sah aus wie ein großer, weißer Fleck. Vielleicht das

Bild einer Kuh oder etwas Ähnliches. Die Scheinwerfer wurden ausgeschaltet. Nun war außer einem schwarzen Schatten nichts mehr zu erkennen. Eine Person stieg aus, und kurz darauf vernahm Chiara die tiefen Stimmen von zwei Männern.

»He Mann, beeil dich. Hast du alles erledigt?«

»Wie versprochen, Boss.«

»Hier hast du das Geld, das dürfte fürs Erste reichen. Und nun sieh zu, dass du hier wegkommst, bevor noch jemand vorbeifährt.«

Was danach geschah, bekam Chiara nicht mehr mit. Ihr wurde schwindlig, und es wurde dunkel um sie.

Während Chiara im Tankwagen davonfuhr, führte Marc sein Pferd in den Stall. Aus dem Augenwinkel nahm er wahr, dass der Milchwagen vom Hof rollte. Er wickelte die Leine auf, mit der sein Pferd longiert hatte, und hängte sie sorgfältig an ihren Haken. Von Chiara war nichts mehr zu sehen. Sie war bestimmt ins Haus gegangen. Es hatte angefangen zu regnen, und es war auch schon spät. Marc biss sich auf die Lippen und ärgerte sich über sich selbst. Natürlich hatte er es wieder nicht fertiggebracht, ein Wort mit Chiara zu wechseln. So dumm war er auch nicht, zu übersehen, dass sie sich ständig in seiner Nähe aufhielt. Am Hauseingang ging eine Lampe an. Maggie trat hinaus und schaute sich suchend um.

»Hey Marc, weißt du, wo Chiara ist? Sie sollte reinkommen. Es wird draußen ungemütlich.«

»Ist sie nicht bei dir? Ich glaube, sie ist reingegangen.«

»Nein, im Haus ist sie nicht. Ich habe gerade oben nachgeschaut. Sei doch bitte so gut und sieh auf dem Hof nach. Es wird zu kalt und nass.«

»Ja, mache ich«, erwiderte er. Marc machte sich auf die Suche. Mittlerweile war es stockdunkel geworden, es war Neumond und in der von Regen verhangenen Nacht nicht viel zu erkennen. Doch wo er auch nachschaute, er fand Chiara nicht. Nochmals ging er zu Maggie zurück, mit der Bitte, dass sie im Haus noch einmal nachsehen sollte. Wieder Fehlanzeige. Vielleicht war sie bei Ben. Der Gedanke schmeckte ihm gar nicht. Natürlich war ihm nicht entgangen, wie gut sich die beiden verstanden. Ständig war Ben in der Nähe von Chiara anzutreffen. Es war nicht zu übersehen, dass sein Kollege keinen Versuch unterließ, mit der jungen Deutschen zu flirten. Ständig machte er sie an. Chiara schien das zu gefallen. Sie lachte in Bens Gegenwart viel, und häufig steckten sie ihre Köpfe zusammen. Wohl oder übel machte er sich auf den Weg zu den Wohnungen der Mitarbeiter. Ben saß alleine vor seinem Fernseher. Als er hörte, worum es ging, stand er sofort auf.

»Ich helfe dir suchen. Weit kann sie ja nicht sein.«

Sie schauten in jeden Winkel und machten überall Licht an. Nichts! Allmählich wuchs ihre Sorge. Nachdem sie nicht mehr wussten, wo sie noch nachsehen konnten, gingen sie zu Maggie in die Wohnstube zurück. Diese saß am Telefon und versuchte Chiara über das Handy zu erreichen. Alle schwiegen. Ein Klingelton war aus der Ferne zu vernehmen. Sie gingen dem Rufton des Telefons nach und fanden das Handy oben in Chiaras Schlafzimmer auf dem Bett. Ihre Nichte hatte das Telefon nicht mitgenommen.

»Und jetzt?« Maggie blickte sorgenvoll drein.

»Hat sie nicht gesagt, was sie vorhat?« Fragend blickte sie Marc an.

»Nein, keine Ahnung. Die Autos sind alle da. Außer dem Milchwagen hat niemand den Hof verlassen. Das hätte ich mitbekommen.«

»Das gibt es doch nicht! Chiara kann doch nicht spurlos verschwunden sein. Soll ich die Polizei rufen?«

»Nein, warte noch. Wir gehen noch einmal raus und suchen weiter. Du bleibst hier beim Telefon und gibst Bescheid, wenn sie wiederaufgetaucht ist.«

Marc und Ben mobilisierten die anderen Männer. Alle statteten sich mit starken Taschenlampen aus und suchten nicht nur den Hof, sondern jetzt auch die ganze Gegend ab. Es war bereits weit nach Mitternacht, als sie sich zur Lagebesprechung in der Küche wieder zusammenfanden. Die Sorge wuchs. Hier stimmte etwas nicht. Sie kannten Chiara erst seit wenigen Wochen. Jeder hier wusste um die Trauer, die Chiara um ihre Mutter zu bewältigen hatte. Aber keiner hatte den Eindruck gehabt, dass sie daran zu zerbrechen drohte. Im Gegenteil, mit Freude hatte sie rege Anteil am Farmleben und den Menschen hier genommen. Mittlerweile schien es, als gehörte sie schon ewig dazu.

»Schluss jetzt! Ich rufe die Polizei!«

Maggie griff zum Telefon und informierte die ortsansässige Dienststelle. Doch hier machte man ihr um diese Zeit nur noch wenig Hoffnung.

»Ihre Nichte ist noch keine vierundzwanzig Stunden verschwunden. Warten sie den morgigen Tag erst ab. Erfahrungsgemäß tauchen die Vermissten recht bald wieder auf.«

Maggie wurde wütend. »Sie nehmen die Angelegenheit nicht ernst. Wenn ich Ihnen doch sage, dass hier etwas nicht stimmt«, brüllte sie ganz gegen ihre ansonsten so besonnene Art aufgebracht in den Hörer.

»Beruhigen Sie sich, Madam, ich werde Ihnen morgen früh einen Beamten vorbeischicken.«

Maggie war voller Wut und Sorge. Laut knallte sie den Hörer auf die Gabel zurück.

»Es ist nicht zu fassen. Da braucht man einmal die Polizei, und dann wollen sie in ihrer Nachtruhe nicht gestört werden. Die werden mich noch kennenlernen.«

Die Tür ging auf. Ann betrat mit ihrem Mann den Raum. Marc hatte sie angerufen.

»Maggie, immer noch nichts?« Fürsorglich nahm sie ihre mütterliche Freundin in die Arme. »Komm setz dich, und beruhige dich erst einmal. Ich koche uns jetzt allen eine große Kanne Tee, und dann beratschlagen wir, wie wir weiter vorgehen wollen. Komm.« Sie drückte Maggie auf einen Stuhl.

Es wurde eine lange Nacht. Sobald es hell war, gingen alle hinaus, um die Suche wiederaufzunehmen. Marc setzte sich in seinen Jeep und fuhr langsam die Hofeinfahrt hinunter. Auf der Hauptstraße bog er Richtung Stadt ab. Nach einigen Metern überholte er die kleine Rose, die mit ihrem Fahrrad und dem Schulranzen auf dem Rücken wohl auf dem Weg zur Bushaltestelle war. Er hielt an. Rose sprang vom Fahrrad.

»Warte mal Rose, ich muss dich was fragen.«

Das kleine Mädchen schaute ihn neugierig an. »Was ist denn?«

»Du, ich suche Chiara, hast du sie irgendwo gesehen?« »Heute Morgen?«

»Ja, heute Morgen oder gestern Abend.«

»Nein, ich war die ganze Zeit alleine. Bei uns war niemand. Papa ist auch nicht da.«

»Oh.« »Ich muss jetzt los, da kommt der Bus.«

»Danke, Rose. Bye, bye.«

Langsam fuhr er weiter und schaute sorgfältig hinter jede Senke oder Böschung. Andere Männer waren auf dem Weg zum Strand, um auch hier alles abzusuchen. Gegen Mittag nahm sich Marc den Overall von Chiara und ließ Germany, den Hund, daran schnüffeln, in der Hoffnung, dass das Tier eine Fährte aufnehmen würde. Er stellte sich an die Pferdekoppel als Ausgangspunkt seines Vorhabens. Vom vielen Regen war der Boden leider sehr stark aufgeweicht. Germany wedelte aufgeregt mit dem Schwanz. Sie schien doch tatsächlich eine Spur gefunden zu haben. Unglaublich. Mit der Spürnase auf dem Boden lief sie Richtung Melkstall. Hier blieb sie hinter einem Baum stehen, schnüffelte und bellte laut.

»Fein, Germany, such weiter, such!«

Doch von nun an konnte er machen, was er wollte, der Hund ging nicht mehr weiter. Als hätte er sein Ziel erreicht. Aber das nützte ihm nichts, leider war von Chiara weit und breit nichts zu sehen.

»Verdammt noch mal!« Wütend stampfte Marc mit seinem Fuß auf den Boden. »Die Stunden vergehen. Sie kann doch nicht einfach vom Erdboden verschwunden sein!« Der Schweiß rann ihm den Rücken hinunter. Mit seinen Händen fuhr er sich bereits zum wiederholten Male durch die zerzausten Haare.

Ein Polizeibeamter war mittlerweile auf der Farm eingetroffen. Er saß bei Maggie in der Küche und vernahm nach und nach jeden Bewohner. Was sie auch unternahmen, alle Bemühungen verliefen ins Leere.

Gegen Abend ging Maggie den Hügel hinauf. Sie war in Tränen aufgelöst. Wie immer, wenn der Kummer zu groß wurde, suchte sie hier stumme Zwiesprache bei ihrem verstorbenen Mann. Es wurde bereits wieder dunkel, und sie hatten immer noch keine Spur von Chiara gefunden. Die Verzweiflung drohte sie einzuschnüren. Den ganzen Tag über hatte sie weder etwas essen noch trinken können.

»Claas, ich mache mir große Sorgen«, sprach sie zu ihrem toten Mann. »Ich hätte mich mehr um sie kümmern müssen. Sie hat doch außer mir niemanden mehr. War ihr Kummer größer, als ich bemerkt habe? Schließlich habe ich sie aufgenommen, damit sie den Tod ihrer Mutter verarbeiten kann. Aber immer war hier etwas auf der Farm wichtiger, ich hatte viel zu wenig Zeit für Chiara.« Maggie machte sich die größten Vorwürfe. Dabei liefen ihre heißen Tränen die Wangen hinunter.

16. Kapitel

Da bist du ja endlich!«, raunzte Ted Turner seine kleine Tochter an. Gegen Mittag fuhr die kleine Rose mit dem Fahrrad auf den Hof. Der Vater saß, wie so oft, auf einem Stuhl vor dem Haus. Seine Haare standen ihm wirr vom Kopf, sein Hemd hing schmutzig und unordentlich aus der Hose. Wilde Bartstoppeln »zierten« sein ungepflegtes Gesicht. Wer ihn nicht kannte, würde ihn für einen üblen Landstreicher halten. »Geh rein«, raunzte er. Dabei stierte er sie aus seinen gläsernen Augen an.

»Mist.« Das Glas, welches er in seinen Händen hielt, war leer. Wenn er etwas zu trinken haben wollte, musste er aufstehen. Rose warf ihr Rad auf den Rasen und huschte schnell an ihrem Vater vorbei ins Haus. Wenn er so schlechte Laune hatte wie gerade eben, hatte sie große Angst vor ihm.

Marc näherte sich mit dem Fahrrad. Die letzten herrischen Worte von Ted hatte er aufgefangen. Er stieg ab und schob sein Gefährt zu Fuß weiter, bis er vor seinem unwirschen Nachbarn stand.

»Grüß dich, Ted, kann ich dich kurz sprechen?«

»Was ist denn?«, brummelte dieser nicht besonders freundlich und stand leicht torkelnd auf, um sich einen neuen Whisky zu holen.

»Ich suche Chiara, du weißt schon, unser Besuch aus Deutschland, die Nichte von Maggie.«

»Was habe ich mit dieser Frau zu schaffen? Geh gefälligst und such sie woanders!« Er drehte sich weg und wollte das Haus betreten.

»Sie ist seit gestern wie vom Erdboden verschwunden. Du hast sie nicht zufällig irgendwo gesehen?« Marc ließ sich nicht aus der Ruhe bringen und lief hinter ihm her.

»Hier ist keiner, das siehst du doch«, schimpfte Ted unfreundlich.

»Vielleicht hast du etwas bemerkt, du warst doch gestern Abend bestimmt in der Kneipe unten an der Straße. Ist dir auf dem Weg dorthin niemand begegnet? Könnte ja sein.«

»Ich weiß nix. Und jetzt hau endlich ab!« Ted stand auf, warf seinen Zigarettenstummel weg, drehte sich um und ging endgültig ins Haus.

»Was ist das nur für ein ungehobelter Klotz«, dachte Marc. »Die kleine Rose kann einem mehr als leidtun mit solch einem Vater.«

Langsam lief er in großem Bogen über den Hof der Farm und sah sich um. Es war lange her, dass er hier gewesen war. Die Gebäude und das Gelände verwahrlosten zusehends immer mehr. Auf der Weide grasten nur noch wenige Kühe. Was war nur aus der einst stattlichen Farm geworden? Neugierig lugte er in die einzelnen Gebäude hinein. Doch hier befand sich niemand. Aber um genauer nachzusehen, hätte er alles absuchen müssen.

Deshalb entschloss er sich einfach laut zu rufen: »Chiara! Chiara, hier ist Marc, bist du hier irgendwo?«

In diesem Moment flog die Verandatür wieder auf. Ted strauchelte wutentbrannt auf ihn zu.

»Wenn du nicht sofort abhaust, jage ich den Hund auf dich. Verzieh dich, sofort!« Vor lauter Wut lief ihm der Speichel aus seinen Mundwinkeln. Jetzt war auch Marc dieser schmierige Mann nicht mehr geheuer. Dass er den großen Hund auf Marc jagen würde, war ihm durchaus zuzutrauen. So schnell er konnte, stieg Marc auf sein Fahrrad und machte, dass er davonkam. Aus den Augenwinkeln nahm er noch wahr, dass sich die kleine Rose völlig verängstigt in den Türrahmen drückte. Die Kleine hatte den Disput offensichtlich mitbekommen, das tat ihm sehr leid. Der Versuch, Chiara hier ausfindig zu machen, war nach hinten losgegangen. Dabei hatte er die Spur hierher verfolgt, weil sie in Kontakt zu Rose stand. Es hätte ja sein können, dass ein Zusammenhang mit ihrem Verschwinden zu finden gewesen wäre.

»Ich verwette mein Pferd, dass dieser Ted Turner Dreck am Stecken hat.« Tausend Gedanken jagten durch seinen Kopf, während er zurück zur Farm radelte.

»Ich werde mit Maggie reden. Wir müssen die Polizei über den Milchskandal informieren. Die sollen diesem Ted einmal auf den Zahn fühlen. Außerdem ist es nicht zu verantworten, dass das kleine Mädchen unter diesen Umständen hier lebt. Lange halte ich diese Ungewissheit nicht mehr aus!« Seine

Hände zitterten. Wütend trat er in die Pedale seines Fahrrades und raste nach Hause. Der Schweiß lief ihm den Rücken hinunter. Mit jeder Faser seines Körpers spürte er, wie der Druck immer größer wurde. Mit aller Gewalt wollte er Chiara wiederfinden. Die Schuldgefühle, sie schändlich vernachlässigt zu haben, drückten schwer auf seiner Seele. Wieder einmal kam seine Erkenntnis zu spät im Leben.

»Es muss doch eine Spur von ihr geben. Wieso komme ich nicht darauf?«, fluchte er laut vor sich hin. Mit aller Gewalt wollte er eine Änderung herbeizwingen. Doch das ging nicht. Es war zum Verzweifeln. Das Hofrad landete gedankenlos an irgendeinem Zaun. Marc war bereits im Begriff, die Küche zu stürmen. Gierig schüttete er ein Glas Eistee hinunter. Wie lange war es her, dass er eine Frau geküsst hatte? So sehr er sich auch bemühte, die romantische Nacht am Strand zu vergessen – seine Gedanken kehrten immer wieder zu diesem zärtlichen Beisammensein zurück wie zu einem verbotenen Geheimnis. Er fühlte sich zu Chiara hingezogen, das konnte er nicht abstreiten, trotz seiner Devise, mit dem weiblichen Geschlecht nichts mehr zu tun haben zu wollen. Aber es lag nicht nur an ihrem guten Aussehen. Auch nicht daran, dass sie ihm das Gefühl gab, begehrenswert zu sein. Es hatte vor allem mit ihrer natürlichen Lebensfreude zu tun. Sie hatte gerade eben erst ihre Eltern auf verschiedene Weisen verloren, konnte aber mit der Trauer umgehen, ohne ihre Mitmenschen damit zu belasten. Ihrer beider Leben hätte nicht unterschiedlicher sein können, trotzdem sprachen sie dieselbe Sprache. Da war ein inneres Band der Vertrautheit, ein Gefühl der Geborgenheit, das die eigenen Ängste in den Hintergrund drängte. Einer Frau wie Chiara war er noch nie begegnet. Mit Mary damals war das etwas ganz anderes gewesen. Sie hatten sich von klein auf gekannt und waren fast wie Geschwister miteinander umgegangen. Mary war auch auf einer Farm groß geworden und teilte das ländliche Leben mit ihm. Natürlich war vieles Routine, aber so war das nun mal, wenn man viele Jahre täglich miteinander arbeitete und lebte. Mit der Geburt der gemeinsamen Tochter Stella entstand ein fester Zusammenhalt. Sie war das Bindeglied für ein gutes Miteinander gewesen. Es gab einen Stich in Marcs Herz. Er kniff die Augen zu, so fest es ging. Durch den Tod seiner kleinen Familie war damals alles mit einem Paukenschlag auseinandergebrochen. Seine Lebensziele waren mit einem Mal ausgelöscht worden. Wie oft hatte er darüber nachgedacht, seinem Leben ebenfalls ein Ende zu setzen. Er fühlte sich schuldig, den Schicksalsschlag nicht verhindert zu haben. Von einem Tag auf den anderen hatte er seine Zelte in Wellington abgebrochen. An diesem Ort konnte er keine Stunde länger bleiben, alles hätte ihn an seine Frau und sein Töchterchen erinnert. Seinem Vorarbeiter Jeff hatte er einfach eine schriftliche Generalvollmacht hinterlassen. Was aus seiner Farm geworden war, interessierte ihn nicht mehr. Welcher Lebenserhaltungstrieb ihn nach Auckland und auf die Tangata-Whenua-Farm getrieben hatte, wusste er sich heute nicht mehr zu beantworten. Vielleicht war der Mensch durch seinen Urtrieb dazu veranlagt, durchzuhalten. Wer wusste das schon?

Chiara hatte ihm in den vergangenen Wochen vorgelebt, dass Trauer auch anders angegangen werden konnte. Im Grunde bewunderte er sie für ihre offene Art, neu anzufangen. Sie verstand es, die Dinge des täglichen Lebens auf sich zukommen zu lassen und mit Leib und Seele daran teilzunehmen. Sie schaffte es sogar, sich nicht von einem verschrobenen Typen, wie er es nun einmal war, abschrecken zu lassen. Sie bewies Geduld und Einfühlungsvermögen.

»Doch was mache ich? Ich Blödmann habe nichts Besseres zu tun, als sie zu ignorieren. Erst versuche ich sie zu verführen, und dann drücke ich mich vor der Verantwortung. Jede andere Frau hätte mich längst zum Teufel gejagt.« Da waren sie wieder, die starken Schuldgefühle. Was, wenn sie gegangen war, weil er sie ignoriert hatte? Was hatte sie in der besagten Nacht in sein Ohr geflüstert? *Ich glaube, ich habe mich in dich verliebt.* Hatte sie seine Ignoranz nicht mehr ausgehalten? Er machte sich die bittersten Vorwürfe, sie am vergangenen Abend wieder sich selbst überlassen zu haben. Sein Pferd war ihm wichtiger gewesen, als mit ihr zu sprechen, geschweige denn sie anzulächeln. Vielleicht war sie ihm mal wieder hinterhergegangen, nur um ein liebes Wort aus seinem Mund zu hören. Sie hatte ihm nichts getan, und er war so abweisend zu ihr. Hatte sie das nicht mehr ausgehalten? Aber wieso war dann ihr Gepäck noch da? Alle ihre Sachen? Das Ganze ergab einfach keinen Sinn.

Im Flur nebenan hörte er Stimmen. Neugierig trat Marc näher. Maggie unterhielt sich gerade mit dem Inspektor.

»Entschuldigung, Maggie, kann ich dich ganz kurz sprechen?«, unterbrach Marc das Gespräch. Maggie nickte, und gemeinsam gingen sie in die Küche. »Wir müssen dem Inspektor von den Ungereimtheiten hier auf der Farm berichten. Ich werde das Gefühl nicht los, dass hier ein Zusammenhang besteht.«

»Wie kommst du da drauf?«

»Ich war gerade eben bei dem Turner. Maggie, ich sage dir, bei dem stimmt etwas nicht. Wir wären beinahe aneinandergeraten. Warst du in letzter Zeit mal auf seinem Hof?«

»Nein, lange nicht mehr. Wenn Rose kommt, versuche ich ihr von hier aus etwas Gutes zu tun. Die Kleine tut mir immer so leid. Ich kenne doch ihren Vater und weiß, dass sie es nicht leicht hat. Hast du denn Beweise, dass Ted etwas angerichtet hat?«

»Nein, habe ich nicht.«

»Wie willst du dann die Polizei dazu bewegen, etwas zu unternehmen? Was wollen die schon machen, was wir nicht längst getan haben?«

»Aber vielleicht fällt denen noch etwas ein, was uns weiterhelfen könnte.«

»Ich weiß nicht. Dann gehen die Verhöre unter den Mitarbeitern los. Und für was für einen Unfrieden das wieder sorgt, kannst du dir ja an zehn Fingern ausrechnen.«

»Du denkst also, wir sollten der Polizei nichts von der Milchgeschichte verraten?«

»Ja, vorerst nicht. Diesen Schritt können wir immer noch gehen. Mir ist im Moment wichtiger, dass sie sich ganz auf die Suche von Chiara konzentrieren. Das hat absolute Priorität.«

»Also gut, ich halte meinen Mund. Habt ihr denn irgendeine neue Spur?«

»Nein, noch nicht. Sie kontrollieren gerade alle Busse, Bahnen und den Flughafen. Wenn wir morgen früh noch keine Nachricht haben, werden sie einen Suchtrupp mit Hunden anfordern. Eher ist nichts zu machen.«

»Dann gehe ich jetzt noch mal zum Strand runter und suche dort alles ab. Ich sattele mir Archie. Mein Handy habe ich immer dabei. Ruf mich an, wenn du etwas Neues weißt.« Damit ging er wieder hinaus, um nochmals die Gegend akribisch zu durchforsten. Draußen pfiff er nach dem Hund. Germany kam freudig wedelnd um die Ecke und folgte ihrem Herrchen treu auf dem Fuß.

17. Kapitel

Chiara lag bereits seit Stunden im nassen Gras. Die Nacht war dunkel und kalt, doch davon bemerkte die junge Frau nichts. Eine gnädige Ohnmacht hüllte sie ein. Erst gegen Morgengrauen erwachte sie wieder. Sie schlotterte am ganzen Körper, und ein fürchterlicher Schmerz zog sich durch ihren Rücken. Vorsichtig versuchte sie ihre Glieder zu bewegen; Hände und Füße, das ging, auch den Kopf konnte sie etwas anheben, doch ihr Körper tat höllisch weh, so dass sie nicht wagte, sich aufzurichten.

»Wo bin ich? Was ist mir geschehen?« Chiara war verwirrt, sie konnte sich nicht daran erinnern, wie sie hierhergekommen war, geschweige denn, was passiert war.

»Hilfe, Hilfe, hört mich jemand?«, rief die junge Frau in der Hoffnung, Gehör zu erlangen. Es war still um sie herum. In der Ferne konnte man leise das Meer rauschen hören. Also war dieses nicht weit entfernt. Mehr konnte Chiara zu ihrer Orientierung nicht ausfindig machen. Vor Kälte klapperten ihre Zähne aufeinander. Behutsam zog sie ihren Pullover etwas enger um sich. Mühsam versuchte Chiara sich an irgendetwas zu erinnern, doch Fehlanzeige. Ihre Hilferufe wurden von niemandem gehört. Chiara stöhnte auf vor Schmerzen. Plötzlich wurde es abermals schwarz vor ihren Augen.

Wie lange sie dort gelegen hatte, konnte sie später nicht

mehr sagen. Erneut öffneten sich ihre Lider, als eine freundliche Stimme ihre Wangen tätschelte.

»Sie kommt wieder zu sich. Endlich!«

Schemenhaft nahm sie eine Person über sich wahr. Wo war sie? Diese Stimme kannte sie nicht. Chiara spürte einen leichten Einstich am Arm. Dann wurde es wieder dunkel um sie. Als sie beim nächsten Mal aufwachte, nahm Chiara die Umgebung bereits deutlicher wahr. Jetzt war sie allein. Vorsichtig schaute sie mit ihren Augen um sich. Sie war im Krankenhaus, so viel konnte sie erkennen. Ihre Augen blickten auf eine weiße Wand, ein kleines Bild, ein Kreuz. Über ihr ein Haltegriff am Krankenbett. Schon ging die Tür auf, und eine freundliche Schwester betrat das Zimmer.

»Ah, da sind sie ja wieder. Herzlich willkommen bei uns im Sankt-Elisabeth-Hospital. Ich bin Schwester Carol. Wie fühlen Sie sich?« Sie nahm ihren Puls und schaute auf die Uhr.

»Ich habe Durst.«

»Ich bringe Ihnen gleich etwas.«

»Was ist passiert?«

»Das fragen wir uns auch. Ich werde den Doktor benachrichtigen, er wird mit Ihnen sprechen.«

Damit verließ die Schwester auch schon wieder das Zimmer. Chiara fielen die Augen abermals zu. Es war noch mühsam, sie aufzuhalten. In ihrem Kopf drehte sich alles, und sie war verwirrt. Ihr wollte nicht einfallen, wie und warum sie hierhergekommen war. Mit ihren Händen tastete sie an ihrem Körper entlang. Sie hatte offensichtlich ein Krankenhaushemd an. Darunter fühlte sie einen dicken Verband um ihren Bauch. Die Tür öffnete sich erneut. Der Doktor betrat zusammen mit der Schwester das Krankenzimmer. Sie hörte die Stimmen und versuchte die Augen wieder mühsam zu öffnen. Ein freundlich lächelnder, älterer Herr ganz in Weiß trat auf sie zu.

»Hallo. Schön, dass sie endlich wach sind, Sie haben lange geschlafen. Ich bin Doktor Mansen und habe Sie operiert.«

»Was ist passiert?«, fragte Chiara erneut. Ihre Stimme wollte noch nicht recht gehorchen und klang kratzig. Das Schlucken tat weh.

»Sie sind gestern Morgen mit einer starken Unterkühlung und einem akuten Nierenversagen hier eingeliefert worden. Bedanken Sie sich bei unserem Herrgott dort oben. Das war Rettung in buchstäblich letzter Sekunde.« Fürsorglich tätschelte er ihre rechte Hand. »Aber das haben wir noch einmal hinbekommen.« Er überprüfte die Messwerte auf den Apparaten, die neben dem Bett standen. »Ich bin ganz zufrieden. Jetzt verraten Sie mir doch erst einmal Ihren Namen. Sie hatten leider keine Papiere bei sich, und wir können Sie nicht anreden. Sicherlich machen sich Ihre Angehörigen bereits Sorgen um Sie. Wir würden sie gerne benachrichtigen.«

Chiara sah ihn fragend an. Ihren Namen? Ein kurzes Überlegen. Doch da war nichts – sie konnte nicht sagen, wie sie hieß.

»Sachte, junge Dame, Sie dürfen sich noch nicht bewegen. Ich habe Sie gerade erst an den Nieren operiert. Das tut noch weh. Machen Sie sich keine Sorgen, Sie hatten eine schwierige OP, Ihnen fällt mit Sicherheit wieder ein, wer Sie sind. Das kommt schon. Eine Amnesie ist nichts Außergewöhnliches. Wenn ich bedenke, in welchem Zustand wir Sie eingeliefert bekommen haben … Die Schwester schließt Ihnen jetzt eine neue Infusion an. Dann werden Sie nochmals schlafen. Wenn Sie das nächste Mal wach werden, geht es Ihnen bereits etwas besser. Alles wird gut, glauben Sie mir.« Er tätschelte erneut ihre Hand.

Die Schwester erledigte alles Notwendige. Auch tupfte sie Chiaras spröde Lippen mit einem kühlen Wattebausch ab. Das tat gut. Dann wurde es wieder Nacht um Chiara.

18. Kapitel

In der Zwischenzeit lief draußen die Suche nach Chiara weiter auf Hochtouren. Maggie und Marc vergingen fast vor Sorgen. Besonders Marc zerfleischte sich mit Vorwürfen. Es dauerte noch zwei Tage, bis die Polizei herausfand, dass eine unbekannte Person im St.-Elisabeth-Hospital lag, die Ähnlichkeit mit Chiara aufwies. Als Maggie und Marc davon hörten, sprangen sie sofort in ihr Auto und rasten zum Krankenhaus. Maggie saß auf dem Beifahrersitz und faltete ihre Hände.

»Bitte, lieber Gott, gib mir meine Chiara unversehrt wieder zurück«, betete sie aus voller Inbrunst. Ihre Hände zitterten, kalter Schweiß stand auf ihrer Stirn. Die durchwachten Nächte, die große Sorge, alles forderte in diesen Minuten seinen Tribut. Marc parkte ein, schnallte sich ab und beugte sich zu Maggie. Mit seinen großen Händen umschloss er ihre zusammengekrallten Finger und drückte sie zuversichtlich. Dieses Mal war er es, der noch in der Lage war, Zuversicht auszusprechen.

»Gleich wissen wir Bescheid. Sie ist es. Bestimmt. Ich fühle es. Komm, wir gehen hinein.«

Mit zügigen Schritten betraten sie das Krankenhaus. Marc klärte an der Pforte ab, wo sie hinmussten. An der Tür zur

Intensivstation kam ihnen bereits eine Krankenschwester entgegen.

»Mrs. van Wyk?«

»Ja.«

»Die Polizei hat uns angerufen, Sie vermissen Ihre Nichte?«, mitfühlend schaute sie in die verzweifelten Züge der Älteren.

»Ja.« Mehr bekam Maggie in diesem Moment einfach nicht heraus. Ihre Kehle war wie zugeschnürt.

»Ich zeige Ihnen, wo unsere Patientin liegt. Sie dürfen durch die Scheibe schauen, ob es sich um Ihre Nichte handelt. Aber bitte, Sie müssen sich vorher entsprechende Schutzkleidung anziehen. Sie betreten hier die Intensivstation.«

Schnell unterzogen sich Marc und Maggie dieser Prozedur. Dann endlich gingen sie über den langen, kahlen Flur in einen Überwachungsraum. Hastig traten sie an die Glasscheibe. Dahinter lag, eingerahmt von vielen Überwachungsinstrumenten, in einem schneeweißen Bett Chiara.

»Chiara! Gott sei Dank, sie ist es!«, entfuhr es Maggie. Vor lauter Aufregung sank sie in die Knie. Heiße Tränen tropften aus ihren Augen. Jetzt, wo sie Gewissheit hatte, fiel die Anspannung von ihr ab. Marc hatte die ganze Zeit nichts mehr gesagt. Er stand stumm vor der Glasscheibe und schaute gebannt in das bleiche Gesicht von Chiara. Sie hatte ihre Augen geschlossen. Es sah aus, als schliefe sie.

»Ich hole den Arzt, warten Sie bitte einen Moment«, sagte die freundliche Schwester. Wieder vergingen Minuten, bis ein Arzt zu ihnen trat.

»Guten Tag, ich bin Doktor Mansen«, er reichte seinen Besuchern die Hand, »wunderbar, nun wissen wir endlich, um wen hier seit gestern alle unsere Gedanken kreisen. Leider wussten wir den Namen unserer neuen Patientin nicht. Als sie bei uns eingeliefert wurde, hatte sie keine Papiere bei sich.«

»Wie geht es meiner Nichte?« Ängstlich sah Maggie den Arzt an. »Es ist erschreckend, wie bleich sie ist.«

Doktor Mansen nahm Maggie bei ihrem Ellbogen und drückte sie auf einen Stuhl, der an der Wand stand.

»Wir mussten Ihre Nichte notoperieren. Als sie bei uns eingeliefert wurde, war sie bewusstlos und stark unterkühlt. Am Rücken ist sie leider so stark verletzt, dass ihre linke Niere in Mitleidenschaft gezogen worden ist. Uns blieb nichts anderes übrig, als diese in einer sehr schwierigen OP zu entfernen. Normalerweise kommt der Mensch auch mit einer Niere gut klar, doch durch die starke Unterkühlung ist auch die andere Niere geschädigt worden. Wir haben Ihre Nichte aber so weit stabilisieren können. Mit dem Dialysegerät, an das sie gerade angeschlossen ist, können wir die schwierige Situation überbrücken. Natürlich ist sie noch sehr schwach, aber zwischendurch kommt sie immer wieder zu sich und kann sich mit uns verständigen. Was uns leider noch Sorge bereitet, ist ihr derzeitiger Gedächtnisverlust. Sie konnte uns nicht sagen, wie sie heißt und wo sie herkommt. Das wird bestimmt wieder werden. Vielleicht erinnert sie sich, wenn Sie mit ihr sprechen.«

»Dürfen wir zu ihr?«

»Ja, selbstverständlich. Aber bitte nur kurz.«

Leise betraten sie den sterilen Raum. Marc zog zwei Stühle ans Bett. Maggie sprach ihre Nichte leise an.

»Chiara, Liebes, bist du wach?«

Langsam kam Chiara zu sich und öffnete ihre Augen. Da

war doch was. Ihre Augen gingen hin und her. Jetzt erfasste ihr Blick die Personen an der Seite ihres Bettes.

»Chiara, ich bin es, Maggie. Schau, ich bin jetzt hier bei dir. Marc ist auch da.«

Chiara sah irritiert von dem einen zum anderen. Kannte sie diese Frau? Das musste wohl so sein, wenn sie derart vertrauensvoll mit ihr sprach. Sie sah in das Gesicht der Älteren und suchte nach Erkennungszeichen, die ihr vertraut vorkamen. Die Stimme war angenehm, und die Frau strahlte eine mütterliche Wärme aus. Sie wirkte erschöpft. Aber wer mochte das sein?

»Ich weiß nicht ...«, Chiara räusperte sich.

»Ich bin es doch, Maggie, deine Tante. Erkennst du mich denn gar nicht?«, fragte diese vorsichtig.

»Ich bin mir nicht sicher. Scheinbar habe ich alles vergessen, seit ich hier bin. Der Arzt konnte mir auch nicht sagen, wer ich bin. Wie heiße ich denn?«

»Du bist Chiara Christensen und seit einigen Wochen zu Besuch hier in Neuseeland. Du kommst aus Deutschland.«

»Chiara.« Sie ließ den Namen langsam auf ihrer Zunge zergehen und horchte in sich hinein, ob ihr dieser etwas sagte. Doch nichts. Traurig schüttelte sie den Kopf. »Ich kann mich einfach an nichts erinnern.«

Maggie nahm ihre Hand und streichelte sie. »Zerbrich dir nicht den Kopf. Das kommt schon wieder. Jetzt sind wir ja da und helfen dir. Du kurierst dich erst einmal richtig aus. Der Rest ergibt sich ganz von alleine. Du wirst schon sehen.«

Chiaras Blick glitt nun zu dem Mann, der an ihrem Fußende saß. Er hatte die ganze Zeit nichts gesagt. Fragend blickte sie ihn an.

»Und wer sind Sie?« Irgendwie kam er ihr vertraut vor.

Doch auch hier konnte sie nicht zuordnen, woher. War das ihr Mann oder ihr Bruder? Sie hatte keine Ahnung.

»Ich arbeite für Maggie auf der Rinderfarm.«

Gerade in diesem Moment wurde die Tür geöffnet und der Arzt trat ein.

»So, Miss Christensen, genug für heute. Das reicht für den Anfang. Sobald es Ihnen bessergeht, dürfen Sie länger Besuch empfangen.«

Maggie gab ihr ein Küsschen auf die Wange. »Sobald es geht, komme ich wieder. Jetzt schlaf schön.«

Marc gab ihr die Hand. Das fühlte sich gut an. Fragend blickte sie ihn wieder an. Sie selbst war derzeit ein Rätsel, aber dieser Mann auch. Nachdem sie wieder alleine war, schlief sie nicht ein. Ihre Gedanken kreisten und kreisten. Viele Fragen kamen auf. Doch sie konnte grübeln, wie sie wollte. Es gab noch kein Licht im Dunkel ihrer Vergangenheit.

Die Tage vergingen. Maggie fuhr täglich ins Krankenhaus. Die Genesung machte nun Fortschritte. Sie half Chiara, sich an ihre Vergangenheit zu erinnern, und berichtete ihr jedes Detail aus den vergangenen Wochen, auch den Tod der Mutter verschwieg sie nicht. Dann probierte sie, sich auf Deutsch mit Chiara zu unterhalten. Es sollte dazu führen, dass Chiara sich vorstellen konnte, wie ihr Leben außerhalb des Krankenhauses verlaufen war. Doch alle Bemühungen halfen nicht, die Amnesie aufzulösen. Ann kam, sooft es ihre Zeit erlaubte, und wurde mit der Zeit eine gute Freundin für Chiara. Für Abwechslung sorgte aber auch Ben. Es verging kein Tag, an dem er nicht am Krankenbett von Chiara verweilte. Stets brachte er ihr eine Kleinigkeit mit, um ihr eine Freude zu bereiten.

Einmal war es ein Blumenstrauß, dann ein Liter frische Milch von den Kühen, ein Parfüm, immer ließ er sich eine andere Aufmerksamkeit einfallen. Mit seiner fortwährend guten Laune sorgte er dafür, dass Chiara wieder lächeln konnte. Es klopfte.

»Herein.«

»Guten Abend, schöne Frau.« Da war er wieder. »Haben gnädige Frau schon zu Abend gegessen?«

Chiara lachte. Welche Überraschung Ben sich heute wohl wieder ausgedacht hatte?

»Dieser Krankenhausfraß, ich bin völlig ausgehungert.« Sie zog ihre Wangen nach innen zusammen und zog ihren Bauch ein. »Sehen Sie, ich bin bereits völlig abgemagert.«

»Das kann ich nicht verantworten. Simsalabim!« Ben zauberte hinter seinem Rücken eine Tüte vom Chinesen hervor und zog ein blütenweißes Taschentuch aus seiner Hosentasche, welches er ihr wie ein Lätzchen über dem Schlafanzug drapierte. Selbst das Besteck hatte er nicht vergessen.

»Dann wollen wir beiden Hübschen es uns mal gemütlich machen.«

Fürsorglich stellte er das Krankenbett mit dem Kopfteil senkrecht, so dass Chiara bequem sitzen konnte. Genüsslich ließen sie sich das Mahl schmecken. Dabei frotzelten sie miteinander, die Stimmung war ausgelassen. Die Ablenkung tat Chiara gut. Genau in dem Moment, in dem Ben Chiara mit seiner Serviette über das Kinn wischte, weil sie sich bekleckert hatte, wurde die Tür erneut geöffnet. Marc betrat den Raum.

Einen kurzen Moment blickte er auf Chiara und seinen Kollegen, ehe er etwas sagte.

»Ich störe wohl«, kam es recht schroff aus seinem Mund.

Dabei drehte er sich auch schon auf dem Absatz um und verließ das Krankenzimmer.

Chiara hatte seinen entsetzten Gesichtsausdruck wahrgenommen, doch sie kam gar nicht mehr dazu, ihn zum näheren Eintreten aufzufordern.

»He, Marc, bleib doch«, rief Ben noch hinter ihm her, doch vergebens. Er war bereits verschwunden.

»Was hat er denn? Haben wir ihm etwas getan?«

»Ich weiß es auch nicht, manchmal ist er komisch. Dann verstehe ich nicht, was in ihm vorgeht.«

Ben blieb noch eine ganze Weile bei Chiara. Er war genau der richtige Unterhalter, um sie auf andere Gedanken zu bringen. Erst als ihn die Krankenschwester unmissverständlich zum Gehen aufforderte, beendete er mit großem Bedauern seinen Besuch.

Chiara wusste mittlerweile von ihrer Tante, welche Rolle Marc auf der Farm spielte. Jeden Tag kam er zu kurzen Krankenbesuchen. Sie unterhielten sich auch stets ganz nett. Trotz seiner wortkargen und introvertierten Art mochte Chiara ihn, doch er gab sich sehr reserviert und ließ nichts Persönliches heraus. Die Gespräche verliefen unverbindlich, auch wenn Chiara versuchte, ihn mit Fragen aus der Reserve zu locken. Als er wieder einmal die Zimmertür mit einem freundlichen »Gute Besserung, bis dann« hinter sich schloss, grübelte Chiara über ihn nach. »Wieso besucht er mich so oft? Allzu großes Interesse an meiner Person scheint er doch gar nicht zu haben?« Sie dachte an die freundschaftliche Beziehung zwischen Ben und ihr. Er war das genaue Gegenteil von Marc. Er besuchte sie täglich und ließ keinen Zweifel daran, dass seine Besuche nicht nur freundschaftliche Beweggründe hatten. Mit ihm konnte sie über Gott und die Welt philosophieren, lachen und … flirten.

Marc ging unterdessen zu seinem Wagen auf dem Krankenhausparkplatz. Tief in Gedanken versunken, schloss er mechanisch die Autotür auf. Wo waren seine guten Vorsätze geblieben? In der Zeit, in der Chiara verschwunden war, hatte er sich doch vorgenommen, sein Verhalten zu ändern. Doch er war seinem inneren Druck nicht gewachsen und war in sein altes Verhaltensmuster zurückgefallen. Wenn er etwas zu erzählen hatte, dann waren es Dinge über das Alltagsgeschehen auf der Farm. Er berichtete ihr zwar ausführlich über den Milchskandal und über ihre gemeinsamen Versuche, die Ursache zu ergründen, doch einen Blick in sein Innerstes und ihre persönliche Beziehung verwehrte er rigoros. Natürlich konnte er nachvollziehen, dass Chiara das dringende Bedürfnis verspürte ihn auch persönlich näher kennenzulernen. Durch ihren Gedächtnisverlust war sie gezwungen, die Menschen um sich herum noch einmal neu zu entdecken.

Später an diesem Abend, als Chiara wieder einmal grübelnd in ihrem Bett lag, dachte sie darüber nach, wieso Marc heute die Flucht ergriffen hatte und sich immer wie eine Auster verschloss, wenn sie versuchte, das Gespräch auf eine persönliche Schiene zu lenken. Nur zu gerne hätte sie ihn besser verstanden, er interessierte sie sehr. Obwohl er so kurz angebunden war, mochte sie ihn. Ihre Augen fielen zu, sie träumte von seiner Erscheinung, seinem Aussehen, diesen Augen … Die forsche Art, sein Sachverstand … Plötzlich riss sie die Augen wieder auf. Ein Ruck ging ihr durch die Glieder. Das war es …

»Ich habe mich in Marc verliebt!« Diese Erkenntnis traf sie wie ein Schock.

Chiara befragte Ann und Maggie am nächsten Tag, weil sie das Gefühl nicht loswurde, dass auch das ein Relikt aus der Zeit vor dem Unfall sein könnte. Der Mann war ihr so vertraut, das konnte nicht an den kurzen Krankenbesuchen in den letzten Tagen liegen. Doch die Frauen konnten ihr dabei nicht behilflich sein, sie hatten nichts von der geheimen Beziehung der beiden mitbekommen. Maggie vertraute ihr lediglich an, dass Marc seit jeher nicht viel vom weiblichen Geschlecht hielt.

Am nächsten Morgen war mit Marc nicht gut Kirschen essen. Er, der sonst Ruhige, verbreitete bereits am Frühstückstisch eine üble Laune. Heute verteilte er bereits während der Mahlzeit herrisch die Aufgaben für den Tag an die Männer.

»Ben, du fährst heute zur Außenfarm und nimmst dir die Weidezäune der Nordkoppeln vor. Die haben es dringend nötig. Denk an deine Verpflegung und ein Zelt. Wenn du bis zum Abend nicht fertig wirst, machst du morgen früh weiter. Ich erwarte übermorgen neue Rinder, die ich auf diese Weiden treiben muss. Das hat absolute Priorität.«

»Aber, kann ich Ed mitnehmen? Zu zweit kommen wir zügiger voran.«

»Nein, das geht nicht, ihn brauche ich hier.« Dann stand Marc auch schon auf und verließ die Küche. Bens Augen funkelten aufgebracht hinter ihm her. Nur mühsam konnte er sich beherrschen, nicht aufzuspringen und hinterherzulaufen.

»Dem ist heute Morgen wohl eine Laus über die Leber gelaufen?«, unkte Tom. »Weiß jemand, was mit ihm los ist?«

Die Männer und Maggie sahen in die Runde. Doch alle schüttelten den Kopf.

»Ach, jeder hat mal einen schlechten Tag«, meinte Maggie. »Nehmt ihm das nicht übel. Ich für meinen Teil werde heute Morgen zum Krankenhaus fahren. Wenn etwas sein sollte, ruft ihr bitte Marc auf seinem Handy an.« Sie blickte in die Gesichter ihrer Leute, die sich nun auch anschickten, an ihre Arbeit zu gehen.

Ben rannte schnaubend vor Wut zur Tür hinaus. Er ballte seine Fäuste. Gestern Abend hatte er noch bis tief in die Nacht gearbeitet, um sich einige Stunden für den heutigen Tag freizuschaufeln. Seine Gedanken waren bei Chiara in der Klinik, er hatte ihr doch einen Überraschungsbesuch abstatten wollen.

»Na warte, Marc!« dachte er aufgebracht. »Das kommt doch nicht von ungefähr, mich für zwei Tage wegzukommandieren.«

Bisher hatte es ihm nie etwas ausgemacht, sich den Anweisungen Marcs als seinem Vorgesetzten unterzuordnen. »Die miese Tour mit den Zäunen auf der Nordkoppel geht eindeutig zu weit.« Diese Arbeiten waren bisher immer mit zwei Leuten durchgeführt worden. Jetzt sollte er alleine damit zurechtkommen, und dann auch noch über Nacht. Da blieb ihm keine Gelegenheit für einen Krankenhausbesuch. »Nicht mit mir!« Rasch griff er zu seinem Handy und tippte die Telefonnummer der ortsansässigen Gärtnerei ein und bat diese, einen großen Strauß Blumen ins Krankenhaus zu schicken.

Maggie räumte die Küche auf und schrieb Ann einen Zettel. Dann ging sie nach oben, um sich umzuziehen. Sie hatte heute in der Stadt einige Besorgungen zu erledigen, dafür tauschte sie ihre übliche Jeans gegen ein hübsches, geblümtes Sommerkleid ein. Sie war noch nicht ganz fertig, als ihr Telefon klingelte.

»Mrs. van Wyk? Hier spricht Doktor Mansen vom Sankt-Elisabeth-Hospital. Ich möchte Sie bitten, ins Krankenhaus zu kommen.«

»Ich wollte gerade zu Ihnen. Ist etwas mit Chiara?«

»Ihre Nichte hat über Nacht hohes Fieber bekommen. Wir befürchten eine erneute Infektion der Nieren. Es wäre gut, wenn Sie kommen könnten.«

»Ich bin schon unterwegs!« Hastig warf sie sich ihre Jacke über und raste die Treppe hinunter zu ihrem Wagen. In einem scharfen Tempo raste sie vom Hof. Fast hätte sie dabei Germany übersehen. Das Tier sprang erschrocken auf die Seite.

Marc sah aus dem Pferdestall. Was war denn in seine Chefin gefahren? Hoffentlich war nicht schon wieder etwas passiert. Kopfschüttelnd blickte er dem Auto nach. Eine große Staubwolke bildete sich hinter dem Wagen. Dann holte er seinen bereits gesattelten Hengst aus dem Stall und schwang sich auf seinen Rücken. Er hatte auf der zweiten Farm zu tun. Dafür nahm er nicht den Wagen. Die kurze Entfernung von drei Kilometern nutzte er gerne, um seinem Pferd ein wenig Auslauf zu verschaffen. Außerdem brauchte er Zeit zum Nachdenken. Ständig hatte er die Szene vom vergangenen Abend vor Augen. Der vertraute Umgang, den Ben mit Chiara pflegte, missfiel ihm. Auf die Idee, dass er eifersüchtig war, kam er allerdings nicht. Er sann darüber nach, wie er Ben davon abhalten konnte, täglich zum Krankenhaus zu fahren.

»Ich werde mir noch mehr Arbeiten für ihn einfallen lassen müssen, damit er in den nächsten Tagen keine Freizeit mehr hat. Dann kommt er auch nicht auf dumme Gedanken.« Gerade wollte er auf den Reitweg an der Küste entlang einbiegen, da kam ihm Connor Sailsbury mit seinem großen Auto entgegen. Er zügelte sein Pferd und hielt an.

»Guten Morgen, Mr. Bradley, ich möchte zu Maggie. War das gerade ihr Wagen, der mir auf der Hauptstraße mit einem Affenzahn entgegenkam?«

»Ja, Sie haben richtig gesehen. Kann ich Ihnen vielleicht weiterhelfen?«

»Nein, nein, schon gut. Ich werde ein andermal wiederkommen.« Er grüßte, wendete seinen Wagen und fuhr unverrichteter Dinge wieder davon.

19. Kapitel

Maggie betrat mit bangem Herzen die Station, auf der Chiara lag. Doch das Bett, das sie vorfand, war leer. Hastig rannte sie zum Schwesternzimmer.

»Schwester Carol, wo ist meine Nichte? Doktor Mansen hat mich angerufen.«

»Kommen Sie. Wir mussten Ihre Nichte leider wieder zurück auf die Intensivstation verlegen.« Sie brachte Maggie nicht zu Chiara, sondern direkt zum Arzt

»Guten Morgen, gut, dass Sie so schnell kommen konnten. Leider habe ich heute keine guten Nachrichten für Sie. Aus mir noch unerklärlichen Gründen hat sich der Gesundheitszustand von Chiara plötzlich dramatisch verschlechtert. Dabei war ich gestern noch recht zuversichtlich, dass sie das Gröbste überstanden hat. Die verbleibende linke Niere arbeitet nicht mehr richtig. Wir benötigen unbedingt eine neue Niere.«

»O mein Gott!«

»Ich habe mich vor einer Stunde mit der Transplantationsgesellschaft in Verbindung gesetzt. Erfahrungsgemäß kann ich Ihnen leider keine großen Hoffnungen machen, dass uns dort kurzfristig geholfen werden kann.« Maggie starrte ihn mit weit geöffneten Augen an. »Sie sind, soweit ich weiß, die Tante von Chiara? Können Sie mir sagen, ob Chiara Eltern oder Geschwister hat, die eine Niere spenden könnten? Die Wahrscheinlichkeit, ein passendes Spenderorgan innerhalb der Familie zu finden, ist am höchsten.«

Maggie schlug beide Hände vors Gesicht. »O nein! Geht es ihr so schlecht?«, ängstlich sah sie den Arzt an.

»Ich will ganz offen zu Ihnen sein. Die Zeit drängt!«

»Sagen Sie mir, was kann ich tun? Ich bin doch auch mit ihr verwandt. Ich habe zwei gesunde Nieren. Bitte nehmen Sie eine von mir!«

»Das ist wunderbar, dass Sie sich so spontan dazu bereit erklären. Aber einfach ist das nicht. Wir müssten zuerst eine genaue Untersuchung vornehmen, ob Sie als Spenderin geeignet sind. Sie selbst müssen gesund sein, und die Blutgruppen müssen zueinanderpassen. Wenn Sie möchten, werden wir gleich die erforderlichen Untersuchungen vornehmen?« Maggie nickte. »Eine Nierentransplantation ist auch noch in der heutigen Zeit für den Spender und den Empfänger immer mit Risiken verbunden. Darüber muss ich Sie genau aufklären. Normalerweise benötigen wir einige Zeit, um Spender und Empfänger auf eine Übertragung vorzubereiten. Leider läuft uns in diesem Fall die Zeit davon. Trotzdem bleibt die Frage nach weiteren Angehörigen. Wir sollten nichts unversucht lassen, was uns in diesem Fall helfen könnte.« Fragend blickte der besorgte Arzt sie an.

»Chiara hat keine Geschwister, ihre Mutter ist vor kurzem verstorben. Da bleibt uns nur noch ihr Vater, mein Bruder. Aber wo soll ich ihn auftreiben? Der Kontakt zwischen Chiara und ihm ist vor einiger Zeit abgerissen. Ich selbst weiß auch nicht, wo er sich aufhält.«

»Überlegen Sie genau. Vielleicht gibt es irgendwo einen Anhaltspunkt, der Ihnen weiterhilft.«

»Darf ich Chiara besuchen?«

»Ja, das können Sie später machen. Ich muss Sie aber darauf aufmerksam machen, dass sie nicht ansprechbar ist. Wenn Sie damit einverstanden sind, werde ich zuerst die Untersuchungen an Ihnen vornehmen, damit Ihr Blut möglichst schnell ins Labor kommt.«

Die neue, ernste Diagnose lähmte Maggie. Sie nickte nur und ließ alles wortlos mit sich geschehen. Als sie nach der Untersuchung aufstehen wollte, sackten ihre Beine plötzlich unter ihr weg. Die Krankenschwester konnte sie gerade eben noch auffangen, ehe sie in eine gnädige Ohnmacht fiel. Ein Arzt wurde eiligst herbeigerufen. Es war der Kreislauf. Die Aufregungen waren einfach zu viel für Maggie. Sie wurde auf eine Liege im Schwesternzimmer bugsiert. Schnell kam sie wieder zu sich.

»Sie nehmen jetzt diese Tropfen und bleiben ruhig liegen, bis ich Ihnen erlaube, wieder aufzustehen«, der Doktor drückte sie sanft in ihr Kissen zurück, »Widerspruch zwecklos!«

»Aber ich muss zu meiner Nichte«, protestierte Maggie.

»Nichts da, sie schläft, dort können Sie jetzt so oder so nichts ausrichten.«

»Aber ich muss mich doch auch noch um meinen Bruder

kümmern, wir brauchen doch eine neue Niere!« Sie schrie die Worte fast. Verzweifelt schaute sie den Arzt an.

»Jetzt erst einmal ganz ruhig. Wir überlegen gemeinsam, wer Ihnen bei der Suche nach Ihrem Bruder helfen kann. Sie haben doch mit Sicherheit jemanden daheim, der Ihnen beisteht?«

»Marc, mein Herdenmanager. Er muss kommen, er kann mir mit Sicherheit helfen.«

»Na sehen Sie. Ich hole Ihnen ein Telefon, und dann sprechen wir gemeinsam mit ihm, was zu tun ist. Einverstanden?«

»Marc, du musst sofort kommen! Ich bin hier im Sankt Elisabeth«, aufgeregt bestellte Maggie ihren ersten Mann zu sich ins Krankenhaus. Es dauerte keine halbe Stunde, und der Gerufene war vor Ort. Marc hatte sein Pferd auf der Farm gelassen, sich einen Wagen geliehen und war, so schnell er konnte, zum Krankenhaus gerast. Noch wusste er nicht, was Maggie dermaßen in Aufregung versetzt hatte, dass sie ihn angefleht hatte, sofort zu kommen. Es musste etwas mit Chiara zu tun haben. Mit eiligen Schritten hastete er den Krankenhausflur entlang. Unterwegs wurde er von einer Schwester aufgehalten.

»Mister, bitte, Sie haben dreckige Stiefel, das ist hier nicht erlaubt!« Als gäbe es nichts Wichtigeres als die blöde Krankenhaushygiene. Eilig schleuderte er seine dreckverkrusteten Reitstiefel von seinen Füßen und rannte auf Socken weiter den Gang hinunter. Die Oberschwester kam ihm bereits entgegen.

»Kommen Sie bitte mit mir mit. Mrs. van Wyk liegt bei mir im Schwesternzimmer.«

»Liegt? Mrs. van Wyk? Was ist denn passiert?«

Sie betraten bereits das Zimmer, in dem Maggie immer noch

auf der Liege ruhte. Als Marc aufgeregt an ihr Lager trat, richtete sie sich etwas auf.

»Keine Sorge, mir geht es wieder gut. Mein Kreislauf. Der Doktor zwingt mich blöderweise, noch liegen zu bleiben.«

»Was ist denn passiert?«

»Chiara, ihr geht es schlecht, sehr schlecht!«

»Wie das denn auf einmal?«, fragte er besorgt.

»Die linke Niere schafft es nicht. Die Dialyse reicht nicht mehr aus. Sie braucht eine Spenderniere, und das sehr schnell!«

»O nein!« Vor Schreck schlug er beide Hände vors Gesicht. Ihm war, als zöge es die Beine unter ihm weg. »Himmel noch mal! Sag, was kann ich tun? Was sagt der Arzt?«, stammelte er.

»Ich habe mich als Spender zur Verfügung gestellt. Mein Blut haben sie bereits abgezapft. Gleich werde ich noch durchgecheckt, ob ich körperlich und organisch gesund bin. Aber wir sollten zusätzlich ihren Vater ausfindig machen. Dabei musst du mir helfen, ich darf noch nicht aufstehen. Pass auf, ich habe mir das Folgende überlegt.«

Die vorübergehende Schwäche war vergessen, und die resolute Art von Maggie trat wieder in den Vordergrund. Maggie berichtete Marc von ihrem Bruder und dessen Auslandstätigkeit als Diplomat.

»Ich weiß, Chiara hat mir davon erzählt. Aber sie hat ihn zuletzt vor langer Zeit in Mexico-Stadt gesehen. Ob er dort noch wohnt?«

Maggie sah ihn erstaunt an. Waren die beiden vertrauter miteinander, als sie dachte? Aber der Gedanke spielte jetzt keine Rolle.

»Ja, das ist auch mein letzter Kenntnisstand. Leider habe

auch ich seit Jahren nichts mehr von ihm gehört. Wir müssen möglichst schnell das Auswärtige Amt in Berlin in Deutschland anrufen und nach seiner Adresse fragen. Vielleicht hilft uns das Internet weiter. Und dann bitte ich dich, das Handy und die privaten Papiere aus Chiaras Zimmer auf der Farm zu besorgen. Vielleicht finden wir dort einen Anhaltspunkt. In der Zwischenzeit werde ich sehen, dass ich hier aufstehen kann. Ich sollte endlich nach Chiara sehen.«

Marc nickte zustimmend. »Kann ich auch zu ihr?«

»Sie schläft, vielleicht ist es besser, wenn du erst fährst. Ich halte hier so lange die Stellung.«

»Ruf mich an, wenn etwas ist; ich fahre sofort los. Ich komme, so schnell es geht, wieder zurück.«

Zwei Stunden später war er wieder da. Auf der Intensivstation musste er sich erst wieder die entsprechende Schutzkleidung anziehen, bevor er zu Maggie und Chiara vorgelassen wurde. Leise betrat er den Raum.

»Wie geht es ihr?« Chiara lag schlafend im Krankenbett. Die Dialyse lief.

»Der Arzt war gerade hier. Er hofft, dass Chiara bald wieder zu sich kommt. Die Werte erholen sich langsam. Dieses Mal hat uns das Dialysegerät noch geholfen. Hast du alles gefunden?«

»Ja, ich konnte nur erst das verdammte Aufladekabel vom Handy nicht finden. Aber jetzt ist alles komplett. Ich habe mich erkundigt. Wir dürfen das Büro des Arztes benutzen. Hier auf der Intensivstation ist ein Laptop nicht erlaubt. Wie geht es dir, bist du wieder fit?«

»Mach dir um mich keine Sorgen, ich bin wieder ganz in Ordnung.« Gemeinsam verließen sie die Intensivstation, nicht ohne vorher die Schwester zu bitten, Bescheid zu geben, falls Chiara aufwachen sollte.

In Deutschland war es um diese Zeit noch mitten in der Nacht. Deshalb konnten Maggie und Marc noch keine Auskunft vom Auswärtigen Amt erhalten. Sie googelten im Internet, ob Chiaras Vater irgendwo registriert war. Doch leider: Fehlanzeige. Nachdem sie das Handy von Chiara aufgeladen hatten, suchten sie im Telefonverzeichnis nach einer Verbindung zum Vater. Gott sei Dank war das Handy nicht mit einem Passwort geschützt. Tatsächlich war ein Eintrag von Hans Christensen vorhanden. Die Rufnummer war gelöscht worden.

»Shit! Das hilft uns hier auch nicht weiter. Hast du nicht irgendeinen Anhaltspunkt von ihm? Hattet ihr denn überhaupt keinen Kontakt mehr?«

»Leider nein, unsere Beziehung hat sich auf einige Briefe beschränkt. Und das auch nur noch mit seiner Frau in den letzten Jahren. Wir haben uns nicht sehr nahegestanden. Er ist zehn Jahre älter als ich. Schon früh hat er als junger Mann den elterlichen Hof verlassen, um zu studieren. Da unsere Eltern jung starben, hat es ihn auch nicht mehr oft in die Heimat gelockt. Im Gegenteil. Mein Bruder wollte immer in die weite Welt hinaus. Das hat er dann auch getan. Ja, und dann hat es mich nach Neuseeland verschlagen. Zu Claas' Beerdigung habe ich ihn das letzte Mal gesehen. So war das. Jeder ist seiner eigenen Wege gegangen. Ich konnte auch schlecht weg, um ihn zu besuchen.«

»Jetzt mal was anderes: Hast du das Ergebnis von deiner Typisierung bereits, ob du als Spender geeignet bist?«

»Nein, das geht nicht so schnell«, antwortete Maggie.

»Meinst du, ich kann mich auch testen lassen?«

»Der Arzt sagt, jeder kann eine Niere spenden, wenn er selbst gesund ist und zwei gesunde Nieren besitzt. Natürlich muss die Blutgruppe zwischen Spender und Empfänger übereinstimmen.«

»Ich werde den Arzt sofort suchen gehen. Er soll mich auch untersuchen. Wir müssen jetzt sowieso warten, bis wir das Auswärtige Amt anrufen können.«

»Ja, mach das. Ich schaue nach Chiara. Wenn sie wach wird, werde ich noch einmal mit ihr sprechen. Vielleicht erinnert sie sich mittlerweile wieder an die Vergangenheit.«

Die beiden ließen nichts unversucht, um einen Ausweg aus dem Dilemma zu finden. Auch Marc ließ sich typisieren. Allein aus der Hoffnung heraus, durch Zufall als geeigneter Spender in Frage zu kommen.

Maggie hatte Glück und konnte kurz mit ihrer Nichte sprechen. Sie war sehr schwach. Maggie erklärte ihr so schonend wie möglich die aktuelle Situation. Tränen rannen der jungen Frau über die schmalen Wangen.

»Ach, wenn ich mich doch wenigstens an die Vergangenheit erinnern könnte! Ich weiß noch nicht einmal, wer mein Vater ist.«

Dr. Mansen betrat das Krankenzimmer und kümmerte sich jetzt um die Patientin.

»Bleib tapfer, Kleines«, sprach Maggie zu Chiara. »Ich gehe telefonieren. Es wäre doch gelacht, wenn ich deinen Vater nicht ausfindig machen könnte. Vielleicht kommen Marc oder ich als Spender in Frage, dann kann dir schnell geholfen werden. Ich komme später wieder.«

»Marc will mir auch eine Niere spenden?«

Maggie lächelte. »Ja, er lässt sich gerade untersuchen. Du scheinst ihm sehr wichtig zu sein.« Sie zwinkerte Chiara zu.

So gut es ging, versuchte sie Zuversicht zu verbreiten. Ihre Nichte lag ihr mittlerweile so sehr am Herzen, als wäre sie ihre eigene Tochter.

Zurück blieb eine verzweifelte und nachdenkliche Chiara. Das Verhältnis zu Marc blieb ihr noch unverständlich. Niemand hatte ihr bisher gesagt, wie sie vor ihrem Gedächtnisverlust zueinandergestanden hatten. Es mussten Dinge vorgefallen sein, die auf eine engere Beziehung hindeuteten. Aber weshalb war der Mann so abweisend zu ihr? Und dann wiederum war er bereit, eine Niere für sie zu opfern. Gerne hätte sie gewusst, was vorgefallen war. Über diesen zermürbenden Gedanken schlief sie wieder ein.

20. Kapitel

In der folgenden Stunde überschlugen sich die Ereignisse. Maggie konnte endlich mit der Deutschen Botschaft telefonieren und hatte dort großes Glück, einen engagierten Mitarbeiter anzutreffen, der alle Hebel in Bewegung setzte, um an die Adresse von Hans Christensen zu gelangen. Es stellte sich heraus, dass dieser wieder einmal das Land gewechselt hatte. Er war jetzt in Kolumbien tätig. Nach langem Hin und Her hielt Maggie endlich die heiß ersehnte Telefonnummer in Händen. Mit zitternden Fingern tippte sie die lange Nummer in ihr Handy. Das Freizeichen ertönte.

»Christensen.«

»Hans, Gott sei Dank!« Maggie schrie den Namen fast in den Hörer.

»Wer spricht denn dort? Maggie? Sag bloß, du bist das?«

»Ja, ich bin es. Was bin ich froh, dich erreicht zu haben!«

»Was ist denn los? Du rufst mich doch sonst nicht an.«

Es entstand eine kleine Sprechpause, bevor Maggie den Grund ihres unverhofften Anrufes offenbarte. »Hans, du musst herkommen. So schnell du kannst! Es ist ein großes Unglück geschehen.«

»Ein Unglück? Was ist denn passiert?«

»Beruhige dich, Maggie, und erzähl mir in Ruhe, was geschehen ist.«

»Das ist gar nicht so einfach. Es ist eine lange Geschichte. Ich kürze sie ab, weil es momentan nur wichtig ist, dass du kommst. Hör zu! Chiara ist seit einigen Wochen bei mir.«

»Sie ist bei dir?«

»Ja, sie war sehr alleine. Ich weiß nicht, ob du es mitbekommen hast, deine Frau, entschuldige, deine Ex-Frau ist gestorben. Da habe ich sie gebeten, zu mir zu kommen.«

»O nein, wieso sagt mir denn keiner Bescheid? Das habe ich nicht gewusst.«

»Das spielt jetzt auch keine Rolle. Chiara ist verunglückt. Dabei sind ihre Nieren schwer verletzt worden. Damit sie überlebt, benötigt sie dringend eine Spenderniere. Außer uns beiden hat sie doch keine anderen Verwandten. Ich habe mich bereits testen lassen. Leider warte ich noch auf das Untersuchungsergebnis, ob ich als Spender geeignet bin. Wer weiß, ob ich spenden kann. Deshalb müssen wir jede Möglichkeit in Betracht ziehen. Die Ärzte hier bemühen sich über ein Transplantationsinstitut ebenfalls um ein geeignetes Organ. Leider gilt Chiara hier als Ausländerin und steht noch nicht lange auf der Liste. Um sie nach Deutschland verlegen zu lassen, ist sie zu schwach. Egal, was in den vergangenen Jahren geschehen ist, Hans, ich flehe dich an, du musst jetzt für dein Kind einstehen. Es ist deine Pflicht!«

Eine Zeitlang war es still in der Leitung. Hans musste das Gehörte erst einmal verdauen. Die Neuigkeiten schienen ihn zu überrollen.

»Hans, bist du noch am Apparat?«

»Natürlich bin ich noch da.« Seine Stimme versagte fast und hörte sich entsprechend verkratzt an.

»Hast du mich verstanden?«

»Ja, Maggie. Sag mir, wie ernst es ist.«

»Es ist sehr ernst. Wir haben nicht mehr viel Zeit.« Aus ihrer Stimme sprach ihre große Verzweiflung um Chiara.

»Gib mir deine Handynummer. Ich buche den nächsten Flug, und dann melde ich mich, wann ich bei dir sein kann«, antwortete er schlicht mit Entschlossenheit und gab Maggie damit endlich wieder etwas Hoffnung. Es wurde nicht mehr viel gesprochen. Die Botschaft war scheinbar angekommen. Als Maggie aufgelegt hatte, ließ sie sich müde in ihrem Sessel zurückfallen. Marc sah sie fragend an.

»Kommt er?«

»Ja, er kommt.«

»Gott sei gedankt!« Beide atmeten erleichtert auf.

Wie Hans Christensen es geschafft hatte, binnen vierundzwanzig Stunden in Auckland zu sein, blieb sein Geheimnis. Wichtig war nur, dass er es geschafft hatte. Nachdem er gelandet war, wartete Marc bereits am Flughafen in Hamilton, um ihn unverzüglich in die Klinik zu fahren. Maggie stand am Eingang des Krankenhauses, als er eintraf. Kurz sahen sie sich an. Schließlich hatten sie sich lange nicht mehr gesehen. Dann nahmen sie sich stumm in die Arme.

»Es ist lange her.«

»Ja, mein Lieber. Es tut mir leid, dass ich dich so in Angst und Schrecken versetzt habe. Aber ich hatte keine andere Wahl.«

»Schon gut. Ich bin dir dankbar, dass du mich informiert hast.«

»Komm bitte mit rein, ich werde dir alles erklären.«

»Wie geht es Chiara?«

»Sie ist sehr schwach. Wenn du Glück hast, kannst du nachher zu ihr. Aber vielleicht ist es besser, wenn wir erst den Arzt aufsuchen.«

Es gab viel zu berichten. Hans, der von den Ereignissen in den vergangenen Jahren nichts mitbekommen hatte, schwieg lange, nachdem er über alles informiert worden war. Das waren natürlich auch Nachrichten, die erst verarbeitet werden mussten. Langsam strich er sich über das bereits leicht ergraute Haar. Rote Flecken zeichneten sich auf seinen Wangen ab. Die Aufregung tat ihre Wirkung

»Ich hätte den Kontakt nicht abreißen lassen dürfen! Auch wenn ich mich immer wieder mit Chiara in Verbindung setzen wollte, habe ich es letztendlich doch nicht getan.«

Es folgte ein nicht enden wollender Erguss an Selbstvorwürfen. Eine Weile hörte Maggie ihm schweigend zu und betrachtete ihn nachdenklich. Bevor die Situation aus dem Ruder zu laufen drohte, ging sie einen Schritt auf ihren Bruder zu.

»Hans, hör auf. Du zerfleischst dich ja. Das hilft dir jetzt auch nichts mehr.« Liebevoll legte sie ihre rechte Hand auf seine Schulter. Obwohl sie sich in den letzten Jahrzehnten nicht sehr nahegestanden hatten, kamen warme, geschwisterliche Gefühle in ihr hoch. »Beruhige dich jetzt, es ist geschehen, was geschehen ist. Daran können wir zurzeit nichts mehr ändern. Was wir aber tun können, ist, jetzt alles richtig zu machen.« Dabei sah sie ihn eindringlich an. Hans nickte stumm. »Wir gehen jetzt in dieses Arztzimmer, dort sitzt ein medizinischer Fachmann, er wird uns sagen, was zu tun ist. Darauf werden wir vertrauen. Komm!«

Sie nahm seine Hand, drückte sie zuversichtlich und klopfte an die Tür. Ihr Bruder atmete mehrmals tief durch und überließ sich scheinbar nur zu gern der Führung der beeindruckend starken Frau.

Marc saß zu dieser Zeit an Chiaras Bett. Diese war wieder in einen leichten Schlaf gefallen. Zärtlich glitt sein Blick über das Antlitz der blassen Frau. Am liebsten hätte er sie in seine starken Arme gezogen und ihr von seiner Kraft abgegeben. Er saß hier und fühlte sich völlig hilflos. Nervös trommelte er mit den Füßen auf den Boden. Es war wie verhext. Seine Augen schlossen sich, wieder sah er die Bilder vor sich, wie sie am Strand lagen. Es war, als spüre er ihre warme, sanfte Haut, die sich an seinen Körper drängte. Ihm war in diesem Moment nicht bewusst, wie seine Hand am Arm der Schlafenden hochglitt. Seine Finger spielten mit den seidigen, blonden Haaren, streichelten ihren Nacken. Sein Oberkörper senkte sich, und er legte den Kopf auf ihre Brust. Voller Inbrunst nahm er den lieblichen Duft ihrer Haut wahr. Ihr Atem ging leise. Sein Ohr lag an ihrem Herzen. Er hörte es ruhig und gleichmäßig schlagen, und auch er entspannte sich. Wie hatte er sich in den vergangenen Tagen und Wochen nach ihrer Berührung gesehnt! Endlich war er ihr wieder nahe.

Marc bemerkte anfangs nicht, dass Chiara wach geworden war. Etwas verwirrt öffnete sie ihre Augen. Sie wagte nicht, sich zu rühren. Es dauerte einige Sekunden, bis sie realisiert hatte, was schwer auf ihrem Brustkorb lag. Aus den Augenwinkeln erkannte sie Marc und spürte das Spiel seiner Finger, die sanft ihr Haar und ihre Haut liebkosten. Ein wohliges Gefühl durchströmte jede Faser ihres Körpers. Es fühlte sich so gut an. Wagemutig legte sie ihren freien Arm um seinen muskulösen Oberkörper, ihre Finger verfingen sich in seinem krausen Nackenhaar. Ganz behutsam hob sie seinen Kopf. Sie sahen sich an, und ihre Augen verfingen sich ineinander. Langsam kamen sie sich näher, und seine vollen, warmen Lippen senkten sich auf die ihren. Es wurde ein Kuss voller Zärtlichkeit und Hingabe. Chiara fühlte sich, als kehrten alle Lebensgeister auf einmal in ihren schwachen Körper zurück. Die Süße des Kusses wirkte wie ein Lebenselixier. Seine Wärme und Energie schienen sich wie magisch mit ihrem Körper zu verschmelzen. Es fühlte sich genau richtig an.

Viele Minuten verstrichen. Wie zwei Verdurstende klammerten sie sich aneinander. Der eine brauchte den anderen, und das spürten sie genau. Doch plötzlich fuhr Chiara ein Schock durch ihre Glieder. Von einer Sekunde auf die andere veränderte sich ihr Verhalten.

Ein Bild tat sich vor ihrem geistigen Auge auf. Sie sah sich und Marc in der Nacht am Strand, wie sie sich küssten. Sie erinnerte sich an seine Ablehnung in den Tagen und Wochen danach. Ihr Körper versteifte sich schlagartig. Marc erschrak.

»Habe ich etwas falsch gemacht?« Er ließ von ihr ab und richtete sich auf. Chiara zitterte jetzt. Alle Erinnerungen waren auf einmal wieder da. Ihre Gedanken rasten. Viele Begebenheiten fielen ihr ein. Wie im Schnelldurchlauf eines Filmes spielte sich eine Szene nach der anderen bildhaft in ihrem Kopf ab. Sie stöhnte auf.

»Marc, ich kann mich wieder erinnern!« Die Worte sprudelten aus ihr heraus. Sie zählte die Tage und Erlebnisse auf der Farm auf, sprach von ihrer Mutter, dem Jobverlust und all dem, was in den turbulenten vergangenen Wochen stattgefunden hatte. »Stimmt das alles?«

Marc nickte stumm. Über ihre Gefühle und die Zurückweisungen konnte sie in diesem Moment nicht sprechen. Die behielt sie erst einmal für sich. Darüber musste sie erst in Ruhe nachdenken.

»Chiara, kannst du dich auch an den Abend erinnern, an dem du die Farm verlassen hast?«, fragte Marc behutsam. Sie dachte nach. – Marc trainierte mit seinem Pferd. Sie stand am Zaun und sah ihm dabei zu. Dann ging sie fort. Ein Milchwagen fuhr an ihr vorbei, aber dann … Ab dem Moment ließ sie ihre Erinnerung wieder im Stich.

Sie zog ihre Stirn in Falten und schloss die Augen. Was war dann geschehen? Angestrengt dachte sie nach, doch sie kam nicht weiter. Das Nächste, was ihr einfiel, war ihr Aufwachen im Krankenhaus.

»Ich weiß noch, wie du mit Archie gearbeitet hast, ich habe zugeschaut. Dann bin ich weggelaufen. Was ist denn danach passiert? Du warst doch dabei? Ich kann mich erst wieder erinnern, wie ich im Krankenhaus aufgewacht bin. Hatte ich eine Ohnmacht oder so etwas Ähnliches? Da fehlt mir etwas!«

Besorgt blickte Marc sie an. »Dir fällt wirklich nicht mehr ein?«

»Nein, wenn ich es dir doch sage, alles andere weiß ich noch genau, nur da ist eine Lücke, die ich nicht füllen kann.«

Die Überwachungsinstrumente summten leise im Raum. Marc spielte in Gedanken noch immer mit ihrem Haar. So gut ihre Nähe auch tat, jetzt galt es mehr als sensibel mit ihr umzugehen. Der Arzt hatte ausdrücklich darum gebeten, jegliche Aufregung von Chiara fernzuhalten. Wie würde sie darauf reagieren, wenn er ihr weitere Einzelheiten offenbarte?

»Du warst mehrere Tage wie vom Erdboden verschluckt. Wir haben dich überall verzweifelt gesucht. Bis heute weiß keiner, wo du gewesen bist. Aufgrund deiner Verletzungen musst du wohl einen Unfall erlitten haben. Irgendjemand hat dich ins Krankenhaus gebracht. Doch dieser Jemand ist auch wieder auf und davon. Ihn konnten wir deshalb nicht befragen.« Das mysteriöse Verschwinden, so sah es aus, würde vorerst ein Geheimnis bleiben.

»Warte in Ruhe ab, es ist jetzt erst einmal wichtig, dass du dein Gedächtnis schon so weit wiedererlangt hast. Die letzte Lücke wird sich mit Sicherheit auch noch schließen. Der Arzt hat gesagt, so eine Amnesie könne sich unterschiedlich verhalten. Mach dir keine Sorgen. Es wird schon.«

Die beruhigenden Worte taten Chiara gut. Dennoch spürte sie, wie ihre Kraft langsam wieder nachließ. »Ich bin so müde.« Ihre Augenlider fielen immer wieder zu.

»Schlaf, Liebes, ich bleibe hier und passe auf dich auf.«

Sie war schon fast eingeschlafen, als sich ihre Augen noch einmal weit öffneten. »Ich habe solch eine Angst! Muss ich sterben?«

»Nein, mach dir keine Sorgen, wir werden eine neue, gesunde Niere für dich finden. Und dann wirst du schnell wieder zu Kräften kommen. Glaub mir, die Ärzte kümmern sich bereits darum. Schlaf jetzt erst einmal, das wird dir guttun.«

»Versprich mir bitte etwas«, sagte sie schwach.

»Alles, was du möchtest.«

»Geh nicht fort, bitte lass mich nicht wieder alleine. Ich möchte so gerne, dass du bei mir bleibst.«

»Ich bin und bleibe hier, du kannst dich auf mich verlassen.«

So schlief Chiara friedlich lächelnd ein. Allein der beruhigende Gedanke an seine Anwesenheit bewirkte wahre Wunder.

21. Kapitel

Maggie rannte zur Kliniktür hinaus. Sie hatte es eilig, zu ihrem Wagen auf dem Parkplatz zu gelangen. Mit der einen Hand suchte sie nach ihrem Autoschlüssel in der Handtasche, mit der anderen hielt sie ihr Handy ans Ohr und telefonierte aufgeregt.

»Maggie!« Erschrocken verharrte sie und drehte sich um. Eine Hand legte sich auf ihre Schulter.

»Connor, du? Was machst du denn hier?«

»Das spielt keine Rolle. Ich muss dich sprechen, es ist dringend!«

»Das ist jetzt ganz schlecht. Ich muss nach Hause. Ich habe überhaupt keine Zeit! Ich rufe dich an.« Damit rannte sie hastig weiter. Connor Sailsbury vergaß sie sofort wieder. Dieser blieb mit offen stehendem Mund allein zurück.

Auf der Farm führte sie ihr erster Weg direkt in den Kuhstall.

»Ben, was ist hier los?«

Der Angesprochene stand vertieft in ein Gespräch mit dem

Tierarzt im Quarantänebereich. Er sah erleichtert auf, als er seine Chefin bemerkte.

»Gut, Maggie, dass du da bist. Sieh selbst!« Damit deutete er auf drei am Boden liegende Kühe. Eine war offensichtlich bereits verendet, das erkannte Maggie auf den ersten Blick. Die beiden anderen schienen auch nicht weit davon entfernt zu sein.

»Was ist passiert?«, erschrocken blickte sie auf. Ihr Kopf wandte sich zum Tierarzt.

»Guten Morgen Mrs. van Wyk. Es tut mir leid, dass wir Sie rufen mussten. Aber Sie sehen ja selbst …« Er machte eine ausladende Handbewegung. »Ich habe gerade eine Blutprobe genommen und werde sofort damit ins Labor fahren. Leider konnte ich noch keine eindeutige Diagnose stellen.«

»Sind noch mehr Tiere betroffen?«, fragte sie Ben besorgt.

»Die Männer gehen gerade den gesamten Viehbestand durch und suchen nach Auffälligkeiten. Das kann noch etwas dauern.«

»Haben die Kühe etwas Falsches gefressen?«

»Das kann ich mir nicht vorstellen; sie sind auf der Südweide, wie in den letzten Tagen auch. Was soll da sein?«

»Und die Zufütterung nach dem Melken im Stall? Ist das Futter in Ordnung?«

Der Tierarzt schaltete sich wieder in das Gespräch ein. »Wir werden Proben nehmen und diese und den Mageninhalt der toten Kuh auf das genaueste untersuchen. Ich kann nicht ausschließen, dass eine Vergiftung vorliegt. Das Verhalten der Tiere deutet ganz darauf hin. Sehen Sie selbst, die Augen und der Speichelfluss.« Der Arzt erklärte Maggie die Symptome an der am Boden liegenden Kuh.

»Wann habt ihr das Problem festgestellt?«

»Heute Morgen beim Melken. Plötzlich ging die erste Kuh von einer Sekunde auf die andere in die Knie und fing an zu röcheln.«

Maggie fuhr sich über die müden Augen. Wann würden die Probleme aufhören? Diese neue Hiobsbotschaft gefiel ihr ganz und gar nicht. »Ben, du wirst mich auf dem Laufenden halten. Wenn es sein muss, führt bitte jedes Tier durch die Melkschleuse und schaut es euch genau an. Du wirst dafür sorgen, dass auch auf den anderen beiden Farmen die Tiere untersucht werden. Außerdem solltet ihr regelmäßig durch die Herde gehen und jede Kuh genau beobachten.«

»Wann kann ich mit Marc rechnen?«

»Marc wird noch im Krankenhaus benötigt. Du wirst ihn hier weiterhin vertreten müssen.«

Bens schwarze Augenbrauen zogen sich zusammen. Sein Blick war ein einziges Fragezeichen. »Wie geht es Chiara?«

»Wir machen uns große Sorgen, sie benötigt eine neue Niere«, antwortete Maggie knapp. Damit drehte sie sich um und wollte den Stall verlassen. Zuvor wandte sie sich noch einmal an den Tierarzt. »Doktor, Sie benachrichtigen mich bitte umgehend, wenn die Untersuchungsergebnisse vorliegen. Tun Sie bitte alles, was in Ihrer Macht steht, um den Tieren zu helfen. Ich habe im Moment einfach keine Zeit, mich darum zu kümmern. Ich verlasse mich ganz auf eure Hilfe«, damit ging sie davon. Die Männer schauten ihr nach. Ihr sonst so aufrechter Gang wirkte müde. Die Schultern hingen nach vorne gebeugt wie die einer alten Frau. Sie war noch nicht zur Tür hinaus, als Ben sie einholte.

»Maggie, warte kurz«, rief er. »Ich würde Chiara gerne besuchen. Darf ich heute Abend zum Krankenhaus kommen?«, flehend sah er sie an.

»Das wird leider nicht möglich sein. Sie liegt auf der Intensivstation. Außer uns darf niemand zu ihr. Wir sind alle strengen Hygieneregeln unterworfen. Falls sie in den nächsten Tagen operiert wird ... Sie darf einfach keine Infektion bekommen.«

»Und weshalb darf Marc zu ihr?«

»Sag es bitte niemandem weiter«, Maggie druckste etwas herum. »Wir haben etwas gemogelt. Normalerweise sind nur engste Familienangehörige auf der Intensivstation erlaubt. Marc hat sich einfach als ihr Verlobter ausgegeben.«

»Oh!«, Ben schluckte schwer. Maggie schickte sich an, weiterzugehen. Ben nickte notgedrungen und drehte sich mit gesenktem Kopf um. Seit Tagen machte er sich große Sorgen um Chiara. Oft dachte er an sie und sehnte sich nach ihrer Nähe. Schwer genug, dass er vor lauter Arbeit hier nicht wegkonnte. Dass Marc ihm dermaßen in die Quere kam, gefiel ihm ganz und gar nicht. Irgendetwas ging hier nicht mit rechten Dingen zu. Eifersucht keimte in ihm hoch. Enttäuscht kehrte er um.

»Und jetzt hänge ich hier auf der Farm fest und kann nichts tun! Verdammt!«, wütend grummelte er vor sich hin. Er hatte eine Stinkwut auf Marc. »Dieser Heimlichtuer!«

Maggie lief zum Haupthaus hinüber – eine schnelle Dusche und frische Kleidung, dann wollte sie wieder zum Krankenhaus zurückfahren. Sie stand oben in ihrem Badezimmer und rubbelte sich die Haare trocken. Ihr Blick ging zum Fenster hinaus. In der Ferne lag das Haus von Ted Turner. Sollte er doch mit den ungewöhnlichen Vorfällen auf ihrer Farm zu tun haben? Konnten Rachegedanken so weit gehen? Sie erinnerte sich an das Gespräch vor einigen Wochen mit Marc, der bereits des Öfteren den Verdacht gegen den Nachbarn Turner geäußert hatte. Bisher hatte sie von dieser Theorie nichts wissen wollen – aber jetzt, die drei Kühe! Grübelnd ging ihr Blick hinaus auf den Weg, der von ihrer Farm direkt zu Turners Anwesen führte. Der Pfad wurde nur noch für landwirtschaftliche Zwecke genutzt. Früher einmal, als der Kontakt zwischen den beiden Häusern noch gepflegt wurde, war es die direkte Verbindung zueinander gewesen. Wenn Ted ihre Farm betreten haben sollte, um auf die Südweide zu gelangen, hätte er mit Sicherheit diesen Weg gewählt. Der Umweg über die Straße war viel zu weit.

»Man müsste ihn überführen!«, dachte sie laut nach. Da kam ihr eine geniale Idee. »Es ist doch ganz einfach! Wenn er es auf meine Tiere abgesehen hat, wird er wiederkommen. Gerade jetzt, wo Marc und ich ständig im Krankenhaus sind.« Rasch zog sie sich an und tat, was zu tun war. Anschließend fuhr sie mit einem viel ruhigeren Gefühl wieder in die Stadt zurück.

22. Kapitel

Vorsichtig klopfte Hans an die Tür des Krankenzimmers. Er war von der Oberschwester mit der entsprechenden Schutzkleidung ausgestattet worden.

»Darf ich eintreten?«, fragte er leise Marc, der vor der schlafenden Chiara saß. Der nickte stumm. »Schläft sie?«

»Ja, sie ist sehr schwach. Vor einer Stunde war sie eine Zeitlang wach. Dann ging es nicht mehr, und sie ist wieder eingeschlafen.«

Hans zog sich einen Stuhl heran und betrachtete seine Tochter. Wie blass sie aussah. Wie lange hatte er sie jetzt nicht mehr gesehen? Es mochten an die fünf Jahre sein, dass sich ihre Wege getrennt hatten. Reifer war sie geworden, die kindlichen Züge waren aus ihrem Gesicht gewichen. Sie war zu einer jungen Frau herangereift. Wunderschön, ihre langen blonden Haare, der zarte, ebenmäßige Teint, die langen Wimpern, der voll geschwungene Mund. Seine »Püppi«! Leise schluchzte er auf und fuhr sachte über ihr seidiges Haar. Wie sehr er sie vermisst hatte!

Marc betrachtete Hans Christensen eingehend. Der Besucher schien seine Anwesenheit vergessen zu haben. Das sollte der Vater sein, der seine Familie schändlich im Stich gelassen hatte? War man dann zu solch einer Gefühlsregung, wie er sie gerade jetzt sah, in der Lage? Verwundert studierte er die Gesichtszüge seines Gegenübers. Der Mann sah müde aus. Die Bartstoppeln ließen darauf schließen, dass er sich seit längerer Zeit nicht mehr rasiert hatte.

Chiaras Augenlider flackerten, als sie erneut erwachte. Mittlerweile war es Abend geworden. Sie hatte geträumt, vom Strand, vom Ausritt auf Archie und mit Marc an ihrer Seite. Als sie die Augen ganz aufschlug, hatte sie erst Mühe, sich zurechtzufinden. Sie sah die Lampe an der Decke und vernahm ein leises Ticken.

»Chiara, bist du wach?« Sie neigte den Kopf zur Seite. Es war kein Traum gewesen, Marc war wirklich da. Sie lächelte. Er nahm ihre Hand und streichelte sie. »Hast du gut geschlafen?«

»Ja, ich habe so schön geträumt.«

Hans räusperte sich. »Chiara?«

Chiara wandte den Kopf zur anderen Bettseite. »Papa?« Sie wollte sich aufrichten, doch ihr Körper war zu schwach.

»Ruhig, Liebes, ich wollte dich nicht erschrecken.«

»Papa, wo kommst du denn her?« Ihre Gedanken überschlugen sich. Eigentlich hatte sie vorgehabt, ihrem Vater nie wieder zu begegnen, nach dem, was er ihr und ihrer Mutter angetan hatte. Doch nun war er auf einmal da. Sie wusste nicht, wie sie mit der Situation umgehen sollte. Hektische Flecken bildeten sich auf Chiaras blassen Wangen.

»Papa, es ist nicht gut, dass du hier bist. Ich will dich nicht sehen.«

»Chiara, bitte höre ihn an«, schaltete sich Marc in das Gespräch ein. »Er will uns helfen, damit du möglichst schnell wieder gesund wirst. Wir haben ihn angerufen. Ich lasse euch einen Moment alleine und werde den Arzt fragen, ob er endlich die Blutergebnisse aus dem Labor vorliegen hat.« Er wandte sich an den Mann ihm gegenüber. »Herr Christensen, wo ist eigentlich Maggie? Ich habe sie schon lange nicht mehr gesehen?«

»Sie ist kurz zur Farm hinausgefahren. Ein dringender Anruf, irgendetwas ist dort schiefgelaufen.«

Marc blickte erschrocken auf. »Hoffentlich nicht wieder etwas Schlimmes. Ich werde telefonieren müssen«, dachte er.

»Ich bin gleich wieder da«, damit lächelte er Chiara aufmunternd zu.

»Püppi.«

»Nenn mich nicht Püppi, ich bin kein kleines Mädchen mehr!« Trotz ihrer Schwäche merkte sie, wie die Wut in ihr hochstieg. Jetzt, wo sie sich wieder an fast alles erinnern konnte, lag die Vergangenheit überdeutlich vor ihr. Wie konnte ihr

Vater es nur wagen, hier aufzutauchen? Sie drehte den Kopf demonstrativ zur anderen Seite und starrte den Vorhang am Fenster an. In diesem Augenblick wünschte sie sich ihre Amnesie auf das sehnlichste zurück. Dann wären die Erinnerungen an die vergangenen Jahre nicht so schmerzlich wie gerade eben.

»Bitte, hör mich an, Liebes. Ich muss dir einiges erklären.«

»Spar dir deine Erklärungen! Ich will sie nicht hören!« »Ich tue es trotzdem, es ist wichtig!«

Chiara schwieg. Sie fand es gemein, dass er ihre Schwäche ausnutzte und einfach fortfuhr. Aber was sollte sie machen? Ihre Kräfte reichten einfach nicht aus, sich zu erheben, um den Raum zu verlassen. So versuchte sie, ihre Ohren auf Durchzug zu stellen. Dennoch musste sie hören, was nun kam.

»Maggie hat mich angerufen. Deshalb bin ich hier und deshalb weiß ich auch, wo du dich aufhältst. Ich hätte ansonsten keine Ahnung gehabt, wo du wohnst. Ich habe mich, als ich hier angekommen bin, sofort testen lassen. Wenn die Werte gut genug sind, bekommst du eine Niere von mir.«

»Ich will deine blöde Niere nicht. Du kannst sie dir an deinen Hut stecken!«

»Bitte Chiara, lass uns vernünftig miteinander reden. Ich weiß, dass du wütend auf mich bist. Zu Recht. Aber ich muss einiges klarstellen.« Er legte eine kleine Gedankenpause ein. »Du denkst, ich hätte euch damals im Stich gelassen und wäre mit einer anderen Frau davongegangen. So muss es für dich auch ausgesehen haben. Aber jetzt, wo deine Mutter nicht mehr lebt, ist es an der Zeit, dir die ganze Wahrheit zu sagen.«

»Welche Wahrheit? Du hattest doch eine andere, das kannst du nicht abstreiten.«

»Nein, das werde ich auch nicht. Aber was du nicht weißt, ist, dass deine Mutter und ich bereits längere Zeit getrennt waren. Sie wollte das so.« Hans schwieg eine Weile, bevor er fortfuhr. »Gut ein Jahr, bevor ihr nach Deutschland zurückgegangen seid, ging es deiner Mutter gesundheitlich nicht gut. Deshalb suchte sie in Mexiko einen Spezialisten auf. Leider konnte er nur den verfluchten Krebs feststellen. Er war damals schon unheilbar. Seitdem war deine Mutter wie ausgewechselt. Der Herrgott weiß, dass ich alles versucht habe, ihr beizustehen. Doch sie zog sich immer mehr von mir zurück. Als sie mich dann mit einer anderen Frau gesehen hat, hat sie das zum Anlass genommen, die Angelegenheit hochzupuschen. Letztendlich packte sie ihre Koffer, nahm dich und kehrte in die Heimat zurück. Als ich von einer Auslandsreise zurückkam, wart ihr einfach verschwunden, ohne eine Adresse oder einen Aufenthaltsort zu hinterlassen. Ich konnte mich noch nicht einmal von euch verabschieden.«

»Aber du hättest mit mir reden können. Ich war damals siebzehn Jahre alt und kein kleines Mädchen mehr!«, warf Chiara ein. »Das wäre deine verdammte Pflicht gewesen!«

»Chiara, reg dich nicht so auf, das ist nicht gut in deinem Zustand.« Besorgt blickte der Vater auf das erhitzte Gesicht seiner Tochter. »Glaub mir, Liebes, ich habe immer mit dir reden wollen. Doch deine Mutter hat es mir strengstens untersagt. Es war ihr ausdrücklicher Wunsch, dass du so spät wie möglich von dem Krebs erfährst. Sie wollte dich nicht unnötig belasten.«

»Aber dass die Familie auseinanderbricht, das hat mich nicht belastet?«

»Es tut mir so leid. Ich habe es leider nicht geschafft, das zu verhindern. Im Nachhinein gebe ich mir auch die Schuld dafür.

Ich hätte einen Weg finden müssen, deine Mutter zur Vernunft zu bringen. Aber sie hat mir einfach nicht mehr vertraut. Gerade zu der Zeit hatte ich so viele Probleme in der Botschaft. Ich habe kaum Zeit gehabt, mich um euch zu kümmern. Heute bereue ich das zutiefst. Als ihr weg wart, habe ich sofort einen Detektiv beauftragt, um nach euch zu suchen. Doch deine Mutter hat es tatsächlich geschafft, ihren Aufenthaltsort geheim zu halten. Ich wusste nur, dass ihr nach Deutschland geflogen seid. Vor vier Wochen dann habe ich endlich die Adresse von deinem Arbeitgeber herausgefunden. Mein Gott, ich wusste nicht einmal, dass du Lehrerin geworden bist. So habe ich dann auch von dem Tod deiner Mutter erfahren. Leider viel zu spät. Als ich dachte, dich gefunden zu haben, warst du plötzlich wie vom Erdboden verschwunden. Da tappte ich wieder im Dunkeln, bis Maggie mich angerufen hat!«

Plötzlich piepte es laut und durchdringend aus dem Monitor über Chiaras Bett. Erschrocken blickte Hans auf. Hatte er während der letzten Minuten doch die ganze Zeit betreten zu Boden geblickt. Chiaras Kopf war zur Seite gefallen.

»Püppi! Wach auf, was ist mit dir?« Er sprang auf. Hans schrie seine Tochter an und tätschelte ihre fahlen Wangen. Doch keine Resonanz! Hektisch drückte er auf die Klingel. Im gleichen Augenblick betrat auch schon die Oberschwester gefolgt von einem Arzt das Krankenzimmer. Hans wurde eiligst zur Seite geschoben.

»Bitte verlassen Sie den Raum«, wurde er streng angewiesen.

»Was ist mit meiner Tochter? Ich muss wissen, was mit ihr ist?«

»Oberschwester, sorgen Sie bitte dafür, dass der Mann auf

den Flur geht.« Damit war er draußen. Aschfahl fiel Hans auf den Stuhl, der vor dem Krankenzimmer stand. Er sackte in sich zusammen und musste mit beiden Händen seinen Kopf stützen. Da kam Marc in Begleitung von Maggie zurück.

»Was ist passiert?«

»Antworten Sie doch, was ist passiert?« In diesem Moment ging die Tür auf und der Arzt und die Schwester fuhren das Krankenbett mit Chiara so schnell sie konnten den Flur entlang.

»Doktor, sagen sie doch, …«

»Wir müssen sofort in den OP. Akutes Nierenversagen!«

Hans, Marc und Maggie eilten hinter dem Krankentransport her, doch da schlossen sich auch schon die OP-Türen vor ihnen.

Schweigen. Marc kochte über vor Wut und packte Chiaras Vater mit beiden Händen krampfhaft an dessen Jackenrevers.

»Was haben Sie mit ihr gemacht?« Er schrie die Worte fast und schüttelte den Mann mit aller ihm zur Verfügung stehenden Macht – und er hatte Kraft. Hans taumelte.

»Marc, ruhig!«, sagte Maggie. »Lass ihn los. Urteile nicht voreilig!«

»Ich wusste ja nicht … Sie haben doch selbst gesehen, dass sie ganz gut ansprechbar war«, stotterte Hans.

Mitten in diesem Disput wurde die OP-Tür wieder geöffnet und die Oberschwester trat heraus. Sie blickte sich um.

»Herr Christensen, wir haben Ihre Testergebnisse. Es sieht alles ganz gut aus. Wären Sie immer noch bereit, eine Niere zu spenden?«

Hans schluckte und nickte stumm. »Gut, dann kommen Sie

bitte schnell mit, wir haben keine Zeit zu verlieren. Ich werde Sie auf die Operation vorbereiten. Hier entlang bitte.«

Maggie drückte ihm noch schnell ermutigend die Hände.

»Es wird alles gut. Wir bleiben hier. Wenn du wieder wach wirst, bin ich bei dir. Mach dir jetzt keine Sorgen mehr.«

»Sie wird sterben!« Marc war außer sich und lief nervös im Gang hin und her. Der blanke Schweiß stand ihm auf der Stirn. »Ich habe es ja immer gewusst, ich bring Frauen Unglück! Hätte ich das Zimmer nur nicht verlassen. Ich Idiot!« »Was redest du denn da? Jetzt beruhige dich doch erst einmal.« Maggie versuchte, beruhigend auf ihn einzureden. »Hast du nicht verstanden? Hans wird Chiara eine seiner Nieren geben. Darauf haben wir doch so gehofft.«

»Ich bin schuld!« Doch sie kam einfach nicht bei ihm durch. Ihre mütterliche, zuversichtliche Art half in diesem Moment nicht weiter.

»Marc, bitte!«, sie wurde energischer. Doch dieser drehte sich abrupt um und rannte den Gang hinunter Richtung Ausgang. Die Tür knallte hinter ihm zu. Weg war er.

»Verflixt.« Maggie fuhr sich durch ihre kurzen, gelockten Haare und schloss die Augen. Langsam atmete sie tief ein und aus, bis ihr Atem wieder gleichmäßig ging. Sie faltete ihre Hände und betete stumm. Um etwas mehr Ruhe zu finden, ging sie für einige Zeit in die Krankenhauskapelle. Das Leben ihrer Nichte lag jetzt in Gottes Hand und in denen der erfahrenen Chirurgen.

23. Kapitel

Die Sonne ging als feuerroter Ball am Horizont auf und tauchte das Wasser in der Bucht von Hahei in ein gleißendes Licht. Er stand hoch oben auf einer Klippe. Seine Hände waren zu Fäusten geballt, die Adern traten hervor, so fest hatten sich seine Fingerkuppen ins Fleisch hineingedrückt. Die Luft war frisch und klar, es roch leicht salzig, und einige Möwen kreischten über dem Wasser und hielten Ausschau nach einer Morgenmahlzeit. Ein Tagesanbruch, wie er herrlicher nicht sein konnte! Es versprach ein strahlend schöner Sommertag zu werden, doch davon bemerkte er nichts. Seine Augen stierten ins Nichts. Schon seit Stunden stand er da, wie eine gemeißelte Statue. Etwas weiter graste friedlich ein schwarzer Hengst. Seine Zügel hingen locker zu Boden.

»Marc?« Maggie kam langsam näher – keine Reaktion –, und wieder, dieses Mal etwas lauter: »Marc!«

Er rührte sich nicht und wirkte wie versteinert. Die Stimme drang nur leise, wie Watte durch einen dichten Nebel zu ihm vor.

»Chiara hat die Operation gut überstanden. Sie lebt!« Sie stand jetzt neben ihm und sah ebenfalls aufs Wasser hinaus. »Hörst du mich? Sie hat alles gut überstanden. Auch Hans geht es den Umständen entsprechend gut.« Behutsam berührte sie ihn am Arm. »Komm, vielleicht hast du Glück und kannst an ihrem Bett sitzen, wenn sie wach wird. Dann wird sie sich freuen.« Maggie spürte, dass dieser Mann tief in seinem Inneren einen Kampf mit sich selbst ausfocht. Jetzt galt es, diesen Mann vorsichtig von seiner Lethargie zu befreien. Doch sie kam nicht dazu, weiter mit ihm zu sprechen. Plötzlich sackte Marc neben ihr in die Knie und fing an zu schluchzen. Alle aufgestauten Gefühle entluden sich mit einer Wucht, wie keiner sie vermutet hätte. Wütend schlug er mit seinen Fäusten auf den Boden. Ein tiefes Stöhnen drang aus seiner Kehle. Maggie sprang erschrocken auf die Seite. Mit einem Gefühlsausbruch wie diesem hatte sie nicht gerechnet. Doch schnell merkte sie, dass diese Reaktion nötig war, damit er sich aus seiner Starre befreien konnte. Stumm wartete sie, bis sich Marc nach Minuten langsam wieder etwas beruhigte. Sie setzte sich neben ihn in das noch feuchte Gras. Er würde reden, das war ihr klar. Das Schluchzen wurde weniger, und er begann zu reden.

»Chiara lebt?« Sein Kopf erhob sich jetzt.

»Ja.«

Marc stöhnte auf. »Ist das wirklich wahr?«

»Mit so etwas würde ich niemals scherzen.«

»Ich habe geglaubt, sie sei auch gestorben.«

»Warum hast du das geglaubt? Und wer? Wer ist auch gestorben?«

»Na Mary und Stella.« Er schleuderte die Namen gepresst hervor. All die aufgestaute Wut und Trauer brach nun aus ihm hervor. Maggie hörte ruhig zu und forderte ihn behutsam auf, darüber zu reden.

»Erzähl mir von Mary und Stella. Ich kenne sie nicht. Wer waren sie? Du scheinst sie gut gekannt zu haben.«

Marc schluchzte noch einmal auf. Dann fing er an zu berichten. Es war das erste Mal, dass er mit einem Menschen über die traurigen Geschehnisse auf der Bradley-Farm sprechen konnte. Die Mauer des Schweigens löste sich auf einmal von allein auf. »Mary, das war meine Frau, und Stella meine kleine, süße Tochter. Sie war erst zwei, als das Unglück geschah …«

Maggie schlug sich die Hand vor den Mund, als sie erfuhr, unter welchen Umständen das Unglück damals über Marc hereingebrochen war. Sie nahm ihn beschützend in den Arm. Ihn, den großen und starken Mann, der sie um Haupteslänge überragte. In diesem Moment glich er mehr einem kleinen Jungen, der des Schutzes bedurfte.

»Das ist alles nur passiert, weil ich nicht da war«, brach es verzweifelt aus ihm heraus. »Wäre ich an dem Abend zu Hause geblieben, würden die beiden jetzt noch leben!«

»Woher willst du das wissen? Was war denn die Brandursache?«

»Keine Ahnung, das spielt doch überhaupt keine Rolle mehr.«

»Das Leben ist manchmal sehr hart zu uns Menschen. Man kann seine Lieben einfach nicht vor allem beschützen. Den Verlust eines geliebten Menschen wird man nie verkraften können.« Maggie dachte an ihren verstorbenen Mann Claas. »Weißt du, als mein Mann damals plötzlich gestorben ist, habe ich gedacht, ich müsste auch sterben. Allein würde ich das nie schaffen. Und dann, ich war an einem Punkt, wo ich nicht mehr weiterwusste, warst plötzlich du da, und gemeinsam haben wir einen Weg gefunden, unser Leben weiterzuführen.« Sie schwieg, als sie an die Anfänge nach Claas' Tod zurückdachte. »Bei uns in Deutschland gibt es ein altes Sprichwort, daran habe ich oft denken müssen: *Wenn du denkst, es geht nicht mehr, kommt von irgendwo ein Lichtlein her.* Und so ist es anscheinend tatsächlich. Das Leben geht immer irgendwie weiter. Wir müssen lernen zu vertrauen. Komm, steh jetzt auf.«

Maggie zog Marc behutsam am Hemdsärmel. Langsam erhob er sich. Er blickte aufs Meer hinaus. Die Morgensonne spiegelte sich auf der Wasseroberfläche, die Brandung rauschte. Die Luft roch nach Fisch und Salzwasser. Die Insekten summten neben ihm im Gras. Tief sog er die frische Luft in seine Lungen. Ihm war, als erwachte das Leben neu, genau wie dieser junge Morgen hier. Es war komisch, zu spüren, wie alle Lebensgeister in den eigenen Körper zurückkehrten. Er hatte in den vergangenen Jahren doch tatsächlich vergessen, wie sich das anfühlte. Mit weit ausholenden Schritten lief er in Richtung Straße. Maggie hatte Mühe, ihm zu folgen.

»He, warte!« Sie lächelte. »Was ist mit deinem Pferd?« Rasch band Marc es an einen Strauch fest und rief einen Kollegen auf der Farm an, das Tier nach Hause zu holen. Dann fuhr er mit Maggie auf direktem Weg ins Krankenhaus. Plötzlich zog es ihn mit aller Macht sofort dahin zurück.

Mit zitternden Knien betrat Marc das Krankenhaus wieder. Der Arzt begrüßte ihn schon an der Tür zur Intensivstation. Er wirkte sehr gelassen. Marc konnte sich nicht vorstellen, selbst je wieder so ruhig zu sein.

»Ich war gerade bei Ihrer Verlobten. Sie hat die Operation erstaunlich gut verkraftet. Sie können gerne zu ihr reingehen.«

»Heißt das, sie ist schon wach?« Der Arzt, der ihn kaum kannte, legte ihm begütigend die Hand auf die Schulter und sagte: »Gehen Sie zu ihr. Sie hat schon nach Ihnen gefragt.« Er betrat das Krankenzimmer. Die Apparatur der Geräte summte leise vor sich hin. Das Geräusch war ihm mittlerweile vertraut. Das Licht war etwas heruntergedämmt. Kurz bevor er an das Krankenbett trat, hatte er das Gefühl, als gäben seine Knie nach. Für einen Moment hielt er sich an der Bettkante fest und atmete tief durch. Nur unbewusst nahm er Maggie wahr, die hinter ihm das Zimmer betreten hatte und am Fußende des Bettes stehen geblieben war. Marc hörte kaum, was sie sagte.

Er hatte nur Augen für Chiara, für seine geliebte Chiara, die er schon tot geglaubt hatte. Diese lag doch tatsächlich lächelnd im Bett und freute sich, ihn zu sehen. Sie wirkte noch schwach und sehr blass, aber ihre glücklichen Gesichtszüge sagten ihm alles, was er wissen musste. Er hatte keine Ahnung, ob das richtig war, was er hier tat. Aber als er ihrem Blick begegnete, wusste er, dass alles, was ihn hierhergetrieben hatte, aus der Tiefe seines Herzens kam. Sein Widerstand schmolz endgültig dahin.

»Ich denke, ihr zwei habt euch viel zu erzählen«, murmelte Maggie. »Ich bin bei Hans.« Damit zog sie sich rücksichtsvoll leise zurück.

»Chiara?«, flüsterte Marc tonlos.

»Marc«, krächzte sie. Ihre Stimme klang ganz anders als sonst, kratzig und heiser. Das hing sicherlich mit dem Schlauch zusammen, der ihr während der Operation in den Hals gelegt worden war. Mit langsamen Schritten ging Marc um ihr Bett herum und setzte sich auf einen Stuhl, ohne auch nur für den Bruchteil einer Sekunde die Augen von ihr zu nehmen. Vorsichtig nahm er ihre Hand, die sich ihm entgegenstreckte.

»Chiara«, wiederholte er ungläubig. Viel mehr brachte er nicht hervor. Es schien ihm immer noch wie ein Traum, dass sie ihn anlächelte.

»Wo warst du?« Ihre Stimme klang noch etwas schleppend, aber voller Liebe. »Ich wusste nicht, wo du bist.«

»Jetzt bin ich hier«, antwortete Marc, und dann brach es erneut aus ihm heraus, er schluchzte hemmungslos und beugte sich zu Chiara. Es war kein Traum. Er spürte, wie ihn Chiara mit ihrer Hand auf seinem Rücken berührte, und hörte sie flüstern.

»Ich habe so schön geträumt. Du bist mit deinem Pferd und

mir über den weißen Sandstrand geritten.« Es ist wahr, dachte er nur, es ist wahr ... Er wusste nun genau, wer er war und wie viel sie ihm bedeutete.

»Es ist kein Traum, meine Süße. Sobald du wieder gesund bist, nehmen wir mein Pferd, und dann reite ich mit dir, wohin du willst. Das verspreche ich dir. Ich bin ab sofort immer für dich da. Ich kann nicht mehr ohne dich sein. Es tut mir so leid, dass ich dich immer zurückgestoßen habe. Das wird nicht mehr vorkommen.«

Die Sätze sprudelten wie ein Wasserfall aus ihm heraus. Er war in diesem Moment überaus erleichtert. Behutsam nahm er ihren Kopf in beide Hände und küsste sanft ihre Augenlider, ihre Wangen und dann zärtlich ihren Mund. Ihre Lippen schmeckten trocken und spröde. Doch für ihn waren sie in diesem Moment so sanft wie ein reifer Pfirsich. Er spürte, wie sie seinen Kuss verlangend erwiderte.

Ihr war, als wirkte dieser nicht enden wollende Kuss wie ein edler Kraftspender auf sie. Sie liebte diesen Mann mit jeder Faser ihres Körpers. Für sie gab es keine Zweifel mehr. Ihre Arme waren noch sehr schwach. Liebevoll wischte sie die Tränen mit ihren Fingern von seinen Wangen. Seine Tränen der Erleichterung. Bisher hatte sie noch nie einen Mann weinen sehen. Doch für sie war es das Natürlichste auf der Welt. Denn sie merkte, dass die Zeit des Schweigens vorbei war.

Marc konnte sich jetzt zu seinen Gefühlen bekennen. Zärtlich strich Marc über ihr Gesicht. Er versuchte sich jeden Zug einzuprägen. Chiara schloss ihre Augenlider. Die Erschöpfung gewann nun die Oberhand. Sanft schlief sie wieder ein.

Chiara ging es von Tag zu Tag besser. Marc und sie hatten noch viele Gelegenheiten, miteinander zu sprechen und einander besser kennenzulernen. Die Zeit der Zurückhaltung war vorbei, und sie konnten sich nun offen zu ihrer Liebe bekennen. Aus ihnen wurde ein Paar. Sie vereinbarten jedoch, ihre junge Liebe noch eine Weile für sich zu behalten. Außer Maggie und Hans wurde niemand eingeweiht. Sie wollten das Glück noch eine Zeitlang für sich genießen.

Auch Hans ging es rasch besser. Er hatte die Transplantation gut überstanden. Da er bereits früher als Chiara aufstehen durfte, besuchte er sie oft an ihrem Krankenbett. In langen, intensiven Gesprächen arbeiteten sie nach und nach die Vergangenheit auf. Und allmählich festigte sich wieder das enge Band, das einst zwischen Vater und Tochter bestanden hatte. Nach vier Wochen und völliger Genesung musste er allerdings wieder abreisen. So ohne weiteres konnte er seinen Arbeitsplatz nicht länger im Stich lassen. Er versprach aber fest, im nächsten Urlaub wiederzukommen und dann für einige Wochen zu bleiben.

»Die Zeit der langen Trennung ist für immer vorbei. Ich werde in Zukunft Mittel und Wege finden, dass wir noch viel Zeit miteinander verbringen können.« Er nahm sie fest in seine Arme und drückte sie liebevoll zum Abschied. »Lass mich wissen, wie du dich für deine Zukunft entscheidest. Vielleicht hast du ja auch Lust, eine Zeitlang bei mir zu wohnen und zu arbeiten.«

Chiara verdrückte einige Tränen, der Abschied fiel ihr schwer. »Danke, Papa, dass du mir das Leben gerettet hast. Ich verspreche dir, dass ich gut auf deine Niere aufpassen werde.« Sie schluchzte und griff nach Marcs Hand, der stumm dem Abschied zugesehen hatte. Die Zeit des Alleinseins war vorbei.

Sie hatte jetzt wieder eine Familie, ihren Vater, ihre Tante und dann natürlich Marc, ganz abgesehen von den neuen Freunden auf der Farm. Chiaras Leben hatte eine neue Lebensqualität erlangt.

24. Kapitel

Chiara lachte laut auf. Rose und Ashley spielten Arzt im Garten. Ashley hatte sich dazu die weiße Kochschürze ihrer Mutter umgebunden. Auf dem Kopf wippte eine weiße Serviette auf ihren widerspenstigen Locken, die das Schwesternhäubchen darstellen sollte. Aus der Milchkammer hatten sie sich lange, weiße Gummihandschuhe stibitzt. Rose lag lang ausgestreckt auf dem Boden und spielte die Kranke. Dabei stöhnte und wälzte sie sich übertrieben auf dem grünen Rasen. »Hilfe, Herr Doktor, Sie müssen mich operieren, ich sterbe.«

»Wenn man operiert wird, darf man nichts sagen, du musst so tun, als ob du schläfst.« Dabei zog sie das bunte T-Shirt ihrer Freundin hoch und tat mit einem langen Grashalm so, als ob sie den Bauch aufschneiden würde. Dann klebte sie ihr ein großes Pflaster mitten auf den Bauchnabel. »So, du kannst wieder aufstehen, du bist wieder gesund.« Es dauerte nicht lange, und die beiden spielten Fangen. Dabei rasten sie wie wild um den Liegestuhl, auf dem Chiara lag.

»Kinder, nicht so laut, geht auf den Hof Fangen spielen. Chiara braucht noch Ruhe, sie ist erst gestern aus dem Krankenhaus entlassen worden.« Marc trat zu ihr an die Liege.

»Ach, lass sie doch, sie sind doch so lieb. Ich habe sie gerne um mich.«

»Wie geht es dir? Ist es auch nicht zu anstrengend hier draußen? Soll ich dich nicht lieber wieder ins Bett bringen?«

»Aber nein. Alles ist bestens. Du brauchst mich nicht mehr in Watte zu packen. Ich fühle mich richtig gut. Es ist so ein herrlicher Tag heute. Nur beim Laufen bin ich noch etwas wacklig. Das wird auch noch. Aber dafür mache ich ja jeden Tag fleißig meine Übungen. Die Muskulatur ist vom langen Liegen einfach schlapp geworden.«

»Soll ich dir eine Decke holen? Oder möchtest du etwas trinken?« Marc kümmerte sich rührend um seine Freundin. Chiara lächelte ihn liebevoll an.

»Komm, setz dich zu mir. Ich habe alles, was ich brauche.« Dabei grinste sie verschmitzt. »Nur einen Kuss könntest du mir geben.« Das ließ er sich nicht zweimal sagen. Schon beugte er sich über die Liege und kam nur zu gerne dem Wunsch seiner Liebsten nach.

Seit der Operation vor knapp fünf Wochen wich Marc fast nicht mehr von Chiaras Seite. In den langen Tagen nach dem Eingriff hatten sie viele Stunden miteinander verbracht. Marc bekannte sich zu seiner Liebe und konnte nun auch nach und nach aus seinem Leben erzählen. Chiara wusste jetzt um seine traurige Vergangenheit. Sie empfand tiefes Mitgefühl mit ihm. Beide hatten sie in jungen Jahren mit dem Verlust von geliebten Menschen umgehen müssen. Das schweißte sie nun umso fester zusammen. Aus der anfänglichen stummen Verliebtheit wuchs nach und nach eine tiefe Vertrautheit und Liebe. Chiara half ihm mit ihrer aufgeschlossenen, positiven Art, sich zu öffnen und seine Gefühle mitzuteilen. Marc wiederum unterstützte Chiara dabei, die schwere Operation und die damit verbundenen Todesängste zu verarbeiten. Natürlich bestand auch jetzt noch die Gefahr, dass die neue Niere abgestoßen werden könnte. Doch mit jedem neuen Tag wuchs auch die Zuversicht, dass alles gut werden würde.

Marc ging wieder an die Arbeit. Chiara ruhte mit geschlossenen Augen und lauschte dem Summen der Insekten, als sie schon wieder Besuch bekam. Kein anderer als Ben näherte sich ihrem Liegestuhl.

»Hallo, meine Süße!«

»Oh, Ben«, sie öffnete ihre Augen. »Brauchst du auch eine Pause?«

»Wenn ich dich sehe, brauche ich immer eine Pause. Dann kann ich mich nicht mehr auf meine Arbeit konzentrieren.«

Er beugte sich zu den blühenden Blumen hinunter und pflückte eine einzelne Margerite. »Für die schönste aller Frauen!« Galant überreichte er ihr mit einem formvollendeten Diener die Blume. Chiara lächelte. Die charmanten Annäherungsversuche von Ben amüsierten sie immer wieder. Er verstand es wirklich, eine Frau zu umgarnen. Ben deutete Chiaras Lächeln als Aufforderung, bei ihr zu verweilen. Lässig setzte er sich in den Schneidersitz auf den grünen Rasen direkt neben ihrer Liege.

»Was machen wir zwei Hübschen denn nun mit dem angebrochenen Tag? Darf ich Gnädigste zu einem leichten Spaziergang über den Hof begleiten?«

»Ach, lass mal, ich fühle mich hier im Moment ganz wohl.« Das Wortgeplänkel ging noch eine ganze Zeit hin und her. Fröhliches Lachen drang aus dem Garten, genau in dem Moment, als Marc wieder um die Ecke bog.

Ihm war eingefallen, seiner Liebsten etwas zu lesen vorbeizubringen. Das hatte er heute Morgen vergessen. Die beiden bemerkten ihn nicht, wie er am Gartenzaun stand und die vertraute Szene beobachtete.

»Es ist doch nicht zu fassen, macht sich dieser Kerl schon wieder an Chiara heran!«, fluchte er leise vor sich hin. Bereits im Krankenhaus hatte Ben Chiara mit Besuchen und Kleinigkeiten überhäuft. Marc war nicht gewillt, das länger hinzunehmen. Die beiden schienen sich mal wieder blendend zu verstehen.

»Na warte, mein Lieber, du wirst keine Gelegenheit mehr haben, dich an meine Freundin heranzumachen! Noch bin ich hier der Chef.«

»Ben!«, rief er laut. Chiara und Ben schreckten aus ihrem vertieften Gespräch auf und blickten hoch. »Ben, gehst du bitte zum Quarantänestall hinüber, der Tierarzt wird in wenigen Minuten da sein. Ich komme gleich nach.«

Das Gerangel um die Gunst der jungen, hübschen Chiara nahm in den kommenden Tagen deutlich zu. Chiara kam kaum noch zur Ruhe. Ständig kam einer der Männer zu ihr und überbot sich mit diversen Vorschlägen und Aufmerksamkeiten. Mittlerweile standen fünf verschiedene Vasen mit Blumen in ihrem Zimmer. Des Weiteren türmten sich Schokolade und Parfüm auf ihrem Nachttisch. Die Angebote gingen von einem Ausflug zu den heißen Sandstränden an der Küste über zum Picknickengehen, zu einem Maori-Dorf fahren, einen Rundflug über das Land veranstalten, gemütlich in ein Hafencafé einkehren bis zum Kauri-Forest-Park fahren, um die berühmten, fünfhundert Jahre alten Kauribäume zu sehen. Gesundheitlich ging es ihr von Tag zu Tag besser, und sie konnte sich, wenn sie noch ein wenig auf sich achtgab, wieder frei bewegen. Es war ein Genuss, die vielfältigen Schönheiten Neuseelands näher kennenzulernen. Gierig sog sie jede Facette der Naturschauspiele in sich auf.

Seit sie dem Tod so nahe gewesen war, sah sie die Welt mit ganz anderen Augen. Jede Kleinigkeit gewann auf einmal an Bedeutung. Am Anfang ließ sich Chiara noch gerne auf die Annehmlichkeiten ein, schließlich war sie noch nie in ihrem Leben so verwöhnt worden. Doch allmählich wurde ihr das bunte Treiben doch zu stressig. Außerdem blieb ihr kaum Zeit, ihre junge Liebe zu Marc zu genießen. Dieser war so damit beschäftigt, sie zu »bespaßen«, dass das traute Zusammensein einfach auf der Strecke blieb. Chiara sah in Ben einen guten Freund. Sie mochte seine lockere und lustige Art. Stets war er gut gelaunt und wusste, dem Leben die schönen Seiten abzugewinnen. Doch gestern hatte er versucht, sie zu küssen. Geschickt hatte sie es gerade noch geschafft, dem auszuweichen. Er wollte mehr von ihr. Das Problem war, dass Ben nichts von der Beziehung zwischen ihr und Marc wusste. Er sah in Marc derzeit einfach einen Mitbewerber, dem er geschickt versuchte, den Rang abzulaufen.

Abends lag Chiara noch lange wach und grübelte darüber nach, wie sie dem Wettstreit der beiden ein Ende setzen konnte. Wenn das so weiterging, würden die sich noch die Augen auskratzen. Chiara spürte, wie sie sich danach sehnte, Marc zu berühren, ihm nah zu sein. Bei dem Theater blieb die Zeit für Zärtlichkeiten irgendwie auf der Strecke. Es war an ihr, alle Heimlichkeiten zu beenden und offen zu ihrer Liebe zu stehen. Im Grunde musste sie dem eifersüchtigen Gehabe ein Ende setzen, ohne Ben vor den Kopf zu stoßen. Kurz bevor ihr müde die Augen zufielen, kam ihr dann doch noch die rettende Idee.

Der erste Gang führte Maggie van Wyk jeden Morgen an den Feldweg zur Turner-Farm. Enttäuscht blickte sie auf den langen Streifen von Sägespänen, die wohl an die fünfzig Meter den Weg bedeckten. Dabei hatte sie Glück, seit Tagen hatte es nicht mehr geregnet, so dass die sorgfältig, aber wie zufällig ausgestreut wirkende Saat noch unverändert dalag. Lediglich kleine Reifenspuren, von einem Kinderfahrrad stammend, waren deutlich zu erkennen. Das war Rose, die mittlerweile jeden Tag auf ihrer Farm weilte. Keine Fußspur, keine Reifenspur, rein gar nichts, was darauf hindeuten konnte, dass irgendjemand den Weg benutzt hatte. Mit der Hand über den Augen, gegen die blendende Morgensonne geschützt, blickte sie Richtung Nachbarfarm. Irgendetwas stimmte dort nicht! Weshalb sie dieses eigentümliche Gefühl beschlich, konnte sie nicht sagen; es war einfach da. Nachdem drei Kühe auf bisher noch ungeklärte Weise an einer Vergiftung gestorben waren, verlief alles wieder in friedlichen Bahnen. Die Laboruntersuchungen hatten ergeben, dass das Weidefutter, welches sich noch im Magen der Kühe befand, nachweislich mit Schwermetallen verseucht gewesen war. Insbesondere durch eine hohe Dosis Cadmium. Leider hatten alle Untersuchungen nicht zutage gebracht, wo und wie das Weidegras kontaminiert worden war. Es lag eindeutig Sabotage vor. Gott sei Dank waren weitere Fälle nicht mehr aufgetreten. Das Leben auf der Farm ging seinen gewohnten Gang.

Nachdem man sich tagelang den Kopf darüber zerbrochen hatte, wie es erneut zu diesem gemeinen Anschlag hatte kommen können, kehrte der Alltag wieder ein. Die unliebsamen Geschehnisse traten in den Hintergrund. So ein großes Unternehmen mit seiner vielen Arbeit beschäftigte die Menschen, die darauf lebten, schnell wieder mit anderen Dingen.

Marc, der seit drei Jahren nichts als Arbeit und nochmals Arbeit gekannt hatte, kümmerte sich nun auf einmal in jeder freien Minute um seine Liebste. Er hatte sogar um Urlaub gebeten, weil er mit Chiara einen größeren Ausflug plante, damit sie das Land besser kennenlernen konnte. Maggie beobachtete mit Wohlwollen das junge Glück; gönnte sie den beiden jungen Menschen doch von Herzen ihre Liebe.

Langsam lief Maggie zum Haupthaus zurück. So weit war alles in Ordnung. Doch wieso hatte sie dann noch diese innere Unruhe? Die Angst saß ihr immer noch im Nacken. Wenn die Anschläge wirklich ein Rachefeldzug gewesen waren – davon ging sie mittlerweile aus –, wieso dann plötzlich diese Ruhe? Die Angst blieb natürlich. Würde noch mehr passieren? Saß der Hass bei Turner so tief, dass er ihr noch mehr Schaden zufügen wollte? Es war schier zum Verrücktwerden, dass nicht herauszufinden war, was oder wer hinter den Anschlägen steckte.

»Ach Maggie«, sprach sie zu sich selbst. »Mal den Teufel nicht an die Wand. Sei froh, dass wieder alles in Ordnung ist. Jetzt ist Schluss mit der Schwarzseherei!« Sie band sich ihre bunte Küchenschürze um und bereitete das Frühstück für ihre Leute vor. Laut pfeifend fing sie an, das große Bauernbrot in Scheiben zu schneiden. Kurz darauf zog ein köstlicher Kaffeeduft durchs Haus. Ihre Gedanken hingen bereits wieder einem anderen wichtigen Thema nach.

Später am Morgen wollte sie zum Pfarrer in die Stadt fahren, um mit ihm über die kleine Rose Turner zu sprechen. Das Mädchen bekam mittlerweile seine Mahlzeiten hier auf der Farm, weil der Vater scheinbar nicht mehr daheim war. Chiara half ihr am Nachmittag bei den Schulaufgaben. Nur zum Schlafen fuhr sie abends in ihr Elternhaus. Sie hatte höllische

Angst davor, dass der Vater zurückkehren würde und seine Tochter nicht vorzufinden war. Das waren Zustände, die nicht so weitergehen konnten. Die Kleine war noch viel zu jung, um sie dieser Situation tagtäglich alleine auszusetzen. Ihre Ängste waren schon groß genug. Die Frauen auf der Farm behandelten Rose mit viel Fingerspitzengefühl, um ihrer kleinen Kinderseele etwas Gutes zu tun.

Chiara betrat mit einem fröhlichen »Guten Morgen« die Küche. In diesem Moment füllte sich die Küche auch mit der Belegschaft. Und schon wieder ging das Gerangel um Chiara los. Marc sprang sofort herbei und rückte ihr den Küchenstuhl zurecht. Ben rannte nach einem weichen Kissen, um es ihr in den Rücken zu stopfen.

»Lass mich, das kann ich allein!«, fauchte Marc Ben an. Maggie blickte auf. Sie hatte diese Zwistigkeiten in den letzten Tagen bereits öfter beobachtet. War da vielleicht Eifersucht im Spiel? Sie wusste von Chiara, dass Marc und sie ihre Liebe noch einige Zeit für sich behalten wollten. Sie tauschten auch im Beisein der anderen keine öffentlichen Zärtlichkeiten aus. Doch es sah ein Blinder mit Krückstock, dass da etwas im Busch war. Niemals zuvor hatte Marc seine Arbeit so oft unterbrochen, um sich privaten Dingen zuzuwenden, wie seit dem Krankenhausaufenthalt. Natürlich gab er dafür keine Begründung an.

Ben dagegen stellte seine Bewunderung öffentlich zur Schau. Wenn ihm eine Frau gefiel, dann ließ er gerne die ganze Welt daran teilhaben. Chiara wandte sich an ihre Tante.

»Könntest du mich nachher mit in die Stadt nehmen, ich habe einen Termin beim Arzt zur Nachsorge und muss mich anschließend noch um meine Aufenthaltsgenehmigung kümmern, sie läuft bald ab.«

Maggie kam erst gar nicht zu Wort. Marc schaltete sich sofort in das Gespräch ein. »Ich habe heute sowieso etwas im Ort zu erledigen. Ich fahre dich!«

Ben, der sich auch melden wollte, blieb das Wort im Hals stecken. Chiara lächelte Marc an.

»Fein, ist dir zehn Uhr recht?«

»Abgemacht.«

»Na, ich sehe schon, meine Dienste werden gar nicht mehr benötigt.« Maggie grinste.

Es klopfte, ein Bote betrat den Raum. In der Hand hielt er einen großen Blumenstrauß mit mindestens zwei Dutzend lachsfarbener Rosen. Chiara blickte auf. Sie wollte schon aufstehen, weil sie dachte, die Blumen seien mal wieder für sie. Doch der Mann verlangte nach Maggie van Wyk.

»Für mich?«, fragte diese erstaunt.

»Bitte schön, es ist eine Karte dabei.« Damit verließ der Bote grüßend das Haus. »Hallo, warten Sie!«

Maggie lief ihm nach, um ihm ein Trinkgeld zu geben. Mit dem großen Rosenstrauß auf dem Arm stand sie auf der Veranda und roch an den lieblich duftenden Blüten. Erstaunt öffnete sie die kleine Karte, die in den Blumen steckte. Ein heimlicher Verehrer?

Ich erwarte dich um zwanzig Uhr im Old Inn.
Gruß Connor Sailsbury

An ihn hatte sie in den vergangenen Wochen der Aufregung gar nicht mehr gedacht. Ihr schlechtes Gewissen meldete sich. Es stimmte ja, Connor hatte mehrmals versucht, mit ihr zu sprechen. Aber vor lauter Stress hatte sie ihn immer abgewimmelt und auf später vertröstet. So besonders mochte sie den um zehn Jahre älteren Mann nicht, aber er war ein wichtiger Geschäftspartner. Oftmals hatte sie seine schleimige, penetrante Art gestört. Deshalb versuchte sie schon von jeher, ihm möglichst aus dem Weg zu gehen und den Kontakt auf das Notwendigste zu beschränken. Und jetzt kam er gleich mit Blumen und einer Essenseinladung daher. Was er ihr wohl Wichtiges mitzuteilen hatte? Um ihre Geschäftsbeziehung nicht zu gefährden, musste sie diesem Termin wohl nachkommen.

Als sie mit dem riesigen Blumenstrauß die Küche wieder betrat, ergoss sich erst einmal eine Flut von lästernden Kommentaren über sie.

»Na, ein heimlicher Verehrer?«

»Haben wir da etwas verpasst?«

Wohlweislich schwieg sie dazu nur und stellte die Blumen stumm in eine große Vase.

»Heirate mich, Maggie van Wyk!«

Maggie fiel fast das Messer aus der Hand, das sie gerade zum Fleischschneiden benutzen wollte. Vor Überraschung sah sie Connor mit offenem Mund an. Sie saßen seit einer halben Stunde im *Old Inn* vor einem köstlichen Abendessen. Er hatte sie gebührend empfangen und sie zu einem festlich gedeckten Tisch in einer verschwiegenen Ecke geleitet. Eins musste man diesem Mann lassen, er verstand es, eine Frau nach allen Regeln der Kunst zu verwöhnen.

Zur Einstimmung gab es ein Glas Champagner, bevor ein sorgfältig ausgesuchtes Menü serviert wurde. Dazu hatte er einen erlesenen Pfälzischen Rotwein aus Maggies deutscher Heimat ausgesucht. Maggie ließ ihn gewähren und genoss das vorzügliche Essen. Das *Old Inn* war weit über die lokalen Grenzen hinaus für seine gute Küche bekannt.

Plötzlich zog Connor aus der Innenseite seines Jacketts eine kleine Schachtel, öffnete sie mit einem Klick und reichte Maggie einen wunderschönen Ring, eingefasst mit einem kleinen, funkelnden Diamanten. Maggie blieb vor Überraschung die Sprache weg. Mit allem hatte sie gerechnet, aber damit nie im Leben. Da sie Connor nicht sonderlich mochte, hatte sie bisher jegliche Ambitionen geflissentlich übersehen oder nicht wahrnehmen wollen. Und nun das hier. Reflexartig nahm sie die ihr dargebotene Ringschachtel in die Hand und betrachtete das wunderschöne Schmuckstück.

»Ich weiß gar nicht, was ich sagen soll«, stammelte sie.

»Sag ja, ganz einfach ja. Du weißt, dass ich dich schon seit Jahren verehre. Mach mich zum glücklichsten Mann von Auckland. Maggie, ich möchte, dass du meine Frau wirst.«

»Aber ...«

»Ich werde dich auf Händen tragen. Du brauchst nicht mehr zu arbeiten und kannst endlich dein Leben genießen. Du weißt, dass ich über die nötigen Mittel verfüge, dir ein sehr angenehmes Leben an meiner Seite zu ermöglichen. Wir könnten reisen und die Welt kennenlernen. Alles, was du möchtest.«

»Halt, stopp«, bremste sie ihn. »Connor, du überraschst mich. Ich bin davon ausgegangen, dass es sich hier heute Abend um ein Geschäftsessen handelt. Nie hätte ich gedacht, dass du an mir interessiert bist.«

»Ich will dich nicht überrumpeln. Aber du lässt mir ja keine andere Gelegenheit, dir privat näherzukommen. Immer bist du mit anderen Dingen beschäftigt und hast keine Zeit für mich.« Die Worte sprudelten nur so aus ihm heraus. »Maggie, ich lege dir mein Herz zu Füßen. Ich verspreche dir, dich glücklich zu machen.« Er erhob sein Glas und blickte ihr tief in ihre rehbraunen Augen. Höflich stieß sie mit ihm an. Sein Blick war ihr unangenehm. Verlegen sah sie auf ihre Serviette, die in ihrem Schoß lag. Die Gedanken rasten durch ihren Kopf: »Wie komme ich nur aus dieser verzwickten Situation mit einem blauen Auge davon, ohne ihn vor den Kopf zu stoßen?«

Schweigend griff Maggie zu ihrem Besteck und schob sich ein Stück Steak in den Mund. Langsam kaute sie darauf herum, um Zeit zu gewinnen. Die ungezwungene Stimmung war dahin. »Du entschuldigst mich bitte einen Augenblick.« Auf der Toilette legte Maggie ihr erhitztes Gesicht an die kühlen Kacheln und dachte in Ruhe nach. Sie legte sich ihre Worte in Gedanken zurecht, bevor sie wieder an den Tisch zurücktrat.

»Connor, mir ist nicht wohl. Würdest du mich bitte für heute entschuldigen.«

Besorgt schaute er sie an. »Soll ich dich nach Hause bringen? War mit dem Essen etwas nicht in Ordnung?«

»Nein, nein, alles gut, danke, das ist nicht nötig.« Höflich half er ihr in den Mantel und geleitete sie zu ihrem Wagen. Sie wollte schon einsteigen, da drehte sie sich noch einmal zu ihm um. »Connor, es tut mir sehr leid, aber ich kann dich nicht heiraten.« Es war einfach nicht ihre Art, lange um den heißen Brei herumzureden.

»Aber Maggie, wie kannst du nur so etwas sagen?«, fragte er mit sich überschlagender Stimme. »Du bist meine große Liebe, …, du bist alles, was ich begehre…, was ich brauche. Du sollst dich ja auch nicht hier und jetzt entscheiden. Überleg dir meinen Antrag ganz in Ruhe.«

»Nein!« Ihr Entschluss stand fest. »Dein Antrag schmeichelt mir sehr, aber du musst wissen, ich habe meinen verstorbenen Mann über alles geliebt. Ich kann keine neue Beziehung mehr eingehen. Dafür bin ich nicht frei. Außerdem muss ich mich um meine Farm kümmern.« Um ihn nicht noch mehr vor den Kopf zu stoßen, verschwieg sie ihm ihre Antipathie ihm gegenüber. Das musste er nicht unbedingt wissen. »Du wirst eine andere Frau finden, die deine Großzügigkeit und deine Liebe zu schätzen weiß.«

»Aber Maggie, ich will nur dich. Ich will keine andere Frau. Ich warte schon seit Jahren auf dich. Schon zu Zeiten von Claas habe ich dich gewollt.«

»Es geht nicht.« Maggie wischte sich den Schweiß mit dem Handrücken von der Stirn, der sich vor lauter Aufregung gebildet hatte, und bestieg nun hastig ihr Auto.

»Warte doch, bitte ...«, wollte Connor sie noch aufhalten. Doch Maggie ließ den Wagen an, setzte zurück und fuhr los. Der Kies spritzte zur Seite, als sie Gas gab. Sie musste hier erst einmal weg.

Wütend ballte Connor seine Fäuste. Innerhalb von Sekunden wandelte sich sein Gesichtsausdruck in Hass. Mit dieser Abfuhr hatte er überhaupt nicht gerechnet. Er merkte, wie ihm das Blut in den Kopf schoss. Mit hochrotem Gesicht drehte er sich um und stieß aufgebracht mit den guten schwarzen Schuhen in den Kies. »Na warte, meine Schöne, du wirst den Tag noch verfluchen, an dem du mich abgewiesen hast. Da wollen wir doch mal sehen, wer am längeren Hebel sitzt!«

25. Kapitel

Am Morgen telefonierte Chiara heimlich mit Ann. Geschäftig

traf sie so einige Vorbereitungen. Anschließend suchte sie unabhängig voneinander die Rivalen Marc und Ben auf und lud sie für Punkt zwanzig Uhr an den Strand ein, so dass jeder von beiden dachte, er sei der Auserwählte für ein zärtliches Treffen in der schönen Bucht unten am Strand. Kokett flirtete sie dabei, was das Zeug hielt.

»Soll ich dich nicht abholen?«, fragte Marc.

Sie verdrehte die Augen und versuchte, das innere Kribbeln zu ignorieren. »Lieber nicht. Und jetzt frag bitte nicht weiter. Ich plane eine Überraschung und beantworte keine Fragen mehr.« Sie lächelte, drehte sich gekonnt auf ihrem Absatz um und schickte ihm eine Kusshand, während sie davoneilte.

»Soll ich etwas mitbringen?«, fragte Ben, als er von der Einladung erfuhr.

»Nein, heute bist du mein Gast. Ich besorge alles, was wir für einen schönen Abend benötigen.«

»Komm schon, verrat mir, was du vorhast.«

Ben war sehr neugierig. Sie standen in der Mitte auf dem Hof am Brunnen. Flachsend kitzelte er Chiara. Diese wehrte sich. Da packte er sie von hinten geschickt um die Hüften, nahm sie vorsichtig in die Zange und drehte sich mit ihr im Kreis.

»Ich lass dich erst wieder los, wenn du mir verrätst, was du dir ausgedacht hast.«

Chiara kicherte und strampelte wild mit ihren langen Beinen.

Was die beiden bei ihrer Alberei nicht bemerkten, war, dass Marc am Eingang des Pferdestalls stand und mit grimmigem Gesicht das muntere Treiben beobachtete. Seine Kehle war wie ausgetrocknet. Der Anblick verschwamm vor seinen Augen.

Er konnte und wollte nicht weiter zusehen. Glaubte er doch bisher an die vielen Liebesbeteuerungen von Chiara in den vergangenen Wochen.

»Pah, dass ich nicht lache, das ist doch alles nicht wahr.« Er betrat die Stallbox seines Pferdes, schwang sich ohne Sattel auf dessen Rücken, klammerte sich an der Mähne fest und gab seinem Gaul die Sporen. Im gestreckten Galopp raste er an den beiden Spaßvögeln vorbei und ritt davon.

Erstaunt blickten Chiara und Ben auf. Was war das denn gewesen? Dass sie der Anlass des Ausbruchs gewesen waren, bemerkten sie nicht.

Es wurde Abend, die Sonne ging gerade unter, als Ben durch den Sand auf Chiara zustapfte. Die Schuhe hatte er ausgezogen und hielt sie in der Hand. In einer geschützten Ecke verbreiteten einige im Kreis stehende Fackeln in der leichten Abendbrise eine romantische Stimmung. Dazwischen hatte sie auf einer Decke wunderbare Köstlichkeiten ausgebreitet. In einem Kübel stand eine gekühlte Flasche Sekt. Ben frohlockte innerlich. Schon lange schlug sein Herz für die attraktive Frau aus Deutschland, doch bisher hatte sie alle seine Avancen geschickt abgewehrt. Sollte der heutige Abend die erhoffte Wendung bringen?

»Guten Abend, meine Schöne!«

Seine schwarzen Haare, die er wie immer zu einem lockeren Pferdeschwanz zusammengebunden trug, glänzten im Feuerschein.

»Setz dich doch und mach es dir gemütlich«, bat Chiara. Sie blickte den Strand hoch und danach auf ihre kleine Armbanduhr. Es war bereits zehn Minuten nach acht. Wo Marc wohl blieb? Aber sie wollte sich nichts anmerken lassen und kümmerte sich erst einmal um ihren ersten Gast.

»Darf ich dir etwas zu trinken anbieten?«, dabei griff sie nach der Sektflasche, um diese zu öffnen.

»Lass mich das machen.« Hilfsbereit nahm Ben ihr die Flasche aus der Hand und öffnete diese gekonnt. Der perlige Schaumwein lief über. Lachend füllte er die ihm dargebotenen Gläser. »Worauf wollen wir anstoßen?«, fragte er.

»Lass uns auf unsere schöne Freundschaft anstoßen«, antwortete Chiara. Die Gläser klirrten.

Ben suchte ihren Augenkontakt. »Vielleicht auch auf mehr?« Er lächelte ihr charmant zu.

Chiara senkte schnell ihren Blick. Der Mann besaß viel Charme und Natürlichkeit. Es war nicht einfach, ihm auszuweichen, um ihm nicht noch mehr Hoffnungen zu machen. Wäre sie nicht Marc begegnet, er hätte mit Sicherheit ihr Herz erreicht. Doch nachdem sie ihre wahre Liebe erkannt hatte, sah sie in ihm einen wirklich guten Freund. Diese Freundschaft galt es jetzt nicht zu zerstören. Eigentlich hatte sie vorgehabt, mit beiden Männern gleichzeitig zu sprechen. Wo blieb Marc nur? Nervös blickte sie wieder auf ihre Armbanduhr.

»Vielleicht ist es auch besser, wenn ich erst mit Ben alleine rede«, dachte sie. Sie räusperte sich. Es lag an ihr, das Schweigen zu durchbrechen. »Ben … es hat einen Grund, dass ich dich heute Abend eingeladen habe …«

Ben setzte sich aufrechter hin und rückte näher an sie heran. Erwartungsvoll blickte er sie an.

»Einmal möchte ich mich für die lieben Geschenke und Ausflüge der vergangenen Wochen revanchieren. Ich wäre keine Frau, wenn mir die vielen Aufmerksamkeiten nicht schmeicheln würden. Danke dafür. Danke auch dafür, dass ich durch dich und Marc bereits wunderschöne Orte in Auckland kennenlernen durfte. Bessere Fremdenführer als euch beide kann sich ein Gast nicht wünschen.« Chiara legte eine kleine Atempause ein. Der schwierige Teil stand ihr noch bevor. »Du weißt, dass ich dich sehr schätze.« Ben sah Chiara erwartungsvoll an. Wie gebannt hing er an ihren Lippen. »Wir haben immer viel Spaß zusammen«, fuhr sie fort. »Mir ist an unserer Freundschaft viel gelegen. Aber …« Ach, verflixt, was war es schwer, mit der Wahrheit herauszurücken. Hoffentlich lief er nicht davon, bevor sie ihre Beweggründe ausführlich dargelegt hatte. Ben schwieg und wartete, was da kommen würde. »Was du nicht weißt, aber vielleicht hast du es schon geahnt …« Ihr Blick glitt wieder hinauf zu den Klippen.

»Marc.«

»Was ist mit Marc?« Ben wurde hellhörig.

»Marc und ich, na – Marc und ich sind ein Paar.« Nun war es heraus. Ben sprang auf. Damit hatte er hier und jetzt allerdings nicht gerechnet. Im Gegenteil.

»Das gibt es doch nicht!«

»Ben, bitte setz dich wieder!« Doch dieser lief erregt hin und her. Chiara blieb nichts anderes übrig, als ebenfalls aufzustehen. Schüchtern hielt sie ihn am Hemdärmel fest. »Bitte versteh doch. Du bist mein Freund, ich will dich nicht verlieren geschweige denn vor den Kopf stoßen. Aber ich dachte, bevor du dir mehr ausmalst, ist es nur fair, dir das zu sagen.«

»Seit wann geht das schon?«

»Das spielt doch keine Rolle.«

»Doch das spielt sehr wohl eine Rolle. Dieser Satansbraten, der soll mir zwischen die Finger kommen!« Ben geriet in Rage.

So hatte Chiara Ben noch nie erlebt. Voller Wut schnappte er sich seine Schuhe und wollte das Weite suchen. Chiara rannte ihm nach.

»Ben, warte doch. Marc hat nichts falsch gemacht. Bitte versteh doch. Wir haben uns verliebt.« Weiter kam sie nicht, Ben war viel schneller als sie und hörte ihre letzten Worte nicht mehr.

»So ein Mist, das ist ja wohl völlig in die Hose gegangen!« Enttäuscht über sich selbst, räumte sie ihre Sachen zusammen und löschte die Flammen im Sand. Und überhaupt, wieso war Marc nicht gekommen? Erst das seltsame Verhalten am Morgen am Reitstall und nun die geplatzte Verabredung.

»Da stimmte doch etwas nicht! Wenn das so weitergeht, habe ich statt zwei Männern gar keinen mehr.«

Mühsam schleppte sie all ihre Köstlichkeiten zum Auto zurück, die sie zuvor mit so viel Liebe drapiert hatte. Langsam fuhr sie nach Hause. Als sie in den Weg zur Farm einbog, sah sie schon von weitem die lodernden Flammen gen Himmel steigen. »O nein!«

26. Kapitel

Die Melkhalle stand in hellen Flammen! Zwei riesige Fontänen aus dicken Wasserschläuchen wurden von der Feuerwehr auf das Flammenmeer gerichtet. Es bot sich ihr ein Bild der Verwüstung und Zerstörung. Dichte schwarze Rauchwolken stiegen zum Himmel hinauf und tauchten die Nacht in ein gespenstisches Licht. Ihr Blick schweifte suchend umher. Wo waren die Mitarbeiter?

Da war Maggie. Sie stand neben einem Feuerwehrmann und hielt die kleine Rose auf ihren Armen. Eilig lief sie auf sie zu.

»Mensch, Maggie, was ist hier los? Seid ihr alle in Sicherheit?«

»Gut, dass du kommst, mein Kind, Liebes.« Sie nahmen sich hilfesuchend in die Arme.

»Seid ihr in Ordnung?«

»Ja, mach dir um uns keine Sorgen. Marc hat Rose gerettet.«

»Wie, was? Wo ist Marc? Sind alle Männer in Sicherheit?«

»Ja, sie haben es gerade noch rechtzeitig geschafft, alle Kühe aus dem Stall zu treiben«, stammelte Maggie.

»Wo sind sie denn alle? Wo ist Marc?« Ängstlich suchte sie mit ihren Augen jeden Winkel ab. Aber sie sah keines der ihr vertrauten Gesichter.

»Ruhig, Liebes, ich glaube, sie sind auf der rückwärtigen Weide, die Tiere weiter hinaustreiben.« Rasch löste Chiara sich von ihrer Tante und rannte los. Sie umrundete das große Gebäude, um zu der großen Rinderweide zu gelangen. Im Dunkel des Abends konnte sie schlecht sehen, weshalb sie beinahe umgeknickt wäre. Im letzten Moment fing sie sich jedoch wieder. Endlich sah sie einige Männer, die mit ihren Treiberstöcken gerade zurückkamen. Ihre Taschenlampen tanzten in der Dunkelheit auf und nieder. Die Kühe standen jetzt alle weiter weg auf einer anderen großen Weide.

Endlich erkannte sie Marcs vertrautes Gesicht. »Gott sei Dank!« Chiara atmete auf. In raschem Galopp kam Marc ihr auf Archie entgegengeritten. Er sprang aus dem Sattel und lief sofort zu ihr. Sie fielen sich in die Arme wie zwei Ertrinkende. Chiara klammerte sich an ihn und bedeckte sein Gesicht mit vielen kleinen Küssen.

»Ich hatte solche Angst um dich!« Sie wollte ihn gar nicht wieder loslassen. »Ist dir auch nichts passiert?«

»Mir geht es gut. Du zitterst ja.« Beschützend hielt er sie in seinen Armen, bis sie sich etwas beruhigt hatte.

Genau in diesem Moment lief Ben mit seinen Kollegen an dem trauten Paar vorbei. Einer der Männer lästerte noch. »Wo die Liebe hinfällt …« Der Anblick tat ihm weh. Ein tiefer Stich durchzuckte sein Herz. Stumm lief er mit herabhängendem Kopf weiter. Er wusste nun, was zu tun war. Ein Maori spürte, wenn er verloren hatte.

Niemand sah in dieser Nacht, dass im Schatten eines Nebengebäudes eine dunkle Gestalt das Geschehen beobachtete und gehässig grinste.

Marc stand auf der Veranda des Haupthauses und blickte auf das Bild der Verwüstung. Die Sonne ging gerade auf. Feine Rauchschwaden stiegen noch immer aus dem Haufen Schutt und Asche auf. Die Luft roch nach Verbranntem. Das Melkhaus, gerade mal sechs Jahre alt, mit seiner ultramodernen Robotermelkanlage war bis auf die Grundmauern abgebrannt. Es bot sich ein verheerendes Bild. Chiara trat von hinten auf den schweigsamen Mann zu.

»Rose schläft endlich. Sie wollte sich gar nicht beruhigen.«

»Was muss die kleine Kinderseele noch alles verkraften? Es ist kein Wunder, dass sie nicht zur Ruhe kommt«, sagte Marc.

»Der Arzt war da und hat ihr ein ganz leichtes Schlafmittel gegeben. Wir haben sie gebadet und ihr frische Sachen angezogen. Wie wäre es? Eine Dusche könnte dir auch nicht schaden?«

»Später, jetzt nicht.« Die Zeit war ihm zu kostbar.

Marc nahm Chiara fest in seine Arme. Auch er stank nach Qualm. Seine Kleidung und seine Haare hatten den Geruch der verkohlten Reste angenommen. Eine Zeitlang standen sie stumm nebeneinander und betrachteten das Chaos, das vor ihnen lag.

»Es ist wie damals …«

»Komm, wir gehen ein paar Schritte.«

Die Erinnerungen überrollten ihn. Was hatte der Schöpfer dort oben mit ihm vor, dass er solch ein Drama ein zweites Mal in seinem Leben für ihn bereithielt? Wie viel sollte er noch ertragen? Allmählich war es genug.

»Ich drehe noch durch. Das halte ich nicht mehr aus.«

Seine Nerven waren zum Zerreißen gespannt. Diese ohnmächtige Verzweiflung, nicht wirklich etwas gegen solch ein Flammeninferno ausrichten zu können, machte ihn hilflos. Am schlimmsten waren die Bilder, die vor seinem geistigen Auge wieder auftauchten. Mary und Stella, die tot in seinen Armen lagen. Doch dieses Mal war es anders, die kleine Rose lebte und Chiara war da. Wäre sie nicht gewesen, wer weiß, was dieser Schicksalsschlag mit ihm angestellt hätte.

Zärtlich nahm Chiara Marc an die Hand und führte ihn vom Farmgelände fort. Es war wichtig, dass Marc jetzt redete. Chiara bemerkte, dass er wieder mit seinen alten Gefühlen kämpfte. Mittlerweile hatte sie ein Gespür dafür entwickelt, wenn er drohte, sich zu verschließen. Seine Gesichtszüge waren in den letzten Wochen nicht mehr so distanziert wie früher und spiegelten mittlerweile ganz gut seine Empfindungen.

»Erzähl mir von deiner Tochter und deiner Farm«, sagte sie liebevoll, nachdem sie einige Schritte gegangen waren.

Und Marc erzählte. Es war ihm, als liefe sein früheres Leben wie ein Film vor seinen Augen noch einmal ab, von dem Brand damals vor drei Jahren, von seiner Frau und seiner Tochter.

»Als ich gestern Abend mit Archie von einem Ausritt zurückkam, sah ich schon von weitem den Brand. Genauso war es damals auch. Ich dachte erst, ich hätte ein Déjà-vu-Erlebnis, bei uns brannte allerdings auch noch das Haupthaus. Als ich näher kam, lief bereits einer der Melker auf mich zu und rief: *Die kleine Rose ist noch im Gebäude.*«

»Was machte denn Rose überhaupt um diese Zeit im Melkstall?«, fragte Chiara.

»Ich habe keine Ahnung. Auf jeden Fall bin ich dann über die Hintertür hinein. Bis dort war das Feuer noch nicht vorgedrungen. Nach einigem Suchen fand ich ihren kleinen Teddybären auf dem Boden liegen. Da wusste ich, dass sie in der Nähe sein musste. Es hat nur so fürchterlich gequalmt, dass ich erst nichts sehen konnte. Dann habe ich mich langsam vorgetastet und überall gesucht und gerufen, bis ich, Gott sei Dank, endlich die kleine Stimme ganz hinten in einer Ecke ausfindig machen konnte. Vor lauter Angst ist sie wohl in den letzten Winkel gekrochen. Sie hat jämmerlich geweint. Ich habe sie mir geschnappt und bin hinausgelaufen – gerade noch rechtzeitig. Sie hat die ganze Zeit laut geschrien und gezappelt. So wusste ich aber, dass ihr nichts geschehen war. Maggie hat sie mir dann abgenommen, und ich habe mich mit den Männern um das Vieh gekümmert. Den Rest der Geschichte kennst du ja.« Zärtlich nahm Chiara den großen Mann in die Arme.

»Schau, dieses Mal ist die Geschichte gut ausgegangen. Das hast du großartig gemacht.«

»Das holt mir aber nicht meine Familie zurück.« Traurigkeit überfiel ihn.

»Nein, das tut es nicht. Aber …« Chiara überlegte genau, was sie jetzt sagen wollte. Es galt die richtigen Worte zu finden. »Sieh dir die kleine Rose an, und du weißt, wieso das Schicksal dich ein zweites Mal herausgefordert hat.«

Marc nickte stumm. Eine Weile liefen sie schweigend nebeneinander her.

»Chiara?«

»Ja.«

»Was ist mit Ben?«

»Ben ist ein Freund – mehr nicht. Ich habe ihm gestern Abend gesagt, dass wir beide ein Paar sind.«

»Bist du sicher?«

»Ich war mir die ganze Zeit sicher. Ihr zwei Dickschädel hattet so viel mit eurer verdammten Eifersucht zu tun, dass du das nicht mehr gemerkt hast. Das Problem ist nur, dass sich Ben falsche Hoffnungen gemacht hat, weil wir ihm von uns nichts erzählt haben. Das ist ein Fehler gewesen. Ich hätte dem schon viel eher Einhalt gebieten sollen. Eigentlich wollte ich am Strand eine gemeinsame Aussprache herbeiführen. Da du aber nicht gekommen bist, habe ich das alleine geregelt.« Sie sah ihn an. Er hörte ihr aufmerksam zu.

»Und wie hat er es aufgefasst?«

»Nicht so gut, fürchte ich. Er ist mir einfach davongelaufen.«

»Und jetzt?«

»Ich weiß es nicht. Vielleicht sollten wir noch einmal mit ihm reden.«

»Ja, vielleicht.«

Chiara stellte sich auf die Zehenspitzen und blickte ihm tief in seine funkelnden Augen. Sie schlang die Hände um seinen

Nacken und zog ihn zu sich herunter, um ihm ganz nahe zu sein.

»Marc Bradley, wann begreifst du das endlich. Ich liebe dich. Ich liebe dich. Ich liebe nur dich!«, immer lauter werdend presste sie diesen Satz heraus. »Laut genug? Geht das jetzt endlich in deinen Dummschädel hinein?«

Dann küsste sie ihn heiß und innig. Herausfordernd spielte sie mit ihrer Zunge und teilte mutig seine Lippen, um seinen verführerischen Mund näher zu erforschen. Dem konnte Marc sich nicht länger widersetzen. Nur zu gerne ließ er sich auf das Liebesspiel ein. Der Rest seiner Zweifel fiel in diesem Moment wie Semmelbrösel in sich zusammen. All die aufgestauten Ängste und Gefühle entluden sich in dem nicht enden wollenden Kuss.

Die Sonne war mittlerweile aufgegangen und verwandelte das Liebespaar in eine Palette aus verschiedenen Goldtönen. Die Insekten summten, und ein Vogel trillerte im Morgenlicht sein Lied. Doch davon nahmen Chiara und Marc nichts wahr. Sie waren zu sehr mit sich selbst beschäftigt. Für einen Moment konnten sie ihre Sorgen vergessen, ihre Liebe spendete einander Trost und Zusammenhalt. Der war besonders in diesen Tagen wichtig, in denen das Leben ständig neue Herausforderungen an sie stellte.

Chiara wiegte sich glücklich in den Armen ihres Geliebten. Die Zeit schien für die zwei Verliebten stillzustehen. Doch dann knurrte Chiaras Magen, so dass sogar Marc es hören konnte.

»Vielleicht sollten wir jetzt zurückkehren. Ich merke schon, meine Küsse machen dich nicht satt«, sagte er. Dies war ein gutes Zeichen dafür, dass er seiner morgendlichen Verzweiflung nicht länger nachgab.

»Du hast recht. Außerdem können wir Maggie nicht länger alleinlassen, und ich möchte nach Rose schauen. Es wäre nicht gut, wenn sie allein wäre, wenn sie aufwacht.«

Gemeinsam traten sie Arm in Arm ihren Rückweg an. Ihre erste Sorge galt der Kleinen. Das Mädchen schlief noch, deshalb gingen Chiara und Marc wieder nach unten. Maggie fanden sie in der Küche. Sie saß am Küchentisch und stützte ihren Kopf in beide Hände. Völlig übernächtigt kämpfte sie mit der Müdigkeit. Falten lagen wie Schatten um ihre Augen- und Mundwinkel. Die Sorgen waren ihr buchstäblich anzusehen.

»Gut, dass ihr kommt. Setzt euch.« Der Brandsachverständige saß bei Maggie am Tisch und erklärte ihr die Sachlage. Er hatte schon am frühen Morgen seine Arbeit aufgenommen.

»Soweit ich die Lage bisher beurteilen kann, liegt hier eindeutig Brandstiftung vor.« Das Wort »Brandstiftung« hing wie ein Damoklesschwert über dem Raum. »Ich habe Spuren entdeckt, die darauf hindeuten. Wir haben unter anderem einen Benzinkanister gefunden. Wenn ich alle Fakten ausgewertet habe, werde ich Ihnen ein entsprechendes Gutachten ausstellen Mrs. van Wyk.«

Er empfahl sich und verließ den Raum, um wieder an die Arbeit zu gehen.

Mark wurde wütend. »Wenn es wirklich Brandstiftung ist und wir den Täter nicht finden, dann glaube ich nicht, dass unsere Versicherung uns den Schaden bezahlt.«

»Was machen wir denn jetzt?«, fragte Chiara ängstlich.

»Ganz einfach, wir müssen den Täter finden!«

»Und wie sollen wir das anstellen?«

»Jetzt ist endgültig Schluss!«, Marc sprang auf. »Ich werde

mir diesen Turner vorknöpfen. Das kann nicht so weitergehen. Es wird Zeit, dass er hinter Schloss und Riegel kommt. Er hat genug Unheil angerichtet!«

Damit wollte er schnurstracks Richtung Turner-Farm verschwinden.

»Marc, warte!« Chiara hielt ihn gerade noch eben am Jackenärmel fest. »Nicht so voreilig!«

»Das meine ich auch«, bremste ihn nun auch Maggie. »Er kann es nicht gewesen sein.«

»Woher willst du das wissen?«

»Kommt mit!« Damit führte sie die beiden an die Einfahrt des Weges zur Nachbarfarm. »Seht ihr das?«, sie deutete auf die Spuren in den Sägespänen, »Wenn Ted unser Farmgelände betreten hätte, wäre er hier entlanggekommen. Seht genau hin, hier sind nur Spuren von Rose, ihren kleinen Füßen und ihrem Kinderfahrrad, zu erkennen. Keine Autoreifenspuren, keine großen Fußabdrücke!«

Neugierig untersuchten sie jeden Zentimeter. Maggie hatte recht.

»Und wenn er über die Hauptstraßeneinfahrt gekommen ist?«

»Das glaube ich nicht, es wäre ein riesiger Umweg.«

»Egal, ich will jetzt endlich Gewissheit haben. Außerdem geht es nicht an, dass seine kleine Tochter sich am späten Abend alleine überlassen ist. Warum war sie gestern Abend hier?«

Marc lief den Weg zur Turner-Farm hoch. Die Frauen riefen ihm noch nach, zu warten und das der Polizei zu überlassen. Doch er war nicht zu bremsen. Chiara machte sich Sorgen. Hoffentlich ging das gut. Nicht, dass es vor lauter Wut zu Handgreiflichkeiten kam. Nach dem, was sie bisher von dem

Nachbarn gehört hatte, war mit ihm nicht immer gut auszukommen.

In dem Moment, in dem die Frauen das Haus betraten, klingelte das Telefon. Maggie nahm ab und lauschte eine Weile, was der Anrufer zu sagen hatte.

»Es ist gut, dass Sie mich informiert haben. Ja, das Kind ist bei mir. Der Arzt sieht heute Nachmittag noch einmal nach ihr. Natürlich. Lassen Sie sie hier. Sie braucht jetzt viel Ruhe und Zuwendung.« Pause. Der andere Gesprächsteilnehmer sagte etwas. »Die erhält sie bei uns, darauf können Sie sich verlassen.« … »Ja, so machen wir es. Danke. Auf Wiederhören.« Damit legte sie auf. Sie sah Chiara an, die neben ihr stand.

»Du kannst Marc zurückholen. Ted Turner war definitiv nicht der Brandstifter. Das war das Jugendamt. Die Polizei hat ihn gestern Mittag in seiner Stammkneipe aufgegriffen, weil er dort randaliert hat. Er hat die ganze Nacht in einer Ausnüchterungszelle verbracht.«

»Gott sei Dank.« Chiara fiel ein riesiger Stein vom Herzen. Dann konnte Marc auch nichts geschehen. »Und was wird jetzt mit Rose?«

»Sie darf vorerst hierbleiben, bis das Jugendamt eine Lösung gefunden hat.« Schnell griff Chiara zu ihrem Handy und rief Marc an, um ihn zu informieren. Er war bereits auf dem Rückweg, nachdem er die Farm verlassen vorgefunden hatte. Notdürftig hatte er die wenigen Tiere dort mit Heu und Wasser versorgt.

27. Kapitel

Der Krisenstab, wie sie ihn genannt hatten, bestehend aus Mitarbeitern und Nachbarn, saß gegen Mittag um Maggies großen Küchentisch herum versammelt. Die Kühe mussten regelmäßig gemolken werden. Aber wie sollte das ohne Melkanlage gehen? Alles war dem Feuer zum Opfer gefallen. Nur einer fehlte, Ben. In der Aufregung vermisste ihn jedoch niemand. Es wurde laut und heftig diskutiert.

»Ich bitte um Ruhe.« Marc war aufgestanden. Er wartete, bis sich die erregten Gemüter ein wenig beruhigt hatten und er zu Wort kommen konnte. »Zuerst einmal möchte ich euch, auch im Namen von Maggie, danken, dass ihr alle auf unsere Bitte hin gekommen seid. Ein herzliches Dankeschön an euch, die ihr in den letzten Stunden geholfen habt. Dir, Gabriel, ein besonders Dankeschön, dass wir die Kühe heute Vormittag alle bei dir melken durften.« Die Anwesenden klatschten spontan Beifall. Marc nickte dem hilfsbereiten Nachbarn wohlwollend zu. »Der Aufwand war für dich enorm. Jeder von uns weiß das.« Er blickte in die Runde und sah in die Gesichter der treuen und hilfsbereiten Menschen, die nicht eine Sekunde gezögert hatten, da, wo Not am Mann war, einzuspringen. Es zeigte sich bald, dass von Nachbarschaftshilfe hier auf dem Land nicht nur geredet, sondern diese auch gelebt wurde. Zustimmendes Gemurmel war von allen Seiten zu hören.

»Wie ihr alle wisst, bedarf es einer raschen Lösung, damit wir weiter existieren können.«

Der Rinderfarmer Clark stand auf. »Wir werden nachher einen Zeitplan entwerfen, wie wir im Schichtbetrieb eure und meine Kühe melken können.«

»Ich danke dir, das ist alles wunderbar, selbst wenn wir mit der Weidenhaltung und dem entsprechenden Umtreiben des Viehs zurechtkommen. Wo bleiben wir mit der Milch? Deine Tanks fassen nicht die doppelte Menge. Und außerdem ist es nicht erlaubt, deine und meine Milchkontingente zu vermischen. Der Milchkontrollverband wird uns sofort den Betrieb einstellen, wenn die Wind davon bekommen.«

»Ich habe eine Idee.« Ann, die die ganze Zeit stumm zugehört hatte, mischte sich in die Diskussion ein. »Maggie, dein Verehrer Connor Sailsbury von der Molkerei, du musst ihn überzeugen, dass er uns einen seiner Tankwagen zur Verfügung stellt, worin wir unsere Milch abfüllen können. Er kreuzt doch alle Nase lang hier auf, um dir schöne Augen zu machen. Vielleicht kannst du ihn auf unsere Seite ziehen. Für einige Tage wird das vielleicht gehen.«

Wohlgefälliges Murmeln und zustimmendes Nicken befürworteten Anns Idee. Maggie runzelte die Stirn, sagte dazu aber nichts.

Marc dachte nach. Es würde nicht einfach werden, das bestehende Leitungssystem des hilfsbereiten Nachbarn so umzubauen, dass wahlweise seine und ihre Milch in zwei unterschiedliche Tanks geleitet werden konnte. Für dieses Vorhaben kam nur einer in Frage. Ben. Er musste mit Ben überlegen, wie das technisch zu bewerkstelligen war. Er blickte in die Runde. Doch wo war er? Bisher war ihm noch nicht aufgefallen, dass er gar nicht da war. Marc überlegte, wann er ihn zuletzt gesehen hatte? Ach ja, gestern Abend im Dunkeln beim Rindertreiben.

»Hat jemand von euch Ben gesehen? Wir müssen mit ihm überlegen, ob dieses Provisorium technisch zu lösen ist.«

»Nein, keine Ahnung.« Niemand wusste, wo er war.

»Ich werde nachher nachschauen, wo er ist.«

Maggie mischte sich jetzt in das Gespräch ein. »Aber Leute«, sie sah Marc hilflos an, »die Idee ist ja gut und schön. Doch eine Lösung auf Dauer ist das alles nicht. Selbst wenn es klappt, die Feuerversicherung mitspielt und so weiter und so fort. Ihr wisst alle, wie lange es dauert, einen Melkstall wiederaufzubauen.« Sie blickte in die Runde.

»Stellt euch das nicht so einfach vor.«

Es wurde hin und her überlegt. Da sprang Donovan Cumberland, ein Milchfarmer auf. »Ich habe es! Wieso bin ich nicht schon eher darauf gekommen!« Rote Flecken bildeten sich vor Aufregung in seinem Gesicht. Er war schon immer ein treuer Freund von Maggie und Claas gewesen. »Wie ihr alle wisst, rüste ich ja gerade mein Melksystem auf eine Roboteranlage um. Ähnlich, wie Claas sie vor sechs Jahren hier installiert hat. Das ganze technische Equipment wird in zwei Wochen geliefert. Wir machen das so …«

Die Männer saßen noch lange zusammen und tüftelten einen Plan aus. Die Angelegenheit begann Hand und Fuß anzunehmen. Da es Sommer war, würde das neue Melksystem von Donovan in der Maschinenhalle auf der Tangata-Whenua-Farm als vorübergehendes Provisorium installiert werden. Die Maschinen konnten draußen auf dem Hof parken. Man würde ein Herdenleitsystem einrichten, so dass die Tiere dort gemolken werden konnten. In der Zwischenzeit würden sie das neue Melkhaus bauen und Donovan Cumberland stellte sein eigenes System erst später um. Er besaß ja immerhin eine funktionierende, wenn auch veraltete Melkanlage, der es nichts ausmachte, wenn er mit der Umstellung noch einige Monate warten würde. Maggie liefen die Tränen über die Wangen. Sie schnäuzte sich.

»Ich weiß gar nicht, wie ich euch danken soll. Das alles kann ich doch nicht annehmen.« Sie war bis ins Innerste von so viel Hilfsbereitschaft gerührt.

»Mach dir mal keine Gedanken. Umgekehrt wärst du doch die Erste, die uns helfen würde«, meinte Donovan.

Vielfältiges Gemurmel und zustimmende Ermutigungen ertönten von allen Seiten. Maggie ging von einem zum anderen und drückte jeden herzlich.

»Ich danke euch sehr. Wenn Claas das noch miterlebt hätte. Er wäre sehr stolz auf euch alle gewesen. Ihr wisst, wie viel er von guter Nachbarschaft gehalten hat.« Damit war ein Plan geboren. Die Männer erhoben sich, schließlich hatten sie alle viel Arbeit vor sich.

Fassungslos stand Maggie hinter Ben in dessen Apartment und wusste nicht mehr, wie sie ihn bremsen sollte. Dieser warf gerade seine Kleidungsstücke wahllos in einen Koffer.

Es tat Maggie weh, zu sehen, dass Ben wegwollte. Sie lebten nun schon seit vielen Jahren gemeinsam auf der Farm. Er war ihr so vertraut und eher ein sehr guter Freund als ein Angestellter. Sie konnte sich gar nicht vorstellen, wie sie ohne ihn auskommen sollte. Deshalb platzte es auch spontan aus ihr heraus:

»Du kannst uns doch jetzt nicht im Stich lassen. Bist du von allen guten Geistern verlassen?« Maggie stand, die Hände in die Hüften gestemmt, erbost mitten im Raum. »Wir sitzen alle Mann drüben und zermartern uns das Hirn, wie wir die Farm retten können, und du ergreifst die Flucht?«

»Es tut mir leid, Ma'am, aber ich kann nicht anders.«

»Was um Himmels willen ist denn passiert? Ohne Grund würdest du mich nie im Stich lassen.«

»Das hat persönliche Gründe, ich möchte bitte nicht darüber sprechen.«

Maggie gab aber nicht auf und versuchte ihn weiterhin aus der Reserve zu locken.

»Wie lange bist du jetzt bei mir?«

»So an die zehn Jahre werden es schon sein.«

»Genau, du hast die Farmen mit aufgebaut, du bist einer meiner treuesten Mitarbeiter. Deshalb lasse ich dich nicht so einfach gehen. Du bist mir wenigstens eine Erklärung schuldig.«

Ben senkte seinen Kopf. Verlegen sah er auf seine Schuhspitzen.

»Komm, setz dich neben mich …« Damit klopfte Maggie auf das Sofa, auf das sie sich gesetzt hatte. Widerwillig gab Ben ihrer Aufforderung nach.

»Ben, ich kenne dich ziemlich gut, du bist fast wie ein Bruder für mich. Lass uns reden. Ich möchte wenigstens deine Beweggründe verstehen können.«

Ben gab nach, und so erfuhr sie endlich, dass auch er sich unsterblich in Chiara verliebt hatte.

»Was soll ich machen? Sie hat ihr Herz an Marc verschenkt. Ich bin hier jetzt überflüssig.«

Das war es also. Tröstend legte Maggie ihren Arm mütterlich um seine Schultern. Was sollte sie auch sagen? Sie wusste genau, Worte würden die Angelegenheit für ihn nicht einfacher machen. Gegen Liebeskummer war einfach noch kein Kraut gewachsen. Maggie wusste, dass Ben seit Jahren nach der richtigen Frau für sich suchte. Leider war diese für ihn noch nicht dabei gewesen, obwohl er sehr aufgeschlossen und kontaktfreudig war. Deshalb lenkte sie ihn vom Thema ab und berichtete ihm von dem Plan, den sich alle ausgedacht hatten, um die Kühe melken zu können.

»Ben, du bist mein bester Techniker. Wenn du mir nicht hilfst, die Anlagen umzurüsten, dann weiß ich wirklich nicht mehr weiter!« Bittend sah sie ihn an. »Ich kann Chiara nicht für dich umstimmen, aber eins weiß ich ganz genau. Ohne deine Hilfe in den kommenden Wochen bin ich hier völlig aufgeschmissen. Bitte bleib wenigstens so lange, bis wir Donovan Cumberlands neue Melkanlage in der Maschinenhalle installiert haben. Wenn du dann immer noch fortmöchtest, werde ich dir ein gutes Zeugnis ausstellen und nicht mehr versuchen, dich aufzuhalten.«

Ben überlegte. Schließlich raffte er sich auf. Ein tiefes Seufzen drang aus seiner Brust.

»Gut, du hast recht, Maggie«, dabei drückte er mit seinen großen Händen ihre schmalen, »das bin ich dir schuldig. Ich bleibe, auch wenn es mir schwerfällt.«

Maggie atmete erleichtert auf. »Danke, mein Lieber, ich werde dir das nie vergessen.« Spontan nahm sie ihn in die Arme und zog ihn an ihre Brust. Sie mochte Ben so gerne. Dann nahm sie resolut seine Hand.

»Und nun komm, die Arbeit ruft.«

Ben drehte sich noch einmal um und schnappte sich schnell seinen Hut, dann waren sie auch schon draußen.

28. Kapitel

Hier hast du Geld, das dürfte fürs Erste reichen.«

Chiara war oben im Zimmer der kleinen Rose und spielte mit ihr. Das Fenster stand weit offen. Sie hörte unten auf der Veranda eine tiefe Stimme. Wo hatte sie diese Stimme schon mal gehört? Sie kam ihr irgendwie bekannt vor. Neugierig sah sie aus dem Fenster. Maggie stand mit einem Chiara fremden Mann auf dem Weg zum Haus und gestikulierte wild mit ihren Händen.

»Wann begreifst du es endlich, Connor, ich will dein Geld nicht. Was ich brauche, ist ein Tankwagen, damit wir unsere Milch zwischenlagern können.«

»Was muss noch alles geschehen? Maggie, sieh es doch endlich ein. Du kannst die Farm nicht halten. Das sind Hirngespinste. Denk noch mal über mein Angebot nach. Gib die Farm auf und komm zu mir.«

»Nein, noch mal in aller Deutlichkeit.« Ihre Augen funkelten erregt. »Mein Leben ist hier auf meiner Farm. Ob es dir nun passt oder nicht.« Sie hatte sich richtig in Rage geredet. »Es hat keinen Zweck. Bitte geh jetzt.« Damit drehte sie sich um und betrat das Haus. Sie sah nicht mehr, wie sich der Mann abwandte, wütend seine Fäuste ballte und zischte: »Na warte Maggie van Wyk, du wirst mich noch kennenlernen, dass dir Hören und Sehen vergeht.« Er sah die stumme Beobachterin oben am Fenster nicht, die ihm besorgt nachblickte, während er zu seinem Landrover ging und mit durchdrehenden Reifen davonpreschte. Er fuhr einen sehr auffälligen, großen Landrover. Auf der Seitentür prangte der große Aufkleber einer schwarz-weiß gefleckten Kuh.

»Ich muss unbedingt nachfragen, wer dieser ungehobelte

Mann ist«, dachte Chiara, die stumm dem Schauspiel beigewohnt hatte. Dann wandte sie sich wieder ihrem kleinen Zögling zu.

Kurz darauf betrat Ann das Schlafzimmer, um eine kleine Erfrischung zu bringen.

»Du, Ann, sag mal, wer war der Mann eben draußen vor der Haustür?«

»Ach der, du kennst ihn noch nicht? Er taucht doch fast täglich hier auf, um Maggie schöne Augen zu machen. Das ist Connor Sailsbury, der Manager von der Molkerei.«

»Ich stand hier oben und konnte das Gespräch verstehen. Er hat Maggie gedroht. Was ist da los? Verstehst du das?«

»Soweit ich die Situation einschätze, will er was von der Chefin, doch sie denkt gar nicht daran. Sie liebt noch immer ihren Claas und würde nie im Leben ihre Farm gegen einen neuen Mann an ihrer Seite eintauschen. Außerdem ist der Kerl irgendwie schmierig und aalglatt. Wenn du mich fragst, ist er überhaupt kein Mann für eine Freundschaft. Aber er muss wohl Kohle ohne Ende besitzen und meint, sich damit alles, im wahrsten Sinne des Wortes, kaufen zu können.«

Chiara lachte auf. »Da kennt er unsere Maggie aber schlecht. Damit wird er bei ihr aber auf Granit beißen.«

»Genau. Kein Wunder, dass er sich eine Abfuhr nach der anderen einhandelt.«

29. Kapitel

Schweißgebadet wachte Chiara in dieser Nacht auf. Sie wusste erst nicht zuzuordnen, wo sie sich befand. Im Dunkeln tastete sie nach der Nachttischlampe. Verwirrt setzte sie sich auf, um sich besser zurechtzufinden. Sie hatte einen Alptraum gehabt. In diesem saß sie wieder in der Kiste im Tankwagen, die nächtliche Fahrt hatte sich im Traum noch einmal wiederholt. Es war ihr, als wäre die Geschichte gerade erst passiert, so real waren ihr die Erinnerungen im Traum noch einmal widerfahren: das Eingepferchtsein in der engen Kiste, der schmerzhafte Sturz, die Angst, die dunkle Nacht, das Gespräch der beiden Männer am Tankwagen und das Erwachen in der Klinik. An dieser Stelle erwachte sie. Nervös strich sie sich das klebrige Haar aus der Stirn und blickte auf die Seite. Die kleine Rose, die neben ihr schlief, war nicht wach geworden. Tief glitten ihre leisen Atemzüge dahin. Chiara setzte sich auf die Bettkante und trank gierig einen Schluck Wasser aus dem Glas, das immer auf ihrem Nachttisch stand. Sie dachte nach und versuchte, sich noch einmal an jede Begebenheit zu erinnern. »Ich habe es!«, sie schlug sich mit der flachen Hand auf die Stirn. »Mensch, was bin ich dumm gewesen.«

Wie ein Puzzle fügte sich plötzlich jedes Teil ineinander. Bisher hatten diese Bruchteile in ihrer Erinnerung gefehlt. Doch nun waren sie wieder da! Die ganze Geschichte ergab jetzt einen Sinn. Mit einem raschen Seitenblick auf Rose warf sie sich ihre Kleider über. Sie musste zu Marc. Sofort.

Schlaftrunken taumelte Marc aus seinem Bett. Ein lautes Pochen an der Haustür hatte ihn aus tiefstem Schlaf gerissen. Er rieb sich die Augen. Mit einem Blick auf die Uhr stellte er fest, dass es gerade mal ein Uhr in der Frühe war. Wieder hämmerte jemand mit beiden Fäusten gegen die Tür.

»Um Himmels willen, ist ja gut, ich komme doch schon.«

Unwillig öffnete er. »Liebes – du?« Mit einem Mal war er hellwach.

Vor zwei Tagen waren sie noch übereingekommen, dass weiterhin jeder in seinem eigenen Bett schlafen würde. Außerdem wollte Chiara die kleine Rose nicht alleine lassen. Hatte Chiara es sich anders überlegt?

Ihr Blick glitt an seinem nackten, muskulösen Oberkörper hinab. Das fahle Mondlicht tauchte das Bild von einem Mann, der den ganzen Türrahmen in Anspruch nahm, in ein faszinierendes Licht. Seine Haut schimmerte in mattem Perlglanz, und die funkelnden Augen leuchteten im Dunkeln. Eigentlich war sie mit ihren Gedanken gerade eben noch ganz woanders gewesen. Jetzt jedoch versetzte sie sein Anblick in Unruhe.

»Es tut mir leid, dass ich dich wecke.«

»Es muss dir nicht leidtun.« Sanft nahm er ihre Hand. »Komm rein.«

Chiara sehnte sich danach, ihn zu berühren. Er löste ambivalente Gefühle in ihr aus. Im Grunde wollte sie mit ihm über die Sabotageakte auf der Farm sprechen. Es war vielleicht keine sehr gute Idee gewesen, zu dieser nachtschlafenden Zeit in seine Wohnung vorzudringen. Die ganze Sache war absolut unvernünftig. Auch wenn die Sehnsucht nach ihm immer unendlich groß war, wollte sie noch etwas warten. Sie spürte Marcs Unruhe, während er sie näher an sich zog.

»Du überraschst mich«, raunte er ihr ins Ohr. Trotz der Anspannung musste Chiara lachen. Sie schlang ihre Arme um seinen Nacken, da war diese überwältigende Sehnsucht. Es machte keinen Sinn, sich noch länger dagegen zu sträuben. Wie perfekt sich ihre Körper miteinander anfühlten. Chiara schmiegte sich an ihn.

»Ich liebe dich, Chiara Christensen.« Dieser Satz war ihm so ernst, so ernst war ihm noch nie im Leben etwas gewesen.

»Ich liebe dich auch«, hauchte sie. Es gab keine Bedenken mehr, keine Abwehr, keine Vernunftgründe. Marc übersäte ihren Körper mit Küssen. Behutsam erforschte er ihren Nacken, streichelte ihren Rücken, bevor er wieder verlangend ihren Mund küsste. Chiara streichelte seine Brust, seine kräftigen Schultern. Ihre Hände glitten tiefer hinab und krallten sich in seine festen Pobacken. Marc stöhnte auf.

»Was machst du da mit mir, du kleine Hexe? Na warte!« Ehe sie sich´s versah, hob er sie auf seine starken Arme und ließ sie sanft auf sein Bett gleiten. Sie vergrub ihre Finger in seinen Haaren und begann, vor Erregung zu zittern. Marc nestelte an ihrem Oberteil und zog es über ihren Kopf. Im fahlen Mondlicht sah er ihre weiblichen Rundungen. Die Knospen ihrer Brüste richteten sich rosig auf. Es drohte ihn zu zersprengen, als sie damit seinen nackten Oberkörper berührte. Sanft umfasste er ihre Brüste und streichelte sie, bis sich Chiara lustvoll unter ihm wand. Das aufgestaute Verlangen schlug wie meterhohe Wellen über beiden zusammen. Die letzten Kleidungsstücke flogen in alle Himmelsrichtungen. Leidenschaftlich bewegten sich ihre Körper miteinander beim Spiel der Liebe.

»Ich liebe dich so, Chiara. Du bist das Beste, was mir je passiert ist. Kia ora in meinem Herzen.«

»Kia ora, welch ein schöner Kosename«, dachte Chiara. Sie mochte den Begriff. »Ich liebe dich auch, Marc.« Sie seufzte glücklich und kuschelte sich an ihn wie eine schnurrende Katze. Er wusste, dass seine einsame Reise tatsächlich für immer ein Ende gefunden hatte.

»Hey aufstehen, du kleine Schlafmaus«, Marc setzte sich auf

die Bettkante und streichelte ihre seidigen Haare, die wie ein Fächerbrett auf dem Kopfkissen ausgebreitet dalagen. »Ich habe Kaffee für uns gekocht. Möchtest du?«

Verwundert blinzelte Chiara in das Morgenlicht, das nun mit aller Kraft durch das Fenster strahlte. »Ist alles in Ordnung?«

»Ja, ich bin aufgewacht und konnte nicht wieder einschlafen, da bin ich lieber aufgestanden, um dich nicht zu wecken.« Zärtlich strich er ihr die wirren Haarsträhnen aus der Stirn. »Lässt du mich unter die Bettdecke, dann können wir den Kaffee zusammen trinken?«

Etwas verlegen lüftete Chiara das Laken. Ihr nackter Körper blitzte darunter hervor. Es war noch ungewohnt, die Nähe eines Mannes an sich heranzulassen. Doch als er den Bademantel zu Boden fallen ließ und sie ihn wieder ganz nah bei sich spürte, war alle Scheu wie weggeblasen. Aufseufzend kuschelte sie sich an seine starke Schulter und ließ es nur zu gerne geschehen, dass er den Arm um ihren Nacken legte. Sie genossen den Augenblick der Stille und Zweisamkeit. Zu kostbar war die innige Intimität. Doch allzu schnell verflog der köstliche Moment. Aus der Ferne hörten sie die Kühe muhen. Ein Traktor fuhr laut knatternd über den Hof. Erschrocken blickte Chiara auf.

»Wie spät ist es eigentlich?«

»Gerade mal sechs. Ganz ruhig.«

»Ich muss zurück. Rose wollte nicht alleine sein. Ich möchte da sein, wenn sie aufwacht.«

Hastig sprang sie auf und zog sich ihre Sachen über, die überall auf dem Boden verstreut lagen.

»Schade.«

»Das finde ich auch. Wir können das ja mal bei Gelegenheit

wiederholen.« Der Schalk saß ihr im Nacken, während sie ihm noch einen innigen Kuss auf die Lippen drückte. »Ich muss jetzt.« Im Hinausgehen fiel ihr der eigentliche Grund ihres nächtlichen Besuches wieder ein. »Ach übrigens, ich muss dich und Maggie nachher unbedingt sprechen. Es ist sehr wichtig.«

»Haben Sie schon gehört?« Zwei Frauen standen tuschelnd an der Brottheke im Supermarkt.

»Ja, Maggie van Wyk gibt auf.«

»Ich kann das noch gar nicht glauben. Aber sie erzählen es überall.«

»Sie soll in den vergangenen Monaten sehr viel Pech gehabt haben. Und nun der große Brand. Sie kann ihre Tiere nicht mehr versorgen. Angeblich zahlt ihre Feuerversicherung nicht.«

»Es ist ein Drama.«

»Die arme Frau.«

Connor Sailsbury drehte sich um, er hatte genug gehört. Innerlich frohlockte er. Das, was er einkaufen wollte, vergaß er. Ohne dass ihn jemand bemerkt hätte, verließ er das Geschäft wieder und ging zu seinem Auto zurück. Einen Moment noch saß er im Wagen und überlegte, bevor er zum Handy griff und die abgespeicherte Nummer aufrief.

Das Freizeichen ertönte. Zweimal, Dreimal, dann wurde abgenommen.

»Tangata-Whenua-Farm.«

»Sailsbury. Guten Tag, ich hätte gerne Mrs. van Wyk gesprochen.«

»Einen Moment bitte.« Chiara drückte schnell auf die Pausentaste. »Tante Maggie, komm schnell!« Sie rannte mit dem mobilen Telefon durchs Haus und suchte ihre Tante.

»Ich bin hier.« Sie saß im Büro über ihre Papiere gebeugt.

»Er ist es, er ist dran.«

»Oje, hoffentlich mache ich jetzt nichts verkehrt.« Maggie holte tief Luft. Nervös griff sie zum Telefon. »Ja, van Wyk, mit wem spreche ich?« Sie legte die Hand auf die Sprechmuschel und atmete noch einmal tief durch.

»Maggie, ich bin es, Connor.«

»Ah, Connor, du.«

»Bitte, lege nicht gleich auf. Ich habe dir etwas Wichtiges zu sagen.«

»Es ist gut, dass du anrufst. Ich wollte mich auch schon bei dir melden. Ich möchte mich bei dir in aller Form entschuldigen. Je länger ich darüber nachdenke, desto mehr wird mir bewusst, dass ich dich gewaltig vor den Kopf gestoßen haben muss. Was musst du von mir gedacht haben, dass ich dich zweimal frech abgewiesen habe? Das war nicht in Ordnung von mir. Du legst mir dein Herz zu Füßen, und ich behandele dich gemein. Es tut mir leid. Aber du musst verstehen, ich habe nicht geahnt, was du für mich empfindest. Ich musste erst in Ruhe darüber nachdenken. Dein Antrag kam für mich wie aus heiterem Himmel.« Sie legte eine Pause ein, um ihre Worte wirken zu lassen. »Aber je länger ich darüber nachdenke …« Den Rest der Worte ließ sie im Raum stehen. Galt es doch ein Fünkchen Hoffnung zu säen.

»Ähm, wie soll ich es sagen. Geht es dir denn gut?«, fragte er erst einmal.

»Na ja, du weißt ja …« Maggie eierte bewusst mit ihren

Worten herum. »Im Moment ist es hier ein Drunter und Drüber.«

»Das denke ich mir.« Vorsichtig tastete sich Connor an sein Ziel heran. »Ich habe gehört, du kannst die Kühe nicht halten?«

Maggie seufzte leise in den Hörer, und fing gekonnt an zu schluchzen. Chiara, die in der Ecke stand, drehte sich weg, sonst hätte sie laut aufgelacht. Schnell hielt sie sich die Hände vor den Mund.

»Ach, Connor«, heulte Maggie auf. Sie tat, als hätte er direkt ihren wunden Punkt getroffen. »Ich glaube, ich muss die Kühe verkaufen. Ich kann sie ab Montag nicht mehr melken!« Rasch nahm sie ein Taschentuch und ließ ein imaginäres Schnäuzen von sich hören.

»Das muss schlimm für dich sein.«

Maggie legte eine kunstvolle Atempause ein, bevor sie weiter loslegte. »Wir haben die Kühe beim Nachbarn abgemolken, doch nun sitzt uns die Aufsichtsbehörde im Nacken. Irgendjemand muss uns angeschwärzt haben. Wer auch immer, dieser Saukerl«, fluchte sie laut und betont. »Bis Montag noch; wenn ich bis dahin nicht für eine eigene Melkanlage gesorgt habe, bin ich am Ende.« Dann schleuderte sie die nächsten Sätze mit großem Nachdruck hinterher, um ihnen die richtige Bedeutung zu geben. »Aber soll ich dir was sagen? Wir haben heute Morgen die ultimative Lösung gefunden! Das weiß nur noch keiner.« Ihre Stimme senkte sie zu einem Flüstern herab. »Den Cumberlands ist eine funkelnagelneue Robotermelkanlage geliefert worden, sie ist nur noch nicht installiert. Wir können sie haben – bis wir selbst eine neue bestellt haben! Ist das nicht unglaublich?«

»Ja, aber … wo wollt ihr sie denn aufbauen, ihr habt doch

gar keinen Stall mehr?«, stammelt Connor vollkommen überrascht.

»Ach, das geht schon, es ist ja auch nur für sechs bis acht Wochen. Das bekommen wir hin, wir räumen unsere Maschinenhalle leer und improvisieren dort. Jetzt im Sommer wird das gehen. In der Zwischenzeit können wir neu bauen und unsere eigene Anlage bestellen.«

»Maggie, du spinnst. Entschuldige, wenn ich dir das in aller Offenheit sage. Machst du dir da nicht etwas vor? Heute ist Donnerstag. Wie willst du eine Melkanlage bis Montag installieren? Das sind doch Hirngespinste. Willst du nicht endlich einsehen, dass du so nicht weitermachen kannst?«

»Ach, Connor, da mach dir mal keine Sorgen. Ich habe doch Ben. Er ist der beste Mechaniker und Elektriker weit und breit. Meine Jungs schrauben Tag und Nacht. Die werden das schon hinbekommen. Die Zeit sitzt mir natürlich im Nacken, aber wenn jetzt nichts mehr dazwischenkommt, werden wir es schaffen.«

»Und was machst du, wenn die Versicherung für den Brand nicht zahlt? Wie willst du das alles denn finanzieren?«

»Ach, die zahlt schon, es wird irgendein technischer Defekt vorgelegen haben. Dafür ist eine Gebäudeversicherung doch da. Nächste Woche bekommen wir das beauftragte Gutachten vom Brandsachverständigen, und dann haben wir Klarheit.«

»Aber man sagt doch, es sei Brandstiftung gewesen.«

Da war es heraus. Darauf hatten Maggie und Chiara die ganze Zeit gewartet. Er hatte doch tatsächlich angebissen!

»Wer sagt das?«, ereiferte sich Maggie gut inszeniert. »Ähm …, die Leute erzählen das.« Connor war nun vollends irritiert. »Hast du das Gerücht denn noch nicht gehört?«

»Ach Papperlapapp, auf so etwas höre ich grundsätzlich

nicht. Und außerdem, wer will mir denn schaden wollen?« Sie mimte jetzt wieder die selbstbewusste Frau. »Was ich dir eigentlich sagen wollte, weshalb ich anrufe, Maggie. Ich stelle dir morgen früh den gewünschten Tankwagen zum Abfüllen der Milch zur Verfügung«, säuselte Connor.

»Oh, danke Connor, das ist sehr nett. Wenn der ganze Spuk hier vorbei ist, lade ich dich zum Essen ein und wir beide reden einmal ganz in Ruhe. Einverstanden?«

»Ja, so machen wir es«, antwortete er artig mit öliger Stimme. Unglaublich, wie sich dieser Mann verstellen konnte!

»Dann bis bald.«

»Bis bald. Danke, dass du dich gemeldet hast.«

Mit klopfendem Herzen legte sie auf und schüttelte sich. Dieses aalglatte, schleimige Gesäusel. Allein bei seiner Stimme hatte sie manchmal ein Gefühl des Angewidertseins. Damit war das Gespräch vorerst beendet. Maggie schaltete den Anrufbeantworter ab, der das ganze Gespräch wohlweislich aufgezeichnet hatte.

»Meinst du, er hat angebissen?«, fragte Chiara.

»Ja, ich denke schon. Wir werden sehen. Sag den Männern Bescheid. Das war Plan A, Plan B tritt nun in Kraft.« Glücklich rieb sich Maggie die Hände, das hatten sie geschafft. Ihr Plan schien aufzugehen. Nun galt es, die weiteren Schritte einzuleiten.

30. Kapitel

Samstagnacht. Stille lag über der Tangata-Whenua-Farm. Lediglich der Ruf eines Käuzchens schallte laut und hohl durch die Nacht. Marc gähnte und sah wohl zum hundertsten Mal auf die beleuchteten Ziffern seiner Armbanduhr. 1.15 Uhr. Es war unbequem auf seinem Strohballen in der dunklen Ecke der Maschinenhalle und feucht. Den ganzen Abend über hatte es geregnet. Er wickelte sich noch etwas fester in seine Decke, die er sich wohlweislich umgeschlungen hatte.

Ben war vor zwei Stunden gegangen. »Morgen noch, dann läuft die Melkanlage«, hatte er noch stolz verkündet. Sie stimmten sich noch kurz ab, dann fuhr Ben mit seinem Auto davon. Ihm fiel es offensichtlich immer noch schwer in der Gegenwart seines Widersachers Marc. Aber auch Marc gab sich die größte Mühe, Ben nicht zu provozieren. Das Verhältnis verlief kollegial und beschränkte sich auf den Austausch über die Arbeit. Mehr war zurzeit auch noch nicht zu erwarten. Der Verlierer zu sein war eben nicht einfach für Ben.

Marc nahm einen Schluck aus seiner Kaffeetasse. Liebevoll hatte ihn Chiara am Abend mit Thermoskanne und Broten ausgestattet, genau wie in den Nächten zuvor. Ohne eine gehörige Portion Koffein war das alles hier nicht mehr durchzuhalten. Allmählich zehrten die viele Arbeit und der knapp bemessene Schlaf an seinen Kräften. Hoffentlich war der Spuk bald vorbei. Marc blickte noch einmal auf sein Handy, das er auf stumm geschaltet hatte. Er schrieb Ben eine SMS.

Alles ruhig?

Prompt kam eine Nachricht zurück. *Ja, im Haus brennt aber noch Licht.*

Marc musste eingeschlafen sein. Er hatte nicht bemerkt, dass sich jemand durch die Halle schlich und in seiner dunklen Ecke auf ihn zukam. Sachte wurde er an der Schulter berührt. Vor Schreck sprang er schlaftrunken auf und schrie:

»Hände hoch, oder ich schieße!« Hastig griff er im Dunkeln nach seinem Gewehr, das griffbereit an seiner Schulter baumelte.

»Marc, ich bin es.«

»Mensch Chiara, was hast du mich erschreckt!« Seine Taschenlampe blitzte kurz auf. »Musst du dich so anschleichen? Du sollst doch im Haus bleiben!«

»Ich konnte nicht schlafen. Ich hatte solche Angst um dich.«

»Das geht nicht, dass du hier aufkreuzt. Das ist viel zu gefährlich für dich. Komm, ich bring dich wieder zurück.« Marc nahm Chiara in den Arm und brachte sie in der Dunkelheit zum Haus hinüber. Damit er wusste, dass sie in Sicherheit war, begleitete er seine Freundin noch die Treppe hinauf, bis er sie wohlbehalten in ihrem Zimmer wusste.

»Du bleibst jetzt hier. Das musst du mir versprechen.« Zärtlich küsste er sie. »Morgen früh zum Frühstück darfst du mich holen, vorher nicht mehr, okay?«

»Marc, ich habe kein gutes Gefühl. Wenn dir etwas passiert …«

»Mir passiert schon nichts, bitte mach dir keine Sorgen. Du gehst jetzt schlafen, dann bist du morgen wenigstens ausgeruht.«

Langsam ging er durch die Dunkelheit zurück. Die Nacht war heute wirklich kohlrabenschwarz. Kein Mond, kein Stern war zu sehen. Dunkle Wolken verdeckten den Neumond. Als er sich der Halle näherte, meinte er ein Geräusch gehört zu haben. Er lauschte. Oder doch nicht? Marc hielt die Luft an und horchte. In der Ferne muhte eine Kuh. Dann war es wieder still.

»Habe ich mich geirrt?«, dachte er und wollte sich wieder in sein Versteck zurückziehen. Doch so weit kam er nicht …

Plötzlich flammte eine starke Taschenlampe auf und leuchtete ihm mitten ins Gesicht.

»Mist.« Hastig hielt sich Marc seine Hand vor die Augen, weil er so stark geblendet wurde, dass er nichts mehr sehen konnte. »He, wer sind Sie? Was haben Sie hier zu suchen?«, rief er laut.

Doch statt einer Antwort kam die fremde Person näher auf ihn zu und hielt ihm die starke Lampe direkt in die Augen. Marc erhaschte gerade noch die Umrisse einer Männergestalt und das Aufblitzen einer Pistole. Sie war direkt auf ihn gerichtet. Er hatte nicht erkennen können, wer da vor ihm stand.

»Umdrehen!«, ertönte ein dumpfer, herrischer Befehl.

Was blieb ihm anderes übrig. Er saß in der Klemme. Verflixt, er hatte sein Gewehr und Handy in seinem Versteck liegengelassen, als er eben Chiara wegbringen wollte.

»Was bin ich nur für ein Idiot!«, verfluchte Marc sein ungeschicktes Verhalten. Er drehte sich um. Nun spürte er deutlich den Pistolenlauf, der sich schmerzhaft in seinen Rücken bohrte. Er wurde in eine Ecke gedrängt. Im Dunkeln stolperte er über ein lose herumliegendes Kabel. Strauchelnd fiel er zu Boden.

»Auf die Knie!«

Genau dieses Kabel wurde ihm nun zum Verhängnis. Der Unbekannte nahm es auf und fesselte Marc nach allen Regeln der Kunst. Zu allem Übel wurde ihm auch noch ein zusammengeknülltes Taschentuch als Knebel in den Mund gestopft. Da lag er nun, völlig hilflos am Boden wie ein zusammengeschnürtes Paket. Stöhnend wandte Marc sich wie eine Katze. Er hörte, wie sich der Täter von ihm entfernte. Doch er war so blockiert, dass er es noch nicht einmal schaffte, sich umzudrehen, um zu versuchen, etwas zu erkennen. Tausend Gedanken rasten ihm in diesen Minuten durch den Kopf. Mit aller Kraft versuchte er die Fesseln zu lösen. Doch er konnte sich bemühen, wie er wollte, sie gaben kein bisschen nach.

Verdammte Scheiße!

Kurz darauf hörte er etwas entfernt einige metallene Geräusche, als schlüge jemand mit einem harten Gegenstand auf Metall.

Verflucht! Die neue Melkanlage!

Da war jemand am Werk. Und er lag hier im Dreck und konnte sich nicht wehren. Hätten sie doch zu zweit Wache geschoben. Es konnte Stunden dauern, bis ihn jemand hier finden würde. Das Hämmern hörte nicht auf. Es war alles aus, wenn auch noch die neue Melkanlage zerstört wurde! Marc zerfleischte sich mit Selbstvorwürfen über sein unprofessionelles Verhalten. Minuten vergingen, sie kamen ihm aber wie Stunden vor.

Auf einmal ertönte lautes Sirenengeheul. Die Polizei! Irgendjemand hatte die Polizei informiert. Im Bruchteil von Sekunden fuhren mehrere Wagen auf den Hof und leuchteten mit ihren Scheinwerfern die offene Maschinenhalle aus. Aus einem Megaphon ertönte eine strenge, laute Stimme: »Hände hoch, Sie sind umstellt. Lassen Sie alles fallen. Die Hände hoch!«

Lautes Getrappel war zu vernehmen. Marc lag in seiner Ecke und konnte nichts sehen. Was er aber umso deutlicher hörte, war, wie aus heiterem Himmel ein Schuss fiel.

»Au …!«, ein verzweifelter Aufschrei war zu vernehmen. Ein weiterer Schuss wurde zurückgefeuert. Dann war auf einmal Stille. Es war zum Verrücktwerden! Plötzlich ertönte wieder ein Aufschrei. Dieses Mal war es eine weibliche Stimme.

»Marc! Da liegt Marc!« Chiaras Angstschrei tönte laut, hoch und angsterfüllt durch die Halle. Dann spürte er, wie sich jemand von hinten an seinen Fesseln zu schaffen machte und ihn befreite. Chiara klammerte sich an ihn und überhäufte ihn mit Fragen.

»Marc, ist dir was passiert? Bist du verletzt? Tut dir was weh? Hat er dir etwas angetan?«

»Alles in Ordnung, Liebes, mach dir um mich keine Sorgen. Mir ist sonst nichts passiert«, krächzte er mit heiserer Stimme.

Auch Maggie war da und nahm ihn besorgt und gleichzeitig glücklich in die Arme. »Mensch Marc, wie konnte das passieren?«

Er rieb sich seine Arm- und Fußgelenke. Das Fesseln war nicht gerade sanft vonstattengegangen. Wütend spuckte er einige Fusseln aus. Marc nahm die beiden Frauen in seine starken Arme, und gemeinsam bewegten sie sich nun auf das Geschehen in der Mitte der Halle zu. Sie sahen noch, wie bei Connor Sailsbury, er war tatsächlich der vermutete Übeltäter, die Handschellen zuklickten. Ein Polizeibeamter führte ihn zu seinem Wagen ab. Das Martinshorn ertönte. Ein Krankenwagen fuhr auf den Hof. Da erst sahen die drei, wie ein Polizist am Boden lag und aus einer Wunde am Arm stark blutete. Der Schuss hatte ihn verletzt. Besorgt beugten sich alle über den Mann, während ein Sanitäter ihn versorgte.

»Da haben Sie aber großes Glück gehabt. Es handelt sich lediglich um einen Streifschuss.«

»Gott sei Dank«, sagte Maggie. Sie sahen zu, wie der Verletzte in den Krankenwagen befördert wurde. Die Polizei hatte in der Zwischenzeit die Tatwaffe gesichert und besah sich den Schaden, den Sailsbury angerichtet hatte. Er hatte doch tatsächlich versucht, mit einem Vorschlaghammer die neue

Melkanlage zu zerstören. An einigen Verbindungsstellen war ihm das scheinbar auch geglückt. Doch nicht überall hatte das stabile Metall dem Schlag nachgegeben. Lediglich dicke Beulen waren zu erkennen. Mittlerweile war alles, was auf der Farm Beine hatte, erwacht und begutachtete den Schaden.

»Das muss sich Ben nachher ansehen«, meinte Marc. »Da wird er viel schweißen müssen. Das gibt noch mal ein Stück Arbeit.«

»Und?«, fragte Maggie sorgenvoll. »Bekommt er das wieder hin?«

»Ich glaub schon. Wir werden sehen.«

An Schlaf war in dieser Nacht nicht mehr zu denken. Die Aufregung war nicht zu überbieten. Laut und heftig wurde der Vorfall diskutiert. Wer bisher noch nicht eingeweiht war, erfuhr die genauen Einzelheiten, die auf die Spur von Sailsbury geführt hatten. Der sorgfältig ausgetüftelte Plan von Chiara, Marc, Maggie und Ben war aufgegangen.

»Ich muss Ben Entwarnung geben«, sagte Marc auf einmal. »Er sitzt noch vor der Villa von Sailsbury und schiebt Wache.«

31. Kapitel

Das war gar nicht mehr nötig. Genau in diesem Moment kam Ben mit seinem Wagen angefahren. Es wurde bereits wieder hell. Der neue Tag brach heran.

»Ich habe den Beweis! Ich habe den Beweis!«, jubelte Ben von weitem laut bei heruntergekurbeltem Fenster, als er auf den Hof fuhr. Alle umringten neugierig sein Auto, als er zum Stehen kam. Stolz stieg er aus und wandte sich an Maggie.

»Mach mal den Kofferraum auf!« Maggie öffnete vorsichtig die Heckklappe und starrte mit weit geöffnetem Mund auf den Inhalt.

»Wo hast du die denn her?« Sieben Benzinkanister kamen zum Vorschein.

»Dreimal darfst du raten. Die habe ich alle in Sailsburys Garage gefunden. Wenn das nicht Beweis genug ist!«

Marc wollte sich schon einen Kanister nehmen, da schaltete sich die Polizei ein.

»Nicht anfassen, wir müssen sie erst auf Fingerabdrücke untersuchen.«

»Dann nehmen Sie die auch dazu.« Ben zog aus seiner Jackentasche ein Fläschchen mit einer dunklen Flüssigkeit. Ein Totenkopf war auf dem Flaschenetikett deutlich zu erkennen. »Die habe ich ebenfalls in der Garage entdeckt. Soll mich nicht wundern, wenn damit unsere Kühe vergiftet wurden!« Stolz schwellte sich seine Brust angesichts der wichtigen Beweisstücke, die er zutage gebracht hatte.

Marc klopfte ihm dankbar auf die Schulter. »Gut gemacht, Mann. Da hast du ganze Arbeit geleistet. Toll! Sag mal, warst du es, der die Polizei informiert hat?«

»Nein, Maggie war es. Du bist nicht mehr ans Handy gegangen. Als Sailsbury sein Haus verlassen hat und mit dem Wagen davonfuhr, wollte ich dich warnen. Weil ich dich nicht erreichen konnte, habe ich Maggie angerufen.«

Jetzt war es an Maggie, weiter zu berichten: »Ich sah vom Schlafzimmerfenster aus einen großen Wagen in der Dunkelheit auf unseren Hof fahren. Kurz vorm Ziel gingen die Scheinwerfer aus, und ich hörte nur noch leise Schritte, die sich auf die Maschinenhalle zubewegten. Weil ich von Ben wusste, dass du nicht ans Handy gehst, wurde mir die Sache zu heiß. Deshalb habe ich sofort die Polizei angerufen. Und das war auch gut so, wie sich herausgestellt hat.«

Alle umringten und gratulierten Ben und bestürmten ihn mit Fragen. Für Ben wurde es zwischenzeitlich gegenüber der Polizei noch eng, weil er nicht beweisen konnte, dass die Fundstücke aus Sailsburys Haus stammten. Die Benzinkanister und das Giftfläschchen waren zwar Beweismaterial, aber er hätte sie nicht mitnehmen, geschweige denn mit seinen Händen anfassen dürfen.

Chiara wies die Polizisten auf den großen Aufkleber hin, der an Sailsburys Geländewagen protzte. Darauf war der große Kopf einer Kuh abgebildet. Nachdem Chiara in jener Nacht ihre letzten Gedächtnislücken schließen konnte, hatte sie sich erinnert, in der Nacht ihres Verunglückens genau diesen Aufkleber erkannt zu haben, als sie im Straßengraben lag. Er hatte sie auf die Spur von Connor Sailsbury geführt und die Idee entwickeln lassen, diesem Mann eine Falle zu stellen. Nachdem die Polizei nach und nach über die gesamten Ausmaße der Sabotageakte aufgeklärt worden war, fügte sich das Bild mit seinen einzelnen Puzzlesteinchen zu einem Ganzen zusammen.

Wie sich später herausstellte, hatte zwar der Nachbar Ted Turner damals den Zaun beschädigt, der zum Ausbruch der Kühe geführt hatte. Weiter hatten ihn sein Hass und Neid aber nicht geführt. Im Suff war er so redselig gewesen, das lauthals unter seinen Saufkumpanen zu verkünden. Sailsbury gab im Verhör tags darauf zu, davon in der Kneipe Wind bekommen zu haben. Das hatte ihn auf die Idee gebracht, auf heimtückische Art und Weise Maggie ebenfalls Schaden zuzufügen. Er war es gewesen, der einen Milchwagenfahrer bestochen hatte, riesige Milchmengen im Straßengraben verschwinden zu lassen. Für ihn war es ein Leichtes gewesen, die Milchabnahmeprotokolle an der Molkerei zu fälschen. Außerdem kam ans Tageslicht, dass er für die gekappte Stromleitung und für die Vergiftung der Kühe verantwortlich war. Seine Rachegefühle hatten sich so weit gesteigert, dass er letztendlich auch nicht mehr davor zurücksteckte, die Farm in Brand zu stecken, sogar die neue Melkanlage zu sabotieren. Wiegte er sich doch in Sicherheit, dass der Verdacht auf Turner fallen würde. Sein Hass war immer größer geworden, je mehr Maggie van Wyk seine Liebesbemühungen verschmäht hatte.

Noch in den frühen Morgenstunden besahen sich Marc und Ben die Sabotage an der Melkanlage und fingen sofort an, die Schadstellen zu reparieren. Es zeigte sich mal wieder, ging es um die Farm, konnten sie einträglich Hand in Hand zusammenarbeiten. Die Eifersucht auf die gleiche Frau trat in den Augenblicken in den Hintergrund.

32. Kapitel

Lauer Jubel brach aus, als am Montagmittag die Melkanlage in Betrieb genommen werden konnte. Gerade noch rechtzeitig genug hatten sie es mit vereinten Kräften geschafft, das Melken wiederaufzunehmen. Sie standen mit der ganzen Belegschaft um die Anlage herum und begossen den Erfolg mit Sekt. Maggie hatte dafür gesorgt, dass alle gekommen waren, auch die hilfsbereiten Nachbarn. Zur Feier des Tages wurde ein kleines

Büfett serviert. Die Stimmung war fröhlich und ausgelassen, nahezu euphorisch. Die Last und Sorgen der vergangenen Wochen waren abgeschüttelt, und man konnte endlich wieder einer friedlichen Zukunft entgegensehen. Marc umarmte Chiara und warf ihr verliebte Blicke zu. Die Geheimnistuerei hatte ein Ende gefunden, sie bekannten sich jetzt öffentlich zu ihrer Liebe. Jeder durfte sehen, wie glücklich sie waren. Nur einer stand am Rande des Geschehens und wollte das junge Glück nicht sehen: Ben. Es tat ihm immer noch in der Seele weh, Chiara in den Armen seines Vorarbeiters zu sehen. »Ist jetzt die Zeit gekommen, die Farm zu verlassen?«

Zwei lange, schlanke Beine schwangen sich aus dem Auto. Eine sehr hübsche, brünette junge Frau stieg aus und strich sich den kurzen Rock glatt, der sich während der Autofahrt hochgezogen hatte, die Dame von der Aufsichtsbehörde. Sie hatte es sich tatsächlich nicht nehmen lassen, persönlich nachzuschauen, ob Maggie van Wyk die Fristsetzung einhielt. Geschäftig kam sie mit einem Aktenordner unter den Arm geklemmt auf die ausgelassene Gesellschaft zu. An die zwanzig Augenpaare hefteten sich auf den unangemeldeten Besuch. Einer der Männer pfiff durch seine Zähne.

»Guten Tag«, grüßte sie und wandte sich an Maggie. »Mein Name ist Dolores Smith. Ich bin gekommen, um zu prüfen, ob Sie wieder über eine eigene Melkanlage verfügen. Aber ich sehe schon, Sie haben es tatsächlich geschafft, ein neues Betriebssystem aufzubauen.«

Wohlgefällig warf sie einen Blick auf die große Anlage. Maggie begrüßte die junge Frau freudestrahlend.

»Ja, wir sind in der glücklichen Lage, Ihnen mitteilen zu

können, dass das Milchsystem auf der Tangata-Whenua-Farm wieder funktioniert.«

»Sie haben sicherlich nichts dagegen, wenn ich mir alles einmal etwas genauer ansehe?«

Maggie wollte schon nicken, als sich von hinten Ben heranschob.

»Maggie, das übernehme ich, wenn du einverstanden bist?«

»Sehr gerne. Schließlich kann keiner die Melkanlage besser erklären als du. Nur zu!« Sie lächelte.

Ben strich sich das lange, schwarz glänzende Haar schnell aus der Stirn und übernahm geschäftig die Rundführung. »Wenn ich bitten darf, Mrs. Smith.« Galant wies er ihr den Weg und überbot sich an Höflichkeit. »Miss Smith, bitte. Ich bin nicht verheiratet.«

»Umso besser …«, entfuhr es Ben. Er war ganz in seinem Element. Vergessen war die Eifersucht auf Marc. Vergessen war Chiara …

33. Kapitel

Sie standen am Grab auf dem Wellingtoner Friedhof Hand in Hand. Stumm schauten sie auf den schlichten Grabstein, den zwei eingravierte Rosen schmückten. Die Inschrift lautete: Mary und Stella Bradley.

Chiara legte einen Strauß aus hellblauem Vergissmeinnicht auf das Grab. Es war Spätsommer in Neuseeland. Bei strahlend schönem Sonnenschein nahm Marc Abschied. In stummer Zwiesprache verweilte er lange Zeit vor der Gedenkstätte seiner kleinen Familie. Seine Gedanken gingen noch einmal zurück in die Nacht, als vor mehr als drei Jahren seine Farm abgebrannt war und ihm alles genommen wurde, was ihm lieb gewesen war. Seitdem war viel geschehen. Damals hatte er völlig traumatisiert seine Heimat verlassen, weil er nicht mehr an das Geschehen erinnert werden wollte. Nie im Leben hätte er es für möglich gehalten, heute sagen zu können, dass er eine neue Heimat und eine neue Familie gefunden hatte. Doch das Unmögliche war eingetreten. Maggie und die Tangata-Whenua-Farm boten ihm ein neues Zuhause. Und als Chiara in sein Leben getreten war, stahl sich langsam wieder ein zartes Lebensgefühl in sein Herz und machte ihn wieder zu dem Mann, der er einmal gewesen war. Diese Wandlung, heute hier verweilen zu können, ohne sofort wieder abzuhauen, die Vergangenheit in Gedanken zulassen zu können, das war nicht über Nacht entstanden. Nein, dem war ein langer Prozess vorausgegangen. Zum einen war es die Zeit gewesen, die einiges hatte verblassen lassen. Zum anderen war es aber Chiara zu verdanken, die in vielen Stunden mit ihm geredet und aufgearbeitet hatte, was Marc geglaubt hatte, für immer in seinem Herzen verschlossen zu haben. Oft erkannte sich Marc selbst nicht, wenn er morgens in den Spiegel sah. Die Starre in seinen Gesichtszügen war gewichen, er konnte wieder lächeln, bei Chiaras Anblick leuchteten nun seine Augen.

Gemeinsam verließen sie Hand in Hand den Friedhof und fuhren mit dem Auto weiter zur Bradley-Farm. Marcs braun gebrannte Arme lagen lässig über dem Lenkrad. Chiara kraulte seine krausen Nackenhaare mit ihren Fingerspitzen.

»Das war gestern der schönste Tag in meinem Leben.« Marc lächelte sie zärtlich von der Seite her an. »Bist du glücklich?«

»Ja sehr, mein Schatz.«

Ihre Gedanken schweiften ab und gingen zurück an den Tag zuvor. In einer romantischen Zeremonie in der Bucht von Hahei hatten sie sich das Jawort gegeben. Ihr Vater war gekommen und hatte sie feierlich zum Altar durch den hellen, pudrigen Sand geleitet. Anschließend hatten sie mit einem rauschenden Fest auf der Farm die Hochzeit und die Einweihung des neuen Melkhauses gefeiert. Für Chiara war es ein Tag wie im Märchen gewesen. Im Anschluss an die Trauung hatte Marc sie auf seinem schwarzen Pferd unter dem Jubel der Gäste zur Farm zurückgeritten. Sie trug das weiße, spitzenbesetzte Brautkleid ihrer Tante. Es wehte locker um ihre bloßen Beine im Wind.

Heute Morgen waren sie dann zur Hochzeitsreise aufgebrochen. Ihre erste Etappe auf ihrer Rundreise durch das Land sollte die alte Heimat ihres Mannes sein. Es war sein ausdrücklicher Wunsch gewesen, diesen Ort aufzusuchen, um mit den traurigen Erinnerungen der Vergangenheiten abzuschließen. Die Zeit dafür war gekommen.

Zu seiner großen Überraschung empfing ihn auf dem Farmgelände keine Ruine, sondern ein modernes, neues Farmhaus mit den entsprechenden Stallungen. Auf den Weiden grasten friedlich viele Kühe in der untergehenden Abendsonne, und auf der Veranda stand Jeff, sein ehemaliger Vorarbeiter, und empfing seinen Besuch mit ausgebreiteten Armen.

»Ich freue mich so, dass ihr gekommen seid. Herzlich willkommen auf der neuen, alten Bradley-Farm. Ich gratuliere Ihnen, Mrs. Bradley zur Hochzeit.« Herzlich hieß er auch Chiara willkommen. Ausladend wies er mit seinen Armen um sich. »Na, was sagst du?«

»Damit habe ich nicht gerechnet.« Marc staunte. »Du hast

die Farm wiederaufgebaut?« Er war heute endlich in der Lage, ruhig und abgeklärt die Stätte seiner alten Heimat aufzusuchen, die ihm einst die Luft zum Atmen genommen hatte. Noch vor einem halben Jahr wäre er nicht in der Lage gewesen, den einstigen Ort der Verwüstung in Augenschein zu nehmen. Doch seither war viel geschehen, und seine Einstellung zum Leben hatte eine deutliche Kehrtwendung genommen. Doch was er nun sah, waren nicht mehr die Bilder seiner Vergangenheit. Der Boden war derselbe geblieben, doch alles andere war neu. Fast war es, als besichtigte er eine ihm unbekannte Farm. Er konnte nicht sagen, dass alles emotionslos an ihm vorbeiging, doch mit einem Blick auf die Realität und mit der Zeit des Abstandes konnte er tun, was zu tun war. Stolz lachte Jeff auf.

»Ja, das war zwar ein hartes Stück Arbeit und hat etwas gedauert, doch der Aufwand hat sich gelohnt, wie du siehst. Das kommt dabei herum, wenn du mich mit einer Generalvollmacht sitzenlässt und das Weite suchst.«

Marc und sein ehemaliger Vorarbeiter hatten sich seit mehr als drei Jahren nicht mehr gesehen und nur das Nötigste am Telefon besprochen. In allem hatte er Jeff freie Hand gelassen. Nie hatte er nachgefragt, was Jeff tat. Alles war ihm egal gewesen. Marc war damals in einer Nacht-und-Nebel-Aktion auf und davon. In dem Glauben, alles verloren zu haben, hatte er Jeff schriftlich beauftragt, den Brandschaden abzuwickeln. Seinem Notar hatte er eine Vollmacht für Jeff erteilt, die ihm erlaubte, alle Geschäfte in seinem Namen wahrzunehmen. Die Bank war angewiesen, aus dem noch vorhandenen Bankguthaben das Gehalt zu verdoppeln und weiterzuzahlen.

»Woher hattest du denn das Geld, hier alles wiederaufzubauen?«

»Wieso denn? Die Versicherung hat alles bezahlt. Ein Kurzschluss hat das Feuer damals ausgelöst. Dagegen warst du versichert.«

»Mhm.« Marc schwieg. Dadurch, dass er jegliche Erinnerung an das Geschehen aus seinem Gedächtnis verbannt hatte, war auch kein Gedanke mehr aufgekommen, was aus seiner Farm wurde. »Jeff ...«, begann er zögerlich, »ich bin dir eine Erklärung schuldig. Komm, lass uns ein paar Schritte gehen ... Chiara kommst du mit?«

»Geht nur, ich setze mich hier auf die Veranda und genieße den Sonnenuntergang.«

Marc war nun endlich in der Lage, über die Beweggründe seiner Flucht zu reden. »Ich konnte einfach nicht bleiben, die Erinnerung an Mary und Stella hätte mich erdrückt. Ich hatte nicht mehr die Kraft, dort weiterzumachen, wo alles in Schutt und Asche lag.«

»Ich weiß. Es ist alles in Ordnung. Es ist gekommen, wie es kommen sollte. Manche Wunden heilen erst mit der Zeit. Jetzt freue ich mich umso mehr, dass du ein neues Glück gefunden hast. Außerdem war es auch für mich an der Zeit, mich selbständig zu machen. Der Wiederaufbau war eine gewaltige Herausforderung, die sich, wie du gesehen hast, gelohnt hat.«

Die Männer sprachen an diesem Abend noch sehr lange miteinander. Es war ein gutes Gespräch, das die Weichen für die Zukunft der Bradley-Farm klarstellte.

Nach zwei Tagen verließen Marc und Chiara die Farm wieder, nicht ohne zu versprechen, recht bald wiederzukommen. Tags zuvor hatte Marc beim Notar in einem feierlichen Akt die Farm an Jeff überschrieben. Für ihn war seine neue Heimat jetzt oben in Auckland auf der Tangata-Whenua-Farm an der Seite von Chiara. Hier war er erst vor kurzem offizieller Teilhaber von Maggie van Wyk geworden. Chiara würde dort zum nächsten Schuljahreswechsel eine Stelle als Lehrerin antreten, und die kleine Rose wartete schon sehnsüchtig darauf, ihre neuen Pflegeltern wieder in die Arme schließen zu dürfen. An der Hofeinfahrt hielt Marc noch einmal an. Er und Chiara stiegen aus. Arm in Arm blickten sie auf das Farmgelände und die dahinterliegende Bucht.

»Und, bereust du es?« Chiara blickte besorgt auf ihren geliebten Mann.

»Nein.« Im Nachhinein hatten jedes Schicksal, jede Sorge und jede Angst ihre Berechtigung gezeigt und letztendlich dazu geführt, dass Marc den Mut für den Sprung in ein neues Leben geschafft hatte.

Maggie saß in der Zeit oben auf ihrem Hügel an der Grabstätte von Claas und hielt wie so oft stumme Zwiesprache mit ihm. Lächelnd dachte sie an das glückliche Brautpaar mit der kleinen Rose zwischen sich, das mit wachen und frohen Augen in die Zukunft blickte. Gestern hatte die Kleine gefragt, ob sie Grandma zu ihr sagen dürfte. Eine größere Freude hätte sie ihr nicht machen können. Die Zeiten der Einsamkeit waren für immer vorbei. Auch Maggie hatte jetzt eine Familie, mit der sie einer glücklichen Zukunft entgegensah.

Aber auch für Ben hatte sich sein Leben einschneidend verändert. Ihm wurde von Maggie die Zweitfarm als Herdenmanager übertragen, die er seit einigen Wochen eigenverantwortlich leitete. Er bewohnte dort das kleine Farmhaus mit Dolores Smith an seiner Seite. Mit ihr fand er auch die Frau, die ihm die Liebe gab, nach der er so lange gesucht hatte. Für Maggie waren Marc, Ben und Chiara wie eigene Kinder, die ihr versagt geblieben waren. Gerne teilte sie mit ihnen aus dem reichen

Füllhorn, das sie ihr Eigen nannte. Denn ihrem großen Herzen wurde so viel zurückgegeben. Es erfüllte sie mit tiefer Dankbarkeit.